PETRA REICHLING
MIT LEO LINDER

TATORT SCHULHOF

PETRA REICHLING
MIT LEO LINDER

TATORT SCHULHOF

Warum Schulen kein geschützter Raum
mehr für unsere Kinder sind

Eine Kommissarin schlägt Alarm

HEYNE <

Sollte diese Publikation Links auf Webseiten Dritter enthalten,
so übernehmen wir für deren Inhalte keine Haftung,
da wir uns diese nicht zu eigen machen, sondern lediglich
auf deren Stand zum Zeitpunkt der Erstveröffentlichung verweisen.

FSC
www.fsc.org
MIX
Papier aus verantwortungsvollen Quellen
FSC® C083411

Verlagsgruppe Random House FSC® N001967

Originalausgabe 2018

Neumarkter Straße 28, 81673 München
Beratung: Stefan Linde
Redaktion: Dr. Angelika Winnen
Umschlaggestaltung: Hauptmann & Kompanie
Werbeagentur, Zürich
Satz: Leingärtner, Nabburg
Druck und Bindung: CPI books GmbH, Leck
Printed in the Czech Republic
ISBN: 978-3-453-20277-1
www.heyne.de

Inhalt

Einleitung
»Messer an der Schule sind doch normal«

Ich hatte Anfang des Jahres gerade mit dem Manuskript zu diesem Buch begonnen, als mir eine Meldung der »New York Times« in die Hände fiel: »Schießerei an einer Schule in Kentucky. Amerikaweit ist es das elfte Schulmassaker in diesem Jahr. Wir schreiben den 23. Januar ...« Dann die Einzelheiten: Ein 15-jähriger Schüler hatte morgens um 8 Uhr das Gebäude seiner Highschool betreten und um sich geschossen. In der Eingangshalle herrschte Hochbetrieb, 14 Menschen wurden von Kugeln getroffen. Auf seiner Flucht verletzte er fünf weitere. Zwei von ihnen starben kurze Zeit später ... Im Verlauf der Meldung erfuhr ich weiterhin: Ein Viertel aller Schießereien in den USA mit mehr als drei Opfern ereignet sich auf dem Gelände von Bildungseinrichtungen, Tendenz steigend. Inzwischen haben viele Schulen Notfallpläne für den Fall eines bewaffneten Angriffs aufgestellt, etliche führen Notfallübungen durch. Erwogen wird die dauerhafte Stationierung bewaffneten Personals an Schulen.

Keinen Monat später erschütterte das Schulmassaker in Parkland, bei dem 17 Menschen starben, die USA, und

Präsident Trumps Vorschlag, die Lehrkräfte zu bewaffnen, schlug hohe Wellen.

So weit, dachte ich, sind wir noch nicht. Diese Welle der Gewalt hat uns noch nicht erreicht. Amokläufe an Schulen kommen zwar auch in Deutschland vor, aber nicht im Wochenrhythmus. Fernsehbilder von erschossenen Schülerinnen und Schülern, von getöteten Lehrpersonen sind immer noch die erschütternde Ausnahme. Aber ist eine ähnliche Entwicklung hierzulande undenkbar? Immerhin hat die Verrohung an unseren Schulen ein alarmierendes Stadium erreicht. Und ich spreche nicht von Disziplinlosigkeit, von Kindern und Jugendlichen, die lernunwillig sind und den Unterricht stören – daran hat man sich längst gewöhnt, damit muss man an Schulen leben. Mittlerweile gibt es andere Sorgen.

Große Pause an einer Grundschule. Auf dem Schulhof wird einem 11-Jährigen von einem Klassenkameraden ein Messer an die Kehle gesetzt. Der bedrohte Junge hat vor Kurzem erst die Schule gewechselt, weil er von Mitschülern schikaniert worden war, jetzt bekommt er zu hören: »Ich schneide dir die Kehle durch.« Der Angreifer hat vielleicht gar nicht die Absicht, ihn zu verletzen, wahrscheinlich will er sein Opfer nur gefügig machen, aber in diesem Moment bräuchte ihn nur jemand anzurempeln, und schon würde Blut fließen. Juristisch gesehen könnte diese Attacke jedenfalls in den Bereich des versuchten Tötungsdelikts fallen. Als sich die Mutter des bedrohten Jungen nach dem Vorfall an die Mutter des Angreifers wendet, erfährt sie eine eiskalte Abfuhr: »Messer in der Schule sind doch normal.«

Tatsächlich?

»Schon vor zehn Jahren ist mir aufgefallen, dass sich immer mehr Jungen mit Messern bewaffnen«, bestätigte mir ein Lehrer, Studienrat an einem renommierten Gymnasium. »An Schulen dürften ziemlich viele Messer im Umlauf sein.«

Wenige Wochen später erreichte mich im Dienst die Nachricht: An einer Gesamtschule in Lünen wurde ein Schüler durch einen Messerstich in den Hals getötet. Der Getötete ist 14 Jahre alt. Der Täter ein Jahr älter. Als Grund gab er nach seiner Verhaftung an, er habe sich durch provozierende Blicke herausgefordert gefühlt, die der 14-Jährige seiner Mutter zugeworfen haben soll. »Der Täter war vorher nur wegen Sachbeschädigung bei der Polizei bekannt«, stand anderntags in der Zeitung. Dann wurde aus einem Brief der Schulleitung an die Eltern dieser Schule zitiert: »Leider mussten wir feststellen, dass in letzter Zeit Schüler vermehrt Waffen mit in die Schule gebracht haben.« Von Messern, Schreckschusspistolen und Pfefferspray war die Rede.

Ein gewöhnlicher, alltäglicher Fall ist das – zum Glück – nicht. Trotzdem kann man sich nur schwer des Eindrucks erwehren: Auch an unseren Schulen wird das Klima rauer, aggressiver, gnadenloser. Etwas Beunruhigendes ist im Gange. Gehässigkeit und Gewalt breiten sich wie ein ansteckendes Virus aus. Oder täuscht man sich? War es früher gar nicht viel anders?

Der aus zahlreichen französischen Gangsterfilmen bekannte frankoitalienische Schauspieler Lino Ventura sagte in einem Dokumentarfilm über sein Leben über seine Jugend als Einwandererkind im Paris der 1920er-Jahre: »Kinder können unvorstellbar grausam sein. Sie fallen erbarmungslos über Schwächere und Außenseiter her. Ich habe es selbst erlebt, als ich mit sieben Jahren mit meiner Mutter nach Paris kam, zwei Italiener, die die Sprache nicht beherrschten. Meine Schulzeit war extrem kurz – nach zwei Jahren war ich schon wieder auf der Straße und habe Geld verdient, als Zeitungsausträger oder Fahrradbote.« Der kleine Lino Ventura hatte vor der Grausamkeit seiner Klassenkameraden kapituliert und war einfach nicht mehr zur Schule gegangen.

Nein, eine Oase der Mitmenschlichkeit war die Schule wohl nie, und Mobbing ist keine Erfindung unserer Tage, es hatte früher andere Namen, handfestere; man sprach von Hänseln, von Drangsalieren und Quälen. Rüpeleien und Schlägereien kamen dazu. Jeder dürfte das aus seiner eigenen Jugend kennen, und dennoch …

Früher wurde auch gerauft, aber wenn einer am Boden lag, wenn Sieger und Verlierer feststanden, war Feierabend – denn darum ging es bei der klassischen Rauferei: Sieger und Verlierer zu ermitteln. Heutzutage wird nachgetreten, und zwar gegen den Kopf, ins Gesicht, und das Opfer kann von Glück sagen, wenn der Angreifer nicht noch zum Messer, zur Zaunlatte, zur Bierflasche greift. Heute geht es oft genug um Vernichtung, und ich konnte meinem Sohn vor einigen Jahren schon nicht mehr guten Gewissens sagen: Es ist okay, wenn ihr euch mal prügelt.

Dazu kommt die Digitalisierung. Alles wird mit Handy oder Smartphone aufgenommen. Mit solchen Aufnahmen hat man ein hervorragendes Druckmittel in der Hand, das weit über die früher üblichen Beschimpfungen oder Drohungen hinausgeht. Es ist eben demütigender, wenn nicht nur der kleine Kreis der Zuschauer, sondern alle Welt mitansehen kann, wie ich zusammengeschlagen werde. Und das Filmen folgt den Regeln der dramatischen Steigerung, das heißt: Die Eskalation ist vorgesehen. Sie ist eine dramaturgische Notwendigkeit. Sie setzt außer Kraft, was an Hemmungen noch da ist, weil die Show weitergehen muss.

Im Bereich der Sexualität ist es ähnlich. Kinder und Jugendliche sind im Internet mit knallharter Pornografie konfrontiert. Es gibt Webseiten, die Vergewaltigung als die einzige erfüllende Form der Sexualität propagieren. Wovon wir zu unserer Zeit gnädig verschont geblieben sind, das ist heute jederzeit verfügbar; Schmutz und Schrecken kommen in nacktem, brutalem Realismus daher, und unsere Jugendlichen kriegen dieses schauerliche Zerrbild der Wirklichkeit ungefiltert und in aufreizender Deutlichkeit mit. Schon so ließe sich erklären, wieso Kinder und Jugendliche heute Dinge machen, an die meine Generation im Leben nicht gedacht hätte, die weit jenseits unserer Vorstellungskraft lagen.

Nach den fast zehn Jahren, in denen ich beim Düsseldorfer Kriminalkommissariat 12 für Sexualdelikte zuständig war und im Zuge meiner Ermittlungen auch mit den Verhältnissen an Schulen vertraut wurde, muss ich sagen: Es gibt eine Tendenz, sie ist nicht zu übersehen. Die Qualität der Straftaten an Schulen hat sich geändert. Die Hemmungslosigkeit ist größer geworden. Die Gewaltbereitschaft ist gewachsen. Die Geringschätzung für das Leben und den Besitz anderer hat zugenommen. Früher habe ich mit der Antwort gezögert, wenn ich gefragt wurde, ob es schlimmer geworden ist. Heute sage ich, ohne zu zögern, Ja.

Statistisch lässt sich diese Entwicklung weder bestätigen noch widerlegen. Das liegt daran, dass Kriminalität an Schulen lange Zeit nicht gesondert erfasst wurde. Inzwischen wird es bei der Polizei hier und da gemacht, aber es bleibt die Unsicherheit, wie Schule als Tatort einzugrenzen wäre – gehören Straftaten dazu, die sich im schulischen Bereich anbahnen und außerhalb ausgeführt werden, auf dem Schulweg zum Beispiel oder in der Wohnung eines Schülers? Bemerkt die ermittelnde Person überhaupt den Zusammenhang mit Vorgängen in der Schule? Und wenn ja, erscheint er ihr relevant? Das sind Unsicherheitsfaktoren, die keine zuverlässige Erfassung erlauben. Im Übrigen spielen auch in Kriminalstatistiken politische Interessen hinein, die ihre Aussagekraft schmälern.

Ich will mich deshalb in diesem Buch nicht mit Zahlen und Daten aufhalten, sondern erzählen, Fallbeispiele bringen, nach Ursachen und Folgen fragen und gesellschaftliche Entwicklungen beleuchten, kurz gesagt, aus der langjährigen Erfahrung einer Kriminalhauptkommissarin in einer deutschen Großstadt berichten. Und aus dieser Sicht gibt es nichts zu beschönigen.

Auch wenn in der Vergangenheit nicht alles besser war – die Zeiten sind härter geworden. Nicht nur schwieriger, sondern tatsächlich härter, nämlich rücksichtsloser, gnadenloser. Und wie in den USA bekommen das auch in Deutschland die Schulen zu spüren, unter anderem in Form von strafrechtlich relevanten Delikten. Wobei keine Schulform davon ausgenommen ist. Ich werde ja häufig danach gefragt, von der Presse oder von Schulleitungen, die sich die leise Hoffnung machen, Kriminalität im schulischen Bereich beschränke sich auf Grund-, Haupt- und Förderschulen. Ich muss sie dann enttäuschen. Meine Erfahrung ist: Straftaten kommen an allen Schultypen vor, auch an Gymnasien, sogar an Waldorfschulen, und manche sind bereits an der Tagesordnung, der Handel und Besitz von Drogen beispielsweise, aber auch Vandalismus, körperliche Gewalt, sexuelle Nötigung und Cybermobbing.

Dass sich dies alles nicht allein im Klassenraum abspielt, versteht sich von selbst. Ich werde den Begriff der Schule deshalb sehr weit fassen und alle Straftaten einbeziehen, die von Schülern und Schülerinnen ausgehen und sich gegen Lehrkräfte oder Mitschüler richten, egal ob auf dem Schulgelände oder außerhalb – im digitalen Zeitalter ist eine räumliche Zuordnung sowieso fast sinnlos geworden.

Klar ist auch, dass das Verhalten von Eltern zunehmend Einfluss auf das Klima an unseren Schulen gewinnt, dass die Rolle der Justiz beleuchtet werden muss, dass man gesellschaftliche Entwicklungen und politische Entscheidungen nicht außer Acht lassen kann. Die Digitalisierung ist ja nur ein Faktor unter vielen. Ein grundsätzliches Misstrauen der Politik gegenüber einer starken Staatsmacht ein anderer. Auch die Öffnung unserer Grenzen für Flüchtlinge und Einwanderer in großer Zahl hat das Problem verschärft, um nur eine weitere Ursache zu nennen. Dieser Aspekt wird bei manchem auf inneren Widerstand stoßen – darf, soll, muss man das erwähnen? Ja. Denn es ist nichts damit gewonnen, die Augen zu verschließen oder bloß verklausuliert darüber zu reden. Die Wirklichkeit zu leugnen würde bedeuten, vor den Schwierigkeiten zu kapitulieren, und Gefahren abzuwenden liegt ja nicht allein im Interesse der Polizei.

Ich werde also Erfahrungen, die wir in unserer Arbeit fast täglich machen, und Tatbestände, mit denen wir fast täglich zu tun haben, nicht um des lieben gesellschaftlichen Friedens willen verschweigen. Ich werde sie, um desselben Friedens willen, aussprechen und strikt bei dem bleiben, was wir in jedem Ermittlungsverfahren, bei jeder Zeugenaussage unter Wahrheit verstehen – nämlich alles, was einer wahrgenommen hat, was sich vor seinen eigenen Augen und Ohren abgespielt hat. Die persönliche Tatsachenschilderung ist immer noch der beste Ausgangspunkt für jede weiterführende Erkenntnis.

Ich verstehe mich als Opferschützerin. Meine Motivation bei meiner täglichen Arbeit und auch für dieses Buch, das hoffentlich mit seinen Berichten, Fragen und Vorschlägen einen kleinen Beitrag zur Verbesserung der Situation leistet, indem es zumindest zur Diskussion auffordert, ist ganz schlicht: Das Leiden der Opfer muss aufhören! Ich habe zu diesem Zweck bewusst auch zum Teil drastische Beispiele aus meiner langjährigen Praxis verwendet, dabei aber immer aus persönlichkeitsrechtlichen Gründen auf die Nennung von Namen und Orten verzichtet und auch sonst individualisierende Merkmale wenn möglich verändert. Das Alter der Betroffenen entspricht dem zum jeweiligen Tatzeitpunkt.

Sex & Crime und (Cyber)Mobbing – Alltag an unseren Schulen

Die Klassenhorde – von Bossen, Untertanen und anderen

Nehmen wir den bereits erwähnten Fall des 11-jährigen Schülers, dem ein Mitschüler das Messer an den Hals gesetzt hat, und schauen uns einmal an seiner Schule um, wenn dort der übliche Betrieb im Gang ist. Es wird sich zeigen, dass hier niemand eine rühmliche Rolle spielt, weder die Schülerschaft noch die Eltern des Täters noch die Schulleitung. Ich hatte mich seines Falls angenommen – nicht in meiner Eigenschaft als Polizistin, sondern als Bekannte seiner Mutter – und nach dem Vorfall ein langes Gespräch mit dem Jungen geführt, aus dem sich nach und nach ein erschreckendes Bild des Schulalltags ergab.

Das Erste, was mir auffiel, war, wie häufig er einen »Boss«, einen »Obersten« in seinen Schilderungen erwähnte. Ich fragte nach und erfuhr: Unter den Schülern seiner Klasse herrscht die Rangordnung einer Horde. Der sogenannte Boss nimmt die höchste Machtposition ein und schafft sich ein Gefolge, das ihm regelmäßig Tribut in Form von Geld oder Sachwerten entrichten muss. Mit anderen Worten: Dieser Chef verfügt nach Belieben über seine schwächeren Mitschüler und verlangt von ihnen unter anderem, für ihn zu klauen. Auch er selbst, der 11-Jährige, sei wiederholt gezwungen worden, Geld zu beschaffen; das letzte Mal habe er 50 Euro innerhalb von zwei Tagen auftreiben müssen.

Also Raub und räuberische Erpressung. Jetzt wollte ich es genauer wissen. Bei der Polizei muss ein Tatbestand grundsätzlich konkretisiert werden, was für die Opfer oft quälend ist, aber dieser Junge war froh, jemanden zum Reden gefunden zu haben, also fragte ich weiter: »Was passiert, wenn du dich weigerst?«

»Dann wird man verprügelt, bis man ohnmächtig wird.« Nicht immer durch den Boss persönlich. Natürlich hat er seine Gehilfen, seine Unterchefs, die die Schmutzarbeit übernehmen.

»Und wie schafft man es, Anführer zu werden?« Antwort: »Man prügelt sich nach oben.« In seiner Klasse gibt es zwei Gruppen mit jeweils einem Anführer, die es vermeiden, einander in die Quere zu kommen.

»Und was muss man tun, um in eine der Gruppen aufgenommen zu werden?«

»Mitmachen«, sagte er. Also stehlen, Geld beschaffen, nach der Pfeife des Chefs tanzen, der seine Gefolgsleute selbst nach Schulschluss fest im Griff hat; im Handyzeitalter kein Problem. »Wie viel Geld hast du zusammen?« Kann der Untertan den geforderten Betrag vorweisen, trifft man sich zur Übergabe, oder es ergeht der Befehl, etwas dafür zu kaufen – beziehungsweise zu klauen, wenn die Summe nicht reicht. Ganz oben auf der Wunschliste der Bosse stehen Energydrinks und Böller, die nach Schulschluss auf dem Schulhof gezündet und auf die Nachbarhäuser abgefeuert werden.

Bis hierhin war für mich nichts neu. Überrascht war ich von dem, was jetzt kam. Der Junge beschrieb, dass er und seine Klassenkameraden beim Klauen arbeitsteilig vorgingen – bei Erwachsenen würde man von bandenmäßigem Diebstahl sprechen: Ein Kind steckt sich die geklaute Ware ein und geht zur Kasse, ein zweites lenkt die Kassiererin ab, das Diebesgut wird unterhalb der Sensoren an der Kasse vorbei über den Boden geschoben und draußen einem dritten Kind übergeben, das mit der Beute verschwindet.

So sah der Schulalltag dieses Jungen aus. Der Angreifer war natürlich einer der beiden Klassenchefs gewesen und die Messerattacke eine Bestrafung für Widerspenstigkeit. Der 11-Jährige bot sich für solche Aktionen an. Er war klein und schmächtig für sein Alter und wohl das schwächste Glied in der Klassenhorde, weshalb er besonders brutal rangenommen wurde. Eine Ausnahme aber war er nicht. An seiner Schule komme es regelmäßig zu körperlicher Gewalt, erzählte er, Anrempeln, Schubsen und Treten seien üblich, Verletzungen würden in Kauf genommen, Schultaschen entrissen und beschädigt oder die Treppe hinuntergeworfen. Seine Mutter hatte mir gesagt: »Es macht meinen Sohn schon zum Gegenstand des Spotts, dass er nicht den coolsten Rucksack besitzt …«

Ob auch Lehrer angegriffen würden, wollte ich wissen.

»Ja. Die werden beklaut. Ihre Taschen werden durchsucht, ihre Schränke werden geöffnet, und wir lassen Sachen verschwinden.« Er erinnerte sich, dass einmal das Auto einer Lehrerin »geschrottet« worden sei. Es hatte sich um einen Neuwagen gehandelt, und Mitschüler hatten ihn zerkratzt und mit Fußtritten bearbeitet … Um endlich in Ruhe gelassen zu werden, verstecke er sich seit einiger Zeit während der Pausen in den Toiletten, wo er regelmäßig Zeuge von Strafmaßnahmen werde, denn Kinder, die nicht mitzögen, die sich den Bossen nicht fügten, würden mit Vorliebe in die Toilette gedrängt und dort zusammengeschlagen.

Hier beendeten wir unser Gespräch. Und ich hörte mich weiter um – auch aus beruflichem Interesse, aber nach wie vor privat. Anders als im Dienst, wo man sich die Arbeit an einem Fall teilt – während die Polizei ermittelt und die Schule ihrerseits Maßnahmen ergreift, betreuen Beratungsstellen und Jugendamt die Opfer, gegebenenfalls auch deren Familien –, konnte ich diesmal dranbleiben und die Reaktionen aller Beteiligten verfolgen. Außerdem sucht man ja, als Polizistin wie als Mutter, immer nach einer Lösung. »Was wünschst du dir, was soll sich deiner Meinung nach ändern?«, hatte ich den Jungen in unserem Gespräch gefragt und die klassische Antwort erhalten: »Ich will nur, dass es aufhört.« Und dann, nach kurzem Nachdenken: »Ich möchte, dass die Unruhestifter die Schule wechseln müssen, und nicht die Braven.« Wie sich nun zeigte, waren die Chancen dafür gering.

Der Junge und seine Eltern hatten alles richtig gemacht. Er hatte seine Mutter gleich nach der Messerattacke in die Verhältnisse eingeweiht und dabei die Diebeszüge nicht verschwiegen, und sie war nicht sofort zum Direktor gelaufen, sondern hatte als Erstes das Gespräch mit der Mutter des Angreifers gesucht. Für mich ist das der normale Weg: Wenn Kinder ihre Konflikte nicht untereinander geregelt kriegen, müssen sich die Eltern miteinander in Verbindung setzen; sollte das nichts helfen, wird die Schule einbezogen, und erst, wenn auch sie die Missstände nicht abstellen kann, wendet man sich an die Polizei. In diesem Fall aber hatte die Mutter des Angreifers auf stur geschaltet. »Du Petze führst dich hier als Übermutter auf und schwärzt meinen Sohn an«, so ungefähr waren ihre Worte gewesen, und dann eben der Satz: »Messer an der Schule sind doch normal.« Zum Schaden kam also die Beschimpfung hinzu.

An der Schule sah es nicht besser aus. Wie ich aus meinem Gespräch mit dem 11-Jährigen wusste, war es üblich, Unruhestifter von Zeit zu Zeit zum Rektor zu rufen, wo sie sich entschuldigen mussten und ermahnt wurden, woraufhin es im alten Stil weiterging. Die Messerattacke, die Diebeszüge, waren dann im Unterricht besprochen worden, aber als generelles Problem, ohne Namen zu nennen, wobei natürlich jeder in der Klasse wusste, wer gemeint war. Schließlich hatte der Schulleiter auf einem Elternabend das Thema angeschnitten, war aber weitgehend auf taube Ohren gestoßen. Die Einstellung mancher Eltern geht deutlich aus der Bemerkung eines Vaters zu einem früheren Vorfall hervor. Nachdem Schüler das Auto einer Lehrerin demoliert hatten, bekam die Geschädigte von ihm zu hören: »Was regen Sie sich so auf? Es ist doch nur Sachschaden entstanden, es ist doch keiner verletzt worden.« Als würde es zum Berufsbild des Lehrers gehören, einen Sachschaden dieser Größenordnung klaglos hinnehmen zu müssen.

Die Mutter des 11-Jährigen war einigermaßen verzweifelt. Sie hatte die kaltschnäuzige Reaktion der Mutter des Angreifers erlebt, die kraftlose Reaktion der Schule, die Uneinsichtigkeit der anderen Eltern, und sah sich jetzt außerstande, ihr Kind zu beschützen. Wenigstens mit den Raubzügen musste Schluss sein, also verlangte sie von ihrem Sohn, sich von seinen Kumpels fernzuhalten, in der Schule so gut es gehe, in der Freizeit völlig. Verständlicherweise protestierte der Junge: »Damit machst du mich doch erst recht zum Außenseiter!« Die einzige Maßnahme, die in ihrer Macht lag, hätte ihrem Sohn nichts genützt – ohne die Unterstützung der Schule würde er diesem Teufelskreis aus Unterwerfung, Auflehnung und erneuter Demütigung nicht entkommen, und der Gute wäre wieder mal der Dumme. Der Mutter war klar: Wenn sie jetzt resignierte, würde sich ihr Sohn von allen im Stich gelassen fühlen. Und ich wusste aus meiner Arbeit: Worunter Mobbingopfer – ähnlich wie Opfer von Sexualdelikten – am meisten leiden, ist das demütigende Gefühl ihrer Ohnmacht.

Blieb als letzte Chance das persönliche Gespräch mit dem Schulleiter. Diese Gelegenheit bot sich nach der Rückkehr des Jungen von einer Klassenfahrt. Tagelang vorher hatte er vor seinem Boss gezittert, dem er unterwegs schutzlos ausgeliefert sein würde, und ich hatte mir vorgenommen, ihn bei der Rückkehr vor seiner Schule zu erwarten – als moralische Unterstützung, wenn man sonst schon nichts für ihn tun konnte. Er war dann auch hocherfreut, mich dort stehen zu sehen, und zufällig bekam sein Boss unsere herzliche Begrüßung mit. Ich kannte diesen Jungen nicht, erkannte ihn aber sofort an seinem irritierten Blick, seinem düsteren Gesichtsausdruck – offenbar wusste oder ahnte er, wer ich war, und verzog sich eiligst.

Und dann das Gespräch mit dem Rektor. Ich begleitete die Eltern des Jungen zu seinem Büro, wir wurden vorgelassen, ich stellte mich vor und nannte auch meinen Beruf. Prompt machte der Mann die Schotten dicht, blockte ab, gab ausweichende Antworten, scheute vor klaren Stellungnahmen zurück und wurde regelrecht nervös – da gebe es nun nichts mehr zu besprechen, Ende, aus. Offensichtlich störte ihn meine Anwesenheit ganz außerordentlich, obwohl ich in Zivil war und gar nicht ins Gespräch eingriff. Kurzum, wir erreichten nichts.

Eigentlich hatte ich vorgehabt, noch mit den Eltern des Täters zu reden, sie zu fragen, ob sie wüssten, was ihr Kind während der Schulstunden treibe, sie darüber aufzuklären, dass hier einiges an schwerwiegenden Straftaten zusammenkäme, wenn ihr Sohn bereits älter als 14 Jahre, also strafmündig wäre: räuberische Erpressung, bandenmäßiger Diebstahl und Körperverletzung bis hin zum versuchten Tötungsdelikt. Aber aus diesem Gespräch wurde nichts, weil ich nicht als Polizistin, sondern nur als Privatperson involviert war und als solche – ohne Auftrag der Schulleitung – keine rechtliche Grundlage dafür hatte. Da der Täter noch nicht 14 Jahre alt, also strafunmündig war, wäre ein Gang der Eltern des Opfers zur Polizei juristisch folgenlos gewesen.

Bisweilen rate ich auch bei jüngeren Kindern dennoch zu einer Anzeige, damit die Polizei die rechtlichen Voraussetzungen hat zu prüfen, ob möglicherweise Interventionsbedarf in der Familie besteht. Manchmal erzählen mir betroffene Eltern außerdem, dass die Mitarbeitenden der Jugendämter sich anders verhalten, wenn sie wissen, dass die Polizei mit im Spiel ist. Und manchmal empfehle ich bei strafunmündigen Kindern, das Jugendamt zu informieren – das können Eltern und Lehrkräfte tun –, damit frühzeitig erkannt werden kann, ob und wann kriminelle Karrieren entstehen.

Doch das sind präventive Maßnahmen mit dem Ziel, Schlimmeres in Zukunft zu verhindern.

Im konkreten Fall waren alle Versuche gescheitert, in der Klasse für zivilisiertere Verhältnisse zu sorgen, gescheitert an der Uneinsichtigkeit der Beteiligten und dem unverhohlenen Widerwillen des Rektors, aktiv zu werden. Nein, es würde so bald nicht aufhören.

Wunsch und Wirklichkeit – die Schulleiterkonferenz

Bleiben wir noch für einen Moment bei dem Fall des 11-Jährigen. Ich habe ihn an den Anfang dieses Buchs gesetzt, weil er so typisch ist. Weitere Mobbingfälle werden folgen. Das Wort »Mobbing« wird heute gern – manchmal vorschnell – benutzt. Nicht jede Hänselei ist gleich ein »Mobbingfall«. Juristisch versteht man darunter generell psychische oder physische Schikanen und Diskriminierungen, die über einen längeren Zeitraum hinweg bestehen. Die verschiedenen Delikte, die damit einhergehen, gehören meist zu den »Antragsdelikten« bzw. Vergehen, wie zum Beispiel einfache Körperverletzung, Beleidigung, Bedrohung, Nötigung. Sie kommen in den seltensten Fällen zur Anklage, die Verfahren werden meist schon von der Staatsanwaltschaft eingestellt. Hinzu kommt, dass Hänseleien über das Aussehen, die Kleidung usw. von Betroffenen zwar subjektiv als Beleidigung empfunden werden, aber keine Beleidigungen im strafrechtlichen Sinne sind.

Bisweilen jedoch sind auch schwerere Straftaten Bestandteil des »Mobbings« – wie in diesem Fall zum Beispiel die räuberische Erpressung oder in einem anderen Fall, zu dem ich später kommen werde, gefährliche Körperverletzung.

Das Schikanieren und Quälen von Außenseitern – oder eigentlich von allen, die sich eine Blöße geben – ist ja an Schulen zu einer wahren Seuche geworden, und bei jedem dieser Fälle wird uns dieselbe hierarchische Klassenstruktur mit rigider Rangordnung begegnen. Das betrifft klassischerweise Jungen-»Horden« wie die gerade beschriebenen, in ähnlicher Form, jedoch weniger ausgeprägt, Mädchen-Cliquen und den gesamten Klassenverbund.

Von allen Mobbingopfern, die ich vernommen habe, ist diese Rangordnung stets als etwas Selbstverständliches vorausgesetzt worden. Sie ist allen Beteiligten so klar, dass sie kaum eigens erwähnt zu werden verdient. Und genauso selbstverständlich ist, dass als Schüler oder Schülerin nur glücklich werden kann, wer sich widerstandslos in die Gruppenhierarchie einfügt, die sich in einer Klasse herausgebildet hat, das heißt: wer sich den Gesetzen der Clique und dem Machtwort des Chefs bzw. der Chefin unterwirft. Nicht allein deshalb, weil man andernfalls mit Nachstellungen zu rechnen hat und seines Lebens nicht mehr froh wird. Das Opfer der Messerattacke sagte mir: »Wenn ich nicht dazugehöre, bin ich allein.« Und als ich weiterfragte: »Kannst du dir vorstellen, mit anderen Kindern, die auch nicht dazugehören, eine eigene Gruppe zu bilden?«, da bekam ich beinahe empört zur Antwort: »Ich will mich doch nicht mit den Losern zusammentun!«

Die Selbstorganisation einer Klasse folgt also der unerbittlichen Logik: Der oder die Ausgestoßene ist grundsätzlich ein Verlierer – auch in den Augen der anderen Ausgestoßenen. Man will dazugehören, das ja, aber nicht irgendwo, man will zur Partei der Durchsetzungsfähigsten, eben der Sieger, gehören. So wird die Schule zu einer Schule der Unterordnung. Moralische Bedenken treten dabei ganz in den Hintergrund, und womöglich sind die Spielregeln der Clique die einzigen Regeln, die diese jungen Menschen überhaupt kennen und, freiwillig oder gezwungenermaßen, akzeptieren. Das jedenfalls war in vielen Fällen mein Verdacht.

Was mir ein Lehrer unlängst erzählte, erhärtet diesen Verdacht. »Es wird immer schwerer, Täter ausfindig zu machen«, sagte er, »weil in den Klassen – wie bei der Mafia – das Gesetz der Omertà herrscht, die absolute Schweigepflicht. Früher war es einfacher, einen Übeltäter ausfindig zu machen, weil er sich entweder selbst meldete oder man einen Tipp bekam. Heute müsste man als Lehrer in die Rolle des Detektivs schlüpfen und Spuren sichern, weil sich die Schüler darin einig sind, Täter auf jeden Fall zu decken. Das persönliche Gewissen bildet kein Gegengewicht mehr gegen den Gruppendruck oder die Cliquenmentalität.«

Nein, es gibt kein Entrinnen. Wenn die Schule nicht entschieden gegen Rädelsführer einschreitet, bleibt am Ende nur der Schulwechsel – den das Mobbingopfer als neuerliche Demütigung erlebt. Denn in aller Regel werden die Unschuldigen von der Schule genommen, müssen die Opfer den Klassenverbund verlassen, während die Täter und Täterinnen den Triumph erleben, weiterhin geduldet zu sein. In allen Fällen dieser Art haben jedenfalls die belästigten und bedrohten Kinder mir gegenüber den Wunsch geäußert: »Ich möchte, dass der Täter geht, nicht ich.«

Dieser Wunsch aber erfüllt sich selten, und damit kommen wir zu den Schulleitungen – mit denen meine Beschäftigung mit der Kriminalität an unseren Schulen überhaupt anfing.

Es war 2015, als mich ein Gewerkschaftskollege vom Deutschen Beamtenbund anrief und fragte, ob ich Lust hätte, einen Workshop auf dem Deutschen Schulleiterkongress in Düsseldorf zu leiten. Ich hatte nicht die geringste Ahnung, was mich erwarten würde. Ich bildete mir ein: Da treffen sich zwei Dutzend Leute in einem geeigneten Raum, denen du etwas über Polizeiarbeit erzählst – und da ich Vorträge dieser Art schon gehalten hatte, erklärte ich mich bereit. Es war ja auch noch viel Zeit. Der Kongress sollte erst in zwei Jahren stattfinden, und solche Zusagen fallen bekanntlich am leichtesten.

Worüber sollte ich überhaupt reden? Nicht einmal das Thema meines Vortrags stand fest, und ich fing an, mir Gedanken zu machen, was Schulleiter und Schulleiterinnen interessieren könnte. Nun bearbeitete ich seit Jahren Sexualdelikte und wusste aus Erfahrung, wie verunsichert Lehrerschaft und Schulleitung in der Regel reagieren, wenn es in ihrem Umfeld zu sexuell motivierten Straftaten kommt. Ich hatte nach solchen Vorkommnissen schon etliche Male Gespräche mit Lehrern oder Lehrerinnen geführt und mir jedes Mal gedacht: Mein lieber Mann, meine liebe Frau, es kann doch nicht sein, dass du in dieser Situation dermaßen hilflos und entgeistert und überfordert bist … Wie willst du dich in dieser aufgelösten Verfassung denn vernünftig und angemessen verhalten? Dieses Bild der Hilflosigkeit stand mir vor Augen, als ich mich für das Thema »Wie gehe ich kompetent und rechtssicher mit Straftaten im schulischen Kontext um?« entschied. Dabei wollte ich mich auf Sexualdelikte – von sexueller Nötigung bis hin zur Vergewaltigung – konzentrieren.

Organisiert wurde der Schulleiterkongress von einer Agentur, die offenbar nichts dem Zufall überlassen und jeden erdenklichen Umstand regeln wollte. Gleich zu Beginn machte ich den Fehler, in meinem Vertrag mit dieser Agentur hinter dem Satz »Ich stehe im Internet für Fragen zur Verfügung« ein Häkchen zu machen. Damit hatte ich mich verpflichtet, innerhalb von 48 Stunden als Expertin auf eventuelle Fragen zum Thema zu antworten. Als mir bewusst wurde, was auf mich zukommen könnte, widerrief ich meine Zustimmung – wer bei der Polizei im Schichtdienst arbeitet, der beantwortet nach Feierabend überhaupt keine Fragen mehr. Es war mein Glück. So, wie sich die Sache später entwickelte, hätte ich mich vor Fragen nicht retten können.

Überhaupt bedauerte ich allmählich, den Auftrag angenommen zu haben. Haarklein wurde mir vorgeschrieben, wie ich bei meinem Workshop vorzugehen hätte, bis hin zur Schriftgröße und Schriftart meiner Powerpoint-Präsentation – allem Anschein nach waren deutsche Schulleiter und -leiterinnen absolute Perfektion gewöhnt. Mein Team beim Nachtdienst amüsierte sich schon, wenn ich die ganze Schulleiterkonferenz wieder mal verwünschte, und ich erwog die Möglichkeit, mich zum besagten Termin krankzumelden.

Aber – im Zuge dieser Vorbereitungen fiel mir auf, dass

das Spektrum der Delikte an Schulen viel größer ist. Ich war selbst überrascht, was da an Straftaten zusammenkam: Diebstahl, fortgesetzte und gemeinschaftlich begangene Nötigung, Bedrohung und Raub, sogar schwerer Raub, nämlich unter Androhung von Waffengewalt nach dem Motto: Wenn du mir deine Jacke nicht gibst, steche ich dich ab ... Mit solchen Straftaten hatte ich bislang nicht direkt zu tun gehabt, allenfalls im Kontext von anderen Fällen. Im Polizeipräsidium Düsseldorf hatten wir nämlich die Regelung, dass unser Kommissariat bei Sexualdelikten das komplette Verfahren übernimmt, inklusive aller anderen Straftaten, die in diesem Zusammenhang angefallen waren. Sexualdelikte ziehen sich meistens über einen längeren Zeitraum hin, bevor sie zur Anzeige kommen, und im Endeffekt hat man es dann, nach Monaten oder vielleicht sogar Jahren, mit einem ganzen Bündel von Straftaten zu tun, sodass ich bereits eine Vorstellung vom Ausmaß der Kriminalität an Schulen besaß. Aber sie war vage, und erst jetzt wurde mir bewusst, dass Straftaten aller Art zum Schulalltag gehören, dass sie an allen Schulen vorkommen, und zwar täglich. Was wiederum auf eine große Zahl von Opfern schließen ließ, die keine Hilfe erwarten dürfen, solange die Polizei über solche Vorkommnisse im Unklaren gelassen wird.

Als Mensch und als Polizistin war ich jedenfalls von meinem Befund alarmiert, und damit rückte ein neues Thema für mich in den Vordergrund: Schule und Polizei müssen kooperieren, viel enger als bisher! Diese Zusammenarbeit muss gefördert und gepflegt und zur Selbstverständlichkeit werden. War den Lehrerinnen und Lehrern, den Rektorinnen und Rektoren überhaupt bewusst, dass sie bei bestimmten Verbrechen sogar verpflichtet sind, Anzeige zu erstatten? Als grobe Richtschnur, die sich aus dem Runderlass zur »Zusammenarbeit bei der Verhütung und Bekämpfung der Jugendkriminalität« der nordrhein-westfälischen Landesregierung ergibt, gilt: Bei kleineren »Antragsdelikten« und »Vergehenstatbeständen«, die nicht mit einer Freiheitsstrafe von mindestens einem Jahr bedroht sind, also etwa Beleidigung, Nötigung, Bedrohung, einfache Körperverletzung, einfacher Diebstahl etc., kann und sollte eine Schule im Rahmen ihrer eigenen Möglichkeiten nach Lösungen suchen, da muss die Polizei nicht eingreifen. Bei »Verbrechenstatbeständen«, also Straftaten von größerem Gewicht, hat sie diese Freiheit keineswegs: Mord, Totschlag, Vergewaltigung, Raub, Erpressung sowie schwere Fälle von Bedrohung gehören dazu. Und was ist mit politisch motivierten Straftaten? Die Radikalisierung von Jugendlichen ist ein hochbrisantes Thema. Auch beim Kriminalkommissariat 12 waren wir damit schon in Berührung gekommen, und zwar über Vermisstenfälle, wenn plötzlich ein 16-jähriges Mädchen mit seinem Freund nach Syrien oder in den Irak entschwunden war. Hier hätte meiner Ansicht nach die Schule die Pflicht, genau hinzuschauen und die Polizei frühzeitig zu informieren, bevor das Kind in den Brunnen gefallen ist.

Kurzum, ich dachte nicht mehr daran, mich krankzumelden. Vielmehr stieg ich tiefer in das Thema ein und besann mich auf den Runderlass. Dieser Runderlass aus dem Jahr 2014, den man im Internet auf dem Rechtsportal des nordrhein-westfälischen Innenministeriums nachlesen kann, war damals seit einiger Zeit im Umlauf, und in meinen Augen stellte er eine Besonderheit dar, denn nicht alles, was sich die Politik einfallen lässt, erweist sich in der polizeilichen Praxis als hilfreich. In diesem Falle aber hatte die Landesregierung ins Schwarze getroffen, indem sie alle Beteiligten zur Kooperation aufrief, Staatsanwaltschaft und Gerichte, Jugendämter und Beratungsstellen, vor allem aber Schulen und Polizei. Ich würde allen Landesregierungen empfehlen, solch einen Erlass herauszugeben, weil er Schulen die nötige Orientierung und ein Stück weit Rechtssicherheit bietet.

Der Aufruf zur Kooperation war ganz in meinem Sinne, und davon bin ich heute mehr denn je überzeugt: Wir müssen zusammenarbeiten. Für sich allein kann keiner das Problem der Jugendkriminalität lösen – die Schule nicht, die Polizei auch nicht. Deshalb ist völlig richtig, was dieser Runderlass fordert, nämlich Ansprechpersonen für Schulleitungen bei der Polizei, Ansprechpersonen für die Polizei an den Schulen und regelmäßigen Kontakt zwischen beiden, wenigstens ein Mal im Jahr. Man war sich ja noch ziemlich fremd, und jede Seite würde von einem intensiveren Erfahrungsaustausch nur profitieren. Die Polizei zum Beispiel könnte an Schulen gehen und Eltern den Ernst der Lage deutlich machen, ihnen erklären, wie kriminelle Karrieren sich mit zunehmendem Alter verfestigen. Sie könnte sich in informellen Gesprächen über die Entwicklungen und Probleme an einer Schule unterrichten lassen und Missverständnisse ausräumen, und umgekehrt könnten wir als Ermittlungsbehörde von Schulleitungen lernen, was bei einem Polizeieinsatz an einer Schule alles zu bedenken ist.

Mit anderen Worten: Der Runderlass bot zahlreiche sinnvolle Anregungen, nur hatte ich die Erfahrung gemacht, dass viele Lehrkräfte ihn gar nicht kannten. Ich war mir nicht einmal sicher, dass von meinen Kollegen und Kolleginnen alle damit vertraut waren. Deshalb machte ich ihn jetzt zur Grundlage meines Vortrags auf dem Schulleiterkongress in Düsseldorf. Meine Kernthese lautete: Dieser Runderlass muss von allen zur Kenntnis genommen, durchgesetzt und ausgeführt werden, denn Zusammenarbeit ist der Schlüssel zur Lösung des Problems.

Ich machte mich zuversichtlich auf den Weg zum Tagungsort – viele von uns bei der Polizei sind Weltverbesserer, und auch mir ist diese Motivation nicht fremd. Der Kongress bewies ja, dass ein Interesse bestand. Bei meinen bisherigen Kontakten mit Schulleitungen hatte ich stets eine Zurückhaltung gespürt, eine Zögerlichkeit, die ich mir nur durch Unsicherheit und Überforderung erklären konnte, als benötigten sie dringend unsere Unterstützung, und ich war mir daher sicher, dass meine Ratschläge willkommen sein würden. Tatsächlich übertraf der Zustrom zu meinem Workshop alle Erwartungen – statt zwei Dutzend saßen in dem Raum fast hundert Interessierte, die den Eindruck machten, gespannt auf Fallbeispiele aus der Praxis zu warten. Ihren Fragen entnahm ich, dass viele am liebsten mit klaren Leitlinien an ihre Schulen zurückgekehrt wären, mit einer Checkliste, auf der sie im Ernstfall ihr Vorgehen Schritt für Schritt abhaken könnten. Hier musste ich sie leider enttäuschen, das hatte ich nicht zu bieten – aus dem einfachen Grund, weil jeder Fall auf seine Weise einzigartig ist. Selbst wenn man die grobe Unterscheidung zwischen Vergehen und Verbrechen berücksichtigt, sind die Grenzen oft fließend, und in dem einen Fall kann es richtig sein, sich zuerst an die Eltern und an eine Beratungsstelle zu wenden, in einem anderen, direkt zur Polizei zu gehen. Auch heute denke ich, dass jeder Fall genaue Betrachtung erfordert und man schwerlich verallgemeinern kann. Da mir die Frage »Was sollen wir tun?« seitdem jedoch immer wieder gestellt wurde, habe ich für dieses Buch im Anhang einige »Handlungsempfehlungen« (mit viel Spielraum für Entscheidungen, es ist immer noch keine »Checkliste«!) zusammengestellt.

Damals warb ich eindringlich – und heute ebenso – für die im Runderlass geforderte enge Kooperation zwischen Schulen und Polizei. Gut gelaufen, dachte ich zum Schluss.

Meine Aussagen auf diesem Kongress hatten zahlreiche Interviews zur Folge. Die Medien schienen regelrecht aufgeschreckt, als würden sie erstmals die Dimension ermessen, die das Problem der Kriminalität an Schulen angenommen hatte. Was der Kongress jedoch nicht zur Folge hatte, war eine spürbar gewachsene Kooperationsbereitschaft der Schulleitungen. Bis heute hat sich kaum etwas an ihrer frostigen Haltung geändert. Nach wie vor gibt es eine seltsame Berührungsangst, wie sie mir kürzlich im Gespräch mit dem stellvertretenden Schulleiter eines Gymnasiums entgegenschlug.

Unsere Unterhaltung bereitete ihm sichtliches Unbehagen. »Kriminalität an meiner Schule? Natürlich nicht. Wie kommen Sie darauf?« An seiner vorigen Schule, einer Realschule, sei es durchaus hin und wieder zu Straftaten gekommen, das ja, aber jetzt, am Gymnasium? Noch nie. Ich ließ nicht locker, und siehe da …

»Sicher wird geklaut«, räumte er ein. »Aber soll ich bei jedem Diebstahl die Polizei rufen?«

Nun, bei jedem Diebstahl vielleicht nicht. Aber wenn ein Kind ständig klaut? Lässt man es dann gewähren? Braucht man das nicht ernst zu nehmen? Die Betroffenen nehmen es womöglich ernst. Für mich war es hochinteressant, wie dieser Mann kriminelle Handlungen an seiner Schule herunterspielte, als wäre es damit getan, ein Auge zuzudrücken. Er hielt es auch nicht lange bei mir aus. Nach fünf Minuten verabschiedete er sich aus der Gruppe, mit der ich zusammenstand, und ward nicht mehr gesehen.

Ich konnte mir vorstellen, wie man an seiner Schule mit Fällen von Schülerkriminalität umgeht, so unangenehm, wie ihm dieses Thema gewesen war. Aber auch Schulen sind keine rechtsfreien Räume. Woher dann diese Abneigung, die Dinge beim Namen zu nennen?

»Das bisschen Haschisch ...«

Ich hatte mich geirrt. Unsicherheit war nicht der Grund. Die Zurückhaltung von Schulleitungen hat ganz andere Ursachen. Inzwischen wurde mir von vielen Seiten bestätigt, was man als offenes Geheimnis bezeichnen könnte: Schulleiter und Schulleiterinnen wollen nicht an die Öffentlichkeit. Sie möchten mit den Themen Gewalt und Kriminalität in keiner Weise in Verbindung gebracht werden. Sie wollen möglichst nicht hineingezogen werden in das, was sich an Rohheiten, Gemeinheiten und Straftaten an ihrer Schule abspielt. Deshalb wendet man sich nur dann an die Polizei, wenn es sich gar nicht mehr vermeiden lässt. Warum?

Weil der gute Ruf der Schule auf dem Spiel steht. Jeder Polizeieinsatz würde diesen Ruf gefährden. Auch Schulleiter geben im Gespräch unumwunden zu: Bis vor etwa zehn Jahren war es regelrecht verpönt, die Polizei zu rufen oder gar mit der Polizei zusammenzuarbeiten. Heute ringt man sich schweren Herzens dazu durch, aber nur, wenn es nicht mehr anders geht ... und stellt sich womöglich selbst dann der Polizeiarbeit in den Weg.

So erzählte mir eine Kollegin, die Drogenfälle bearbeitet: Eine 15-Jährige hatte an einer Realschule Drogen verkauft. Eine Mitschülerin meldete ihre Beobachtung der Schulleitung, woraufhin die Rektorin Anzeige erstattete – und anschließend aufgeregt protestierte, als Täterin und Zeugin zur Aussage vorgeladen wurden, als hätten wir ihre Schule gestürmt und die beiden in Handschellen abgeführt ... Dass die Polizei tatsächlich aktiv wurde, ging ihr jedenfalls dann doch zu weit. Was hatte sie erwartet? Dass wir nur so tun, als ob, mit unseren Spürhunden durch die Klassen laufen, ihren Pappenheimern einen Schrecken einjagen und die Sache ansonsten auf sich beruhen lassen? Drogenhandel an der Schule ist ein Verbrechenstatbestand, da machen wir Ernst. Meine Kollegin vermutete hinterher, dass sich die Schulleiterin nach diesem Schockerlebnis in Zukunft jedenfalls nicht mehr an die Polizei wenden werde.

Drogenhändler machen ihre Geschäfte morgens in derselben Straßenbahn, die die Schüler und Schülerinnen einiger Düsseldorfer Gymnasien auf dem Weg zur Schule benutzen. Ihre jugendliche Kundschaft erscheint also schon mit frischer Ware versorgt zum Unterricht. Als die Düsseldorfer Polizeidirektorin Irmgard Baumhus diese Erkenntnis auf einer Pressekonferenz im März 2018 bekannt gab, hüllten sich die betroffenen Schulleitungen in Schweigen. Keine war zu einer Stellungnahme bereit. Das passt ins Bild.

Ich vermute, dass bei Drogen an Schulen noch konsequenter weggeschaut wird als sonst. Einerseits ist der Verkauf von Drogen ein schwerwiegender Strafbestand, der angezeigt werden muss, andererseits stören Drogen den Unterrichtsbetrieb nicht weiter, weil sie in der Regel außerhalb der Schulzeit konsumiert werden, und beide Umstände dürften aus der Sicht von Schulleitungen dafür sprechen, kein Aufhebens davon zu machen.

Dabei weiß eigentlich jeder Bescheid. In privaten Gesprächen bestätigen Lehrkräfte und Eltern, dass Drogen an allen Schulen ein Problem darstellen, und Schulleitungen geben zu, dieses Problem einfach nicht in den Griff zu kriegen. Das ist nichts Neues, so war es zu meiner Schulzeit schon. Ich ging auf eine kirchliche Schule, und auch dort standen Drogen hoch im Kurs. Wobei wir in diesem Zusammenhang heute kaum noch über Alkohol zu sprechen brauchen. Zwar ist Alkohol daran beteiligt, dass die Ausgelassenheit rund ums Abitur mehr und mehr in Randale ausufert. Es scheint, als würden der Suff, die Benebelung und der Exzess in dieser Zeit dazugehören, und man staunt, wie viel Aggression in diesem Zustand freigesetzt wird. Aber aufs Ganze gesehen spielt der Alkohol an Schulen keine nennenswerte Rolle mehr.

Andere Arten von Drogen erfreuen sich hingegen größter Beliebtheit, allen voran Haschisch, und aus meiner Sicht ist das ein großes Problem. Auch wenn sich kaum noch jemand daran zu stören scheint, auch wenn Lehrer und sogar Politiker den Drogenkonsum verniedlichen und »das bisschen Haschisch« ganz okay finden – ich warne davor, ich bin auch strikt gegen eine Legalisierung, weil ich in meinem beruflichen Alltag ständig mit Menschen zu tun habe, die an Drogen zugrunde gehen.

Ich habe noch nie einen Drogenabhängigen erlebt, der nicht liebend gern davon losgekommen wäre oder sich lobend über Drogen geäußert hätte. Hin und wieder frage ich einen, wie er angefangen hat, und jedes Mal erhalte ich zur Antwort: »Mit Joints.« Nicht einer von ihnen ist gleich zu harten Drogen geschritten. Die Diskussion über die Legalisierung von Haschisch ist für mich daher nicht nachvollziehbar; wohl aber steht mir nach wie vor das entsetzliche Bild eines Junkies vor Augen, der eines Tages im Hauptbahnhof auf mich zugekommen war – abgemagert, heruntergekommen, besudelt und offensichtlich am Ende. Die Lebensgeschichte dieses Menschen wäre vermutlich ein heilsamer Schock für alle, die Drogenkonsum für eine akzeptable Freizeitbeschäftigung halten. Die Gefahr, dass man über kurz oder lang die Kontrolle verliert und den Weg der Selbstzerstörung einschlägt, besteht jedenfalls immer.

Deshalb möchte ich an dieser Stelle noch einmal deutlich sagen: Drogen haben an Schulen nichts zu suchen.

Juristisch muss man zwar differenzieren: So ist der Drogenverkauf von Erwachsenen über 21 Jahre an Jugendliche unter 18 Jahren ein Verbrechenstatbestand, der angezeigt werden muss, während Drogenverkauf unter Jugendlichen, sofern er nicht gewerbsmäßig stattfindet, »nur« zu den Vergehen zählt. Andererseits meine ich jedoch, dass man im Zweifelsfall Drogenhandel an der Schule immer anzeigen sollte, weil ein Verbrechenstatbestand dahinterstehen könnte.

Erwischt eine Lehrkraft ein Kind mit Haschisch oder anderen Drogen, darf und muss sie ihm diese abnehmen und sicherstellen. Drogenkonsum ist zwar nicht verboten, Drogenbesitz – der dem Konsum meist vorausgeht – hingegen schon. In den allermeisten Fällen rate ich auch hier zur Anzeige – es sei denn, das Kind hat es nachweislich zum ersten Mal probiert und ist gleich erwischt worden. Erfahren Eltern über ihre Kinder davon, dass an der Schule mit Drogen gehandelt wird, sollten sie sich zunächst an die Schulleitung wenden; falls diese nicht handelt, können sie selbst Anzeige erstatten.

Da es im Bereich der Drogen bisher keine klaren rechtlichen Vorgaben für Lehrkräfte und Schulleitungen gibt, rate ich zum einen zu internen Schulverträgen oder Geschäftsordnungen, die zu Beginn der Schulzeit unterzeichnet werden. Darin kann die Schule zum Beispiel festlegen, ob Lehrkräfte bei begründetem Verdacht Rucksäcke nicht nur sicherstellen, sondern auch selbst untersuchen dürfen (was sonst nicht ohne Weiteres erlaubt ist), welche Sanktionen die Schule für Drogenkonsum verhängt und wer wann bei begründetem Anfangsverdacht die Polizei informiert.

Nun bin ich persönlich keine Drogenexpertin. Mit Drogen habe ich bei meiner Arbeit nur am Rande zu tun – von einer Ausnahme abgesehen. Womit man im Kriminalkommissariat 12 durchaus nähere Bekanntschaft macht, sind K.-o.-Tropfen, ein Thema, das an Schulen eine untergeordnete Rolle spielt, aber für Lehrkräfte und Eltern ebenfalls interessant sein dürfte.

2006 ging es los. Junge Frauen erzählten mir immer

häufiger eine sehr ähnliche Geschichte: Sie hatten jemanden in der Disco kennengelernt und mit ihm Wodka-Red-Bull getrunken, gefeiert, getanzt und geschmust, waren dann mit ihm irgendwo hingefahren und Stunden später aus einer Betäubung aufgewacht mit dem Verdacht, vergewaltigt worden zu sein. Anfangs dachten wir noch: Alles klar, zu viel getrunken …

Aber dann sah ich einen Bericht im Fernsehen. Ein Arzt erklärte, dass die Kombination von Wodka und Red Bull einen umhauen könne, denn Alkohol, in größeren Mengen genossen, beruhige, Red Bull hingegen putsche auf, und nicht jeder Kreislauf vertrage diese Kombination. Und ich gewann den Eindruck: Es tut sich was auf diesem Gebiet, es bahnt sich etwas an …

Sobald ein unbekanntes Phänomen auftaucht, fragt man als Polizist als Erstes nach belastbaren Zahlen. Wenn einem aber neue Zusammenhänge gerade erst dämmern, gibt es natürlich noch keine Statistik, und so fing ich an, Verfahren zu sammeln, bei denen es um mysteriöse Blackouts ging. Es war ganz erstaunlich, was in diesem Bereich alles an Anzeigen zusammenkam! Im Zuge meiner Sammeltätigkeit tauchten sie dann auf, die K.-o.-Tropfen, und damit hatten wir die Erklärung für die Häufung von Ohnmachtsanfällen gefunden, wie sie neuerdings vor allem in Diskotheken auftraten.

Ich habe mich dann eingehender damit beschäftigt und festgestellt, dass K.-o.-Tropfen im Internet problemlos zu erwerben waren. Eine Internetseite, die von der Ukraine aus betrieben wurde, beschrieb sogar klipp und klar, wofür sie genutzt werden können, für Straftaten nämlich – das Bewusstsein setze aus, die Erinnerung setze aus, eine

Aussage sei daher unmöglich und mit einer Anzeige folglich nicht zu rechnen ... Auch die Gebrauchsanleitung wurde gleich mitgeliefert: Mit 0,6 Millilitern schieße man einen Menschen sechs Stunden lang weg. Aber worum handelte es sich bei diesem Mittel genau?

Wer von K.-o.-Tropfen spricht, meint in der Regel eine Substanz, die auch unter dem Namen Liquid Ecstasy bekannt ist und den wissenschaftlichen Namen Gamma-Hydroxybuttersäure, kurz GHB, trägt. Sie wirkt zunächst stimulierend und enthemmend, bevor sie dann für Stunden in einen Zustand der Bewusstlosigkeit versetzt. Ihrer aufputschenden Wirkung wegen verabreichen sich Täter K.-o.-Tropfen auch selbst – ob man später ausfällt oder bei Verstand bleibt, hängt nämlich allein von der Dosierung ab. Wer das Zeug an sich ausprobieren will, weil es ein geiler Kick ist, muss allerdings damit rechnen, in kürzester Zeit immer mehr davon zu brauchen, denn GHB macht sehr schnell abhängig, mit hässlichen körperlichen Nebenwirkungen.

Für Täter aber sind K.-o.-Tropfen tatsächlich ideal. Sie sind leicht zu beschaffen und relativ billig, sie sind in kleinen Fläschchen problemlos zu transportieren und unbemerkt einzusetzen, und der Erfolg ist durchschlagend, weil die Opfer zunächst alle Hemmungen verlieren. In Zeugenaussagen taucht dieser Effekt immer wieder auf: Ihre Freundin, heißt es regelmäßig, sei richtig abgegangen, habe wie wild rumgemacht und sich von vier Typen gleichzeitig befummeln lassen, was sonst gar nicht ihre Art sei ... Ein Täter kann sich also jederzeit darauf hinausreden, dass das Opfer offenkundig nur eins von ihm gewollt habe – etwas wie Unrechtsbewusstsein habe ich bei diesen Tätern jedenfalls nie erlebt.

Für die Opfer sind die Umstände dieser Art von Drogenkriminalität allerdings extrem demütigend. Auf der einen Seite müssen sie sich von ihren eigenen Freundinnen anhören, wie entfesselt sie sich aufgeführt haben, auf der anderen Seite können sie sich an nichts erinnern, müssen annehmen, verschleppt worden zu sein, und befürchten, vergewaltigt worden zu sein, während der Täter triumphiert – wer will ihm die Vergewaltigung denn nachweisen? Deshalb müssen wir bei K.-o.-Tropfen auch von einer beträchtlichen Dunkelziffer ausgehen; viele Opfer gehen erklärlicherweise erst gar nicht zur Polizei, weil sie zum vermuteten Tathergang nichts aus eigener Erfahrung beisteuern können. Die Frage, ob ein Ermittlungsverfahren in solchen Fällen überhaupt einen Sinn hat, liegt nahe.

Die Antwort lautet: Ja. Hat es. Wir können – solange die Substanzen im Körper vorhanden sind, also bis maximal 10 Stunden nach der Tat – Urin- und Blutproben auswerten. Außerdem profitieren wir davon, dass heutzutage jeder etwas postet, jeder Fotos macht, jeder jedem auch die unbedeutendsten Vorgänge seines Alltags mitteilt, also überprüfen wir: Wann hat jemand das letzte Mal, wann hat jemand das erste Mal wieder sein Handy benutzt, und was ist darauf zu sehen? Auf diese Art können wir zumindest die Tatzeit eingrenzen. Oft helfen uns auch Videos weiter, denn in vielen Fällen wird die Vergewaltigung gefilmt und der Film anschließend verbreitet. Für die Opfer ist das natürlich eine Horrorvorstellung, weil sie auf solchen Filmen entweder total aufgedreht zu sehen sind oder völlig leb- und wehrlos, aber für die Ermittlungsarbeit sind derartige Videos ein Glücksfall.

Sich gegen K.-o.-Tropfen zu schützen ist allerdings so

gut wie unmöglich. Erfahrene Discobesucher wissen, dass man auf sein Glas aufpassen muss, aber wer soll es den ganzen Abend lang im Auge behalten? Größeren Erfolg verspreche ich mir von der Videoüberwachung in Diskotheken und der Zusammenarbeit mit Betreibern und Türstehern. Längst nicht alle sind dazu bereit, mit der Polizei zu kooperieren und Anzeige zu erstatten, aber manchmal funktioniert es, weil ein Geschäftsführer seinen Laden sauber halten will.

Was man eigentlich auch von den Schulen erwarten sollte. Die K.-o.-Tropfen-Problematik hat sich dort wahrscheinlich noch nicht herumgesprochen, obwohl diese Substanzen mit einiger Wahrscheinlichkeit auch dort die Runde machen – nicht anders als Amphetamine und Ecstasy in Tablettenform, die bei verhafteten Schülerinnen und Schülern gelegentlich gefunden werden. Wie viele verschiedene Drogen es gibt, ist schwer zu sagen, in diesem Bereich haben alle Beteiligten inzwischen den Überblick verloren. So ist dem letzten Drogenbericht zum Beispiel zu entnehmen, dass jährlich rund 70 neue synthetische Drogen auf den Markt kommen.

Man sollte das Thema also sehr ernst nehmen. Die hohen Strafen, die auf Drogenhandel stehen, finde ich absolut gerechtfertigt. Umso bedauerlicher ist das Verhalten von Schulleitungen, die ausgerechnet auf diesem Ohr besonders schwerhörig sind.

Um es deutlich zu sagen: Die Schule ist in vielen Fällen tatsächlich ein hermetisch geschlossener Raum und die Polizei dort etwa so erwünscht wie Hunde in einer Metzgerei. Wobei die Öffentlichkeitsscheu der Schulleitungen weiter geht, als ich je gedacht hätte. Beim Treffen mit einem

Vertreter der bürokratiekritischen Werner-Bonhoff-Stiftung bat ich um Best-Practice-Beispiele, also um Namen von Schulen, die beispielhafte Programme und Konzepte entwickelt hatten, sei es zur Vorbeugung von Straftaten, sei es zum Antiaggressionstraining, sei es zur Drogenprävention, sei es zur Kooperation mit der Polizei, aber mein Gesprächspartner musste mich enttäuschen. Er konnte mir keine nennen. So erfuhr ich, dass es zwar Schulen gibt, die sich beispielsweise an dem Projekt »wachsame Schule« der Werner-Bonhoff-Stiftung beteiligen oder andere gute Programme bieten. Allerdings sei das Ganze derzeit noch zu wenig strukturiert, als dass man damit an die Öffentlichkeit gehen möchte. Hinzu kommt, dass viele Schulen noch nicht einmal als Vorbild von sich reden machen wollen, mit Projekten und Programmen, die funktionieren, weil man auch dadurch auf interne Probleme schließen könnte – aha, bei denen stimmt was nicht, sonst würden sie dieses Programm nicht brauchen. Lieber bleiben die Schulen grundsätzlich in Deckung.

Dahinter steht natürlich die Furcht vor sinkenden Anmeldezahlen, und ich verstehe das. Wie schnell hat eine Schule heutzutage den Ruf weg, dass dort Missstände herrschen, dass dort zum Beispiel mit Drogen gehandelt wird. Sind solche Beschuldigungen erst einmal in die Welt gesetzt, wird man den Makel kaum noch los – also spielen die Schulleitungen die Vorfälle herunter oder kehren sie ganz unter den Teppich. Trotzdem – was für eine verheerende Strategie!

Mobbing und mehr – das tägliche Elend an unseren Schulen

Polizeiarbeit geht an die Nerven. Ich merke es unter anderem daran, dass ich seit Langem den Sonntagabend-»Tatort« im Fernsehen nicht mehr aushalte. Wieso? Weil er mir zu realistisch ist. Zu realistisch, und übertrieben dramatisch inszeniert. Was ich gut verkrafte, sind amerikanische Serien, die total überzeichnet sind, total schräg. Die Fälle dürfen ruhig wirklichkeitsnah sein, aber die Polizeiarbeit sollte einen Stich ins Surreale haben oder meinetwegen ins Clowneske; ich möchte nicht nach Feierabend noch an die düsteren Seiten meines Berufs erinnert werden. Die Macher des »Tatorts« haben den Ehrgeiz, der Realität so nahe wie möglich zu kommen; das schaffen sie auch ganz gut, aber nach 25 Jahren im Polizeidienst lege ich auf Realismus im Kriminalfilm keinen gesteigerten Wert.

Was ich überhaupt nicht mehr ertrage: wenn Opfer in einem Film auch nur andeutungsweise gequält werden. Ich mag als Zuschauerin nicht gezwungen sein, die Hilflosigkeit des Opfers zu teilen. In der Wirklichkeit des Polizeialltags hingegen werde ich mit den Zumutungen meines Berufs wesentlich besser fertig; wohl deshalb, weil ich mittendrin bin, Menschen und Schicksale hautnah erlebe und handeln, reden, eingreifen und einwirken kann. Nicht zu unterschätzen ist außerdem die gegenseitige Unterstützung im Kollegenkreis. Umso bedrückender empfinde ich jene Fälle, die lange und nicht einmal im Verborgenen vor sich hin schwelen, bevor die Polizei eingeschaltet wird. Da bringt ein Kind zwar den Mut auf, sich an Eltern oder Lehrer zu wenden, stürzt die Erwachsenen damit aber nur in Verwirrung und Ratlosigkeit und erreicht letztendlich nichts.

Dabei rede ich hier nicht von schwerwiegenden Straftaten, die auch vorkommen. Ich rede von den zahllosen alltäglichen An- und Übergriffen an Schulen, die es nie in die Schlagzeilen schaffen, es sei denn, ein Jugendlicher hat mit dem angekündigten Suizid ernst gemacht. Und ich rede von jenen Verantwortlichen, die gar nicht mitkriegen, was sie durch ihre Ratlosigkeit – oder ihre Gleichgültigkeit – anrichten. Ich rede von Fällen wie dem folgenden:

Eine Schülerin führt sich in ihrer Klasse als Tyrannin auf. Als Boss einer Art Mädchengang macht sie sich andere durch Drohungen und Gewalt gefügig und stiftet ihr Gefolge dazu an, Mitschülerinnen auf dem Schulgelände zu verprügeln. Ein Mädchen hat besonders unter ihr zu leiden, es wird unablässig gedemütigt, beschimpft, angepöbelt, drangsaliert. Ein typischer Fall, und die Lehrkräfte wissen Bescheid. Das Treiben dieser Tyrannin ist ein offenes Geheimnis.

Angstzustände, Schlaflosigkeit, Leistungsabfall an der Schule – der Mutter sind diese Symptome an ihrer Tochter ebenfalls längst aufgefallen; sie wird deshalb bei der Schulleitung vorstellig. Das Opfer selbst hat sich bereits an den Vertrauenslehrer gewandt, es ist sogar zu einem Gespräch mit dem Schulpsychologen gekommen. Aber nichts geschieht – die Schule sieht sich außerstande, der Tyrannin Einhalt zu gebieten, und jetzt fahren die beiden, Täterin und Opfer, mit der Klasse auf einen Reiterhof.

Dort setzt sich die Serie der Demütigungen und Quälereien fort. Einmal wirft sich die Tyrannin nackt auf das bekleidete Opfer – eine Demonstration der Überlegenheit und ihrer Überzeugung, sich alles ungestraft herausnehmen zu können. Die Betreuerinnen und Betreuer auf dem Reiterhof sind durch die Eltern des Opfers informiert worden, fühlen sich aber überfordert – man kann die Mädchen ja nicht rund um die Uhr beaufsichtigen. Täterin und Opfer werden lediglich in verschiedenen Zimmern untergebracht, was nichts nützt, weil die Täterin überall Zugang hat. Und dann kommt es, noch während der Reiterferien, zu einer gefährlichen Körperverletzung: Die Tyrannin lauert dem Mädchen im Zimmer auf, fällt über es her und schlägt seinen Kopf gegen einen Schrank. Jetzt reicht es den Eltern, und nachdem die Kopfverletzung ihrer Tochter im Krankenhaus behandelt worden ist, kommen sie zu uns und erstatten Anzeige.

So typisch dieser Fall ist, so typisch ist das Verhalten aller Beteiligten: Kein Erwachsener erkennt die Tragweite dieser Vorfälle, keiner ermisst, wie hoch der Leidensdruck ist. Auf meine Frage, weshalb sie ihre Tochter überhaupt auf den Reiterhof hat mitfahren lassen, antwortet die Mutter: »Die Reiterferien waren doch schon bezahlt …« (In einer idealen Welt würde ich natürlich eher dafür plädieren, die Täterin nicht mitfahren zu lassen, aber das ist rechtlich sicher schwierig.) Anschließend versucht die Mutter, den Angestellten des Reiterhofs einen Strick aus den Vorfällen zu drehen, sie fordert ihr Geld zurück und erwägt, strafrechtlich gegen die Lehrkräfte vorzugehen. Ich kenne das – wenn Eltern merken, dass etwas schiefgelaufen ist, schieben sie die Verantwortung mit Vorliebe auf andere ab. In der Vernehmung hatte ich allerdings den Eindruck, dass diese Eltern sich nicht viel energischer für ihre Tochter eingesetzt hatten als Lehrkräfte und Betreuungspersonen. Mit anderen Worten: Keiner hat so genau hingeguckt, keiner hat wahrscheinlich so genau hingucken wollen, und das altbekannte Ende vom Lied war: Das Opfer wurde aus der Klasse genommen. An der Verhandlung gegen die Täterin habe ich nicht teilgenommen, über das Strafmaß kann ich daher nichts sagen.

So stellt sich ein gewöhnlicher Mobbingfall aus meiner Sicht dar, nachdem alle Beteiligten vernommen wurden. Und nun noch einmal das alltägliche Elend an unseren Schulen aus einer anderen Warte und in der nüchternen Form eines Fragebogens. Die Werner-Bonhoff-Stiftung in Berlin lässt nämlich Schüler und Schülerinnen sowie Eltern selbst zu Wort kommen, und zwar im Rahmen des bundesweiten Mitmach-Projekts »Nach der Tat«. Die Fragebögen der Stiftung, die mir anonymisiert weitergeleitet wurden und aus denen ich auszugsweise zitieren darf, bieten jedem die Möglichkeit, seine Erfahrungen und Leidensgeschichte in knappen Worten anonym zu schildern, als Antwort auf eine Handvoll gezielter Standardfragen, und das Ergebnis liest sich wie ein Katalog der gängigen Demütigungen an unseren Schulen. Die Sprache dieser Antworten mag manchmal etwas unbeholfen ausfallen, aber die Antworten selbst leuchten den Schulalltag ganz gut aus. Hier also drei Beispiele mit Informationen und Eindrücken aus erster Hand, im Originalton.

FRAGEBOGEN 1

Dieser Fall trug sich 2016 an einem Gymnasium in Baden-Württemberg zu.

Ich nenne meinen Namen nicht, weil …?
(kein Eintrag)

Was ist alles passiert?
Beleidigungen, Spötteleien, Erpressung (Geld).
Mein Sohn bekommt auch viele Nachrichten auf sein Handy (Beleidigungen)

Wann ist zuletzt was passiert und seit wann passiert das? Haben sich die Taten wiederholt?
Seit der 5. Klasse. Letzte Woche ein körperlicher Übergriff

Weißt du etwas über Verletzungen oder andere Folgen für den Angegriffenen?
Ja, Schleudertrauma durch den Angriff und depressive Verstimmung, Angst vor der Schule, Schlafstörungen, Bauchschmerzen und Durchfall

Wer war dabei?
Mein Sohn und die der Schule bekannten Täter, speziell handelt es sich um einen Jungen und seine Anhänger

Wurde bisher schon etwas unternommen?
In diesem Fall nicht, aber bei anderen Vorfällen Briefe an die Eltern des Täters und Ausschluss von einer Klassenfahrt, leider ohne Erfolg, da der Täter weitermacht

FRAGEBOGEN 2

Und hier ein Fall, der sich 2014 in Nordrhein-Westfalen ereignete.

Ich nenne meinen Namen nicht, weil …?
… es mir wichtiger ist, dass etwas passiert, als dass ich im Mittelpunkt stehe.

Was ist alles passiert?
Dinge wie Beleidigung, das Bewerfen anderer mit Müll und Essensresten und Ähnliches passieren ständig. Seltener werden Schüler herumgeschubst oder sogar geschlagen. Es sind immer mehrere Schüler daran beteiligt, und nur selten verteidigt jemand das Opfer. Einige Schüler/innen werden von einer großen Menge systematisch ausgegrenzt. Ihnen werden wichtige Informationen vorenthalten, und sie verlieren den Großteil ihrer Kontakte

Wann ist zuletzt was passiert und seit wann passiert das? Haben sich die Taten wiederholt?
All dies passiert an unserer Schule sehr oft, fast täglich. Auch wenn jetzt Ferien sind, gehen die Angriffe auf digitaler Ebene weiter. Schüler werden im Internet beleidigt und gemobbt. Und leider muss ich berichten, dass, seit ich auf diese Schule gekommen bin, und das ist schon 6 Jahre her, Mobbing unter den Schülern stattfindet

Weißt du etwas über Verletzungen oder andere Folgen für den Angegriffenen?
Direkte Verletzungen sind mir nicht bekannt, da sich der Großteil des Mobbings auf verbaler Ebene abspielt. Allerdings kenne ich mehrere Schüler/innen, mich eingeschlossen, die aufgrund des Mobbings schwere psychische Schäden davongetragen haben und in psychologischer Behandlung sind

Wer war dabei?
Mir ist aufgefallen, dass sich erstaunlich viele an diesem Mobbing beteiligen. Dies kann auch daran liegen, dass jedes Opfer eigene »Hauptmobber« hat. Das sind pro Opfer mindestens drei oder vier Schüler/innen. Dazu kommen noch etliche Mitläufer sowie Zuschauer, die grinsend dastehen und nichts unternehmen

Wurde bisher schon etwas unternommen?
Außer kurzen Gesprächen zwischen Lehrern und Opfern, auf die meist keine Taten folgten, sind mir keine bisher gestarteten Maßnahmen bekannt

FRAGEBOGEN 3

Der dritte Fall geht auf Vorkommnisse an einem bayerischen Gymnasium im Jahr 2013 ein.

Ich nennen meinen Namen nicht, weil …?
… es völlig unerheblich ist, wer das hier schreibt. Ich war und bin davon betroffen, aber ich glaube, dass es vor allem wichtig ist, dass die Schule ihre generelle Einstellung zum

Thema ändert. Wir versuchen schon seit Längerem, die Schule darauf aufmerksam zu machen, aber dieses Thema ist zu unbeliebt, als dass sich jemand seiner annehmen würde

Was ist alles passiert?
Es war so ziemlich alles dabei – offene Demütigungen im Klassenverband bis hin zu einer Art Verleumdung in der Stadt selbst. Noch jetzt leide ich darunter, dass mich fast ein kompletter Kurs ignoriert, und ich habe erst letzte Woche wieder einmal das Gefühl erlebt, wie es ist, allein in einen Klassenraum zu kommen, und dann herrscht für ein paar Sekunden Totenstille, obwohl es vorher noch laut und das Gelächter bis auf den Flur zu hören war. Es geht teilweise so weit, dass Schüler mit Messern bedroht werden. Psychoterror findet zudem durch Beleidigungen und Verleumdungen per SMS, WhatsApp und auf Facebook statt. Manchmal ist es auch schlicht und einfach »nur« das Ausgeschlossenwerden

Wann ist es zuletzt passiert und seit wann passiert das? Haben sich die Taten wiederholt?
Ich habe seit dem Schuljahr 2005/2006 mit Mobbing zu tun – entweder als Betroffene oder als Helfende –, und bislang gab es kein Schuljahr, in dem ich nicht irgendwie damit konfrontiert worden wäre

Weißt du etwas über Verletzungen oder andere Folgen für den Angegriffenen?
Angst, zur Schule zu gehen, Schlafstörungen, Suizidgedanken und Selbstverletzungen

Wer war dabei?
Je nach Angriff Schüler, teilweise auch Lehrer, die es einfach nicht verstanden haben, helfend einzugreifen

Wurde bisher schon etwas unternommen?
Vereinzelte Gespräche im Klassenverband. Diese änderten aber nichts

So weit die Fragebögen der Werner-Bonhoff-Stiftung. Ich habe für diese Stichproben bewusst Fälle ausgesucht, die sich an Gymnasien zugetragen haben. Meiner Erfahrung nach geht es dort nämlich keineswegs zivilisierter zu als an Grund-, Haupt- und Realschulen, im Gegenteil. An Gymnasien sind Rambo-Methoden zwar seltener zu beobachten, dafür läuft das Mobbing dort mit psychologischer Raffinesse ab, subtiler und vielleicht gerade deshalb noch schmerzhafter für die Opfer.

Die Liste der Straftaten, die an Gymnasien begangen werden, ließe sich verlängern. Nach allem, was ich nebenbei mitkriege, ist mutwilliges Zerstören von Schuleigentum vielerorts an der Tagesordnung. Oder nehmen wir jene Abiturfeiern, die immer mehr in Orgien der Verwüstung und der Aggressivität ausarten, wie 2016 in Köln, wo es zu schwerwiegenden Straftaten wie gefährliche Körperverletzung, Verstößen gegen das Waffen- und Betäubungsmittelgesetz und Widerstand gegen Vollstreckungsbeamte kam. Dazu kommen Delikte, denen keine kriminelle Absicht zugrunde liegt, zu denen es aus Jux und Tollerei kommt, wie das Versprühen von Pfefferspray in einer Klasse oder auf den Gängen einer Schule. Seit den Vorkommnissen auf der Kölner Domplatte und anderenorts zu Silvester 2015 taucht Reizgas immer häufiger auch in Schulen auf. Reizgas »nur zur Tierabwehr« ist zwar ohne Altersbeschränkung frei zu erwerben und Pfefferspray ohne diese Aufschrift mit dem Prüfsiegel der Physikalisch-Technischen Bundesanstalt (PTB) ab 14 Jahren. Beide aber haben an Schulen nichts zu suchen, ebenso wenig Messer, Schreckschusspistolen oder Pistolenattrappen. Das sollte selbstverständlich sein, ist es aber nicht. Auch nicht an Gymnasien.

Bleibt die Hoffnung, dass Schulen mit besonders hohem pädagogischem und sozialem Anspruch dem Trend zur Verrohung mehr entgegenzusetzen haben. Tatsächlich mag es an Klosterschulen oder Privatschulen gesitteter zugehen, aber einer der krassesten Mobbingfälle, der mir je zu Ohren kam, spielte sich ausgerechnet an einer Waldorfschule ab. Ein 10-jähriger Junge war seit der zweiten Klasse unablässigen Anpöbelungen und Demütigungen ausgesetzt. Warum soll die Schülerschaft einer Waldorfschule nicht mit ähnlichen »Jagdinstinkten« ausgestattet sein wie die anderer Schulen? Erschütternd aber war die Reaktion von Lehrkräften und Schulleitung. Sie wollten die Vorkommnisse nicht wahrhaben, nach dem Motto: So etwas gibt's an unserer Schule nicht, und stellten die Eltern des Jungen auf einem Elternabend sogar als Nestbeschmutzer bloß. Der Junge weigerte sich daraufhin fast ein Jahr lang, überhaupt zur Schule zu gehen, und musste zu Hause unterrichtet werden.

Ich konnte es kaum glauben. Ich war der Meinung gewesen, dass man an Waldorfschulen einen deutlich anderen Umgang miteinander pflegt, dass dort gegenseitige Wertschätzung großgeschrieben wird. Inzwischen weiß ich aus etlichen Gesprächen, dass auch dieser Schultyp keinen absoluten Schutz vor jenen Gehässigkeiten bietet, die anderswo gang und gäbe sind.

Für immer nackt – Spielarten des Cybermobbings

Mobbing ist, wie gesagt, eine Seuche an allen Schulen. Eine zeitgenössische Spielart ist – wen wundert es – das »Cybermobbing«, also die Verlagerung bzw. Verlängerung der Schikanen und Beleidigungen ins Internet via Facebook, WhatsApp, Instagram & Co. Vom »normalen Mobbing« unterscheidet sich das »Cybermobbing« dadurch, dass es keine Grenzen kennt, weder räumliche noch zeitliche (auch nachts um 2 Uhr haben niederträchtige Kommentare Zugang zum Schlafzimmer), und dass der Personenkreis der Zuschauerinnen und Zuschauer fast beliebig erweiterbar ist – umso schlimmer für den oder die Betroffene. Ein Missstand, der im schulischen Bereich wahrscheinlich noch weiter verbreitet ist als Drogenhandel, ist das Cybermobbing im Zusammenhang mit Nacktfotos.

In diesem Fall verfüge ich über Zahlen. Nach einer Erhebung des Instituts für Sexualforschung in Hamburg geben 28 Prozent aller Jugendlichen zwischen 14 und 17 Jahren zu, schon einmal Nacktfotos von sich im Internet versendet zu haben, 55 Prozent geben an, welche empfangen zu haben. Die wahren Zahlen dürften noch höher liegen. Dieses sogenannte Sexten ist eine Spielart der unter Jugendlichen grassierenden Selfie-Manie – Mädchen machen vor dem Spiegel Aktbilder von sich und verschicken sie über ihr Handy, Jungen genauso von ihren Geschlechtsteilen.

Wie ich aus etlichen Verfahren weiß, fängt es harmlos an. Ein Mädchen findet einen älteren Jungen an ihrer Schule gut. Der sagt ihr: »Ich mag dich, schick mir doch ein Bild von dir, du hast so tolle Beine.« Das Mädchen erfüllt ihm diesen Wunsch, und es bleibt nicht bei den Beinen. Dieses Kokettieren mit dem eigenen Körper gehört in der Pubertät wohl dazu, und wenn der Empfänger dann anerkennende Worte für die eigene Schönheit findet, ist es ein hübscher Triumph – als es noch keine Handys gab, haben sich Mädchen in diesem Alter geschminkt und den Schmuck ihrer Mutter angelegt, sind in den Schuhen der Mutter herumgestöckelt und haben Komplimente eingeheimst. Man könnte das Sexten also als unvermeidliche Variante zeitgemäßen Paarungsverhaltens betrachten, wäre es nicht mit einer großen Gefahr verbunden: Solche Bilder machen ruck, zuck die Runde; ein Klick, und das Privateste ist öffentlich.

Oftmals ist dabei böser Wille oder Schadenfreude im Spiel, aber längst nicht immer. Bei Jungen gelten Nacktfotos auf dem Handy als Trophäe – nicht unwahrscheinlich, dass sie sich damit vor ihren Kumpeln brüsten werden. Es reicht aber schon, dass einem Mitschüler das Handy seines Freundes in die Hände fällt und er die entsprechenden Bilder durch Zufall entdeckt. Jedem, der mit dem Gedanken spielt, dem Freund oder der Freundin Bilder von sich zukommen zu lassen, muss also klar sein: Man verliert unweigerlich die Kontrolle über ein Bild, sobald man es versendet.

Genau darin liegt das Problem. Aktfotos werden ja auf

Treu und Glauben verschickt, in der Annahme, dass Intimes beim Empfänger gut und sicher aufgehoben ist. Aber davon darf man nicht ausgehen. Niemand kann sich darauf verlassen, dass solche Bilder nicht dazu benutzt werden, den Absender bloßzustellen, lächerlich zu machen und dem Gespött preiszugeben. Offenbar kostet es heute eine unzumutbare Überwindung, etwas nicht an die große Internetglocke zu hängen. Denn Illoyalität zahlt sich eben aus – in Form von Aufmerksamkeit und Anerkennung durch all jene, die sich auf Kosten anderer amüsieren wollen. Nacktfotos von sich zu verschicken ist also ein ziemlich sicherer Weg, zur Belustigung seiner Mitschüler – und zum eigenen Unglück beizutragen.

Was können Eltern und Lehrkräfte dagegen machen? Wenig. Prävention ist hier der beste Weg, das heißt sie müssen die Kinder zu Hause und in der Schule im Rahmen der Sexualaufklärung oder der Medienerziehung über die Gefahren von Bildern im Internet aufklären. Erfahren Eltern dennoch eines Tages, dass Nacktfotos von ihrer Tochter – meist sind es Mädchen – im Internet oder in WhatsApp-Gruppen kursieren, gilt es bedachtsam abzuwägen. Hier ist eine Anzeige nicht immer die erste Wahl, wie sich im folgenden Fall von Cybermobbing zeigt, der von den Eltern angezeigt wurde.

Ein 13-jähriges Mädchen hat einen fünf Jahre älteren Freund. Sie schickt ihm Fotos von ihren Brüsten, der Freund spielt die Aufnahmen seinen Klassenkameraden zu, und ihr Vater entdeckt diese Bilder auf dem Handy der Tochter und geht an die Decke. Die Eltern erstatten bei uns Anzeige; beide sind aufgebracht, in einem Zustand äußerster Erregung. Der Vater vermutet einen internationalen Kinderpornoring im Hintergrund – wofür es keinerlei Hinweise gibt, zumal die Tochter von Anfang an geständig ist –, und die Mutter jammert, das Leben ihres Kindes sei zerstört – mit dem Amerikastipendium ihrer Tochter sei es jetzt wohl vorbei, und jeder mögliche Arbeitgeber könne die Bilder später zum Anlass nehmen, das Mädchen abzulehnen.

Wahr daran ist: Das Internet vergisst nicht. Aus solchen Geschichten kommt man nicht mehr raus. Wahr ist aber auch: Bei der Schnelllebigkeit unserer Zeit wird sich in ein, zwei Jahren niemand mehr dafür interessieren, ob jemand irgendwann Aktbilder von sich gemacht hat. Rein strafrechtlich betrachtet, hat das Mädchen zwar Kinderpornografie hergestellt und verbreitet, indem sie sich fotografiert und diese Bilder verschickt hat, doch da sie unter 14 Jahren, also strafunmündig ist, fällt das nicht ins Gewicht. Für den 18-jährigen Jungen allerdings sieht es schlechter aus. Denn wer in Deutschland Nacktfotos einer Minderjährigen anfordert, verstößt gegen das Verbot von Kinderpornografie, und wer solche Bilder weiterleitet, könnte gleich mit mehreren Paragrafen in Konflikt kommen, zum Beispiel §§ 184 (Verbreitung pornografischer Schriften), 184 b (Verbreitung, Erwerb, Besitz von kinderpornografischen Schriften), 184 c (Verbreitung, Erwerb und Besitz von jugendpornografischen Bildern), 184 d (Zugänglichmachen pornographischer Inhalte mittels Rundfunk oder Telemedien; Abruf kinder- und jugendpornographischer Inhalte mittels Telemedien) StGB.

Kommt solch ein Fall bei uns zur Anzeige, gehen wir der Sache nach, das heißt wir leiten ein Ermittlungsverfahren ein, erheben Beweise, führen Zeugen- und Beschuldigtenvernehmungen durch usw. Bei entsprechender Beweislage würde er als Jugendlicher zwischen 14 und 18 Jahren nach dem Jugendstrafrecht verurteilt, ab Volljährigkeit wie in diesem Fall nach dem allgemeinen Strafrecht. Interessanter war für mich hier aber ein anderer Aspekt: Soll man in diesem Fall als Eltern intervenieren, drohen, verbieten, anzeigen – oder soll man sich zurückhalten und der Tochter die Sache durchgehen lassen?

Ich hatte nämlich Folgendes beobachtet: Die 13-Jährige war mit einer Freundin bei mir zur Vernehmung erschienen, und im Laufe der Befragung bemerkte ich, dass ihr die Anwesenheit dieser Freundin immer unangenehmer wurde. Ich bedeutete der Freundin hinauszugehen, und als wir unter uns waren, kam heraus: Das Opfer wollte mir gegenüber in aller Offenheit bekennen, wie viel Spaß ihr das Fotografieren gemacht hatte – im Unterschied allerdings zur späteren Verbreitung der Fotos durch den Freund und das anschließende Mobbing durch Mitschülerinnen und Mitschüler.

Hier lag also ein Grenzfall vor, und ich überlegte hinterher: Vielleicht sollten Eltern mit ihrer Tochter sprechen, statt in helle Aufregung zu geraten. Vielleicht sollten sie ihr »Wie doof kann man eigentlich sein?« herunterschlucken und akzeptieren, dass das Internet gerade im Bereich der Sexualität andere Ausdrucksformen begünstigt, als sie früher üblich waren. Allerdings sollten sie dann nicht verschweigen, welche Gefahr damit verbunden ist, weil Sensationsgeilheit und Schadenfreude oft genug über Treu und Glauben triumphieren. Man muss heute damit rechnen, dass Privates nicht lange privat bleibt und eine hemmungslose, gierige Öffentlichkeit nur auf solche Bilder wartet.

Ob und wie hoch der 18-Jährige in diesem Fall bestraft wurde, habe ich nicht weiterverfolgt.

Bisweilen rächt sich ein Partner nach einer Trennung, indem er die gesammelten Nacktbilder seiner Freundin veröffentlicht – oder sie damit erpresst, wie es im nächsten Beispiel geschehen ist. Dies ist ein geradezu klassischer Fall von Cybermobbing, der gleichzeitig zeigt, dass dieses Delikt oft mit Straftaten wie Erpressung und Nötigung einhergeht.

Zwei Freundinnen – sie gehen in dieselbe Klasse – machen Aktfotos voneinander. Eine fotografiert die andere, lesbische Spiele kommen hinzu; man macht also eine kribbelnde, neue Erfahrung, mit einer aufregenden Tabuverletzung verbunden, und ich verstehe, dass die Versuchung groß ist. Die beiden tauschen die Fotos untereinander aus, und nun passiert, womit keine gerechnet hat: Es kommt zwischen ihnen zum Zerwürfnis, und Freundschaft schlägt in Feindschaft um.

Nun eignen sich verfängliche Bilder hervorragend als Druckmittel. Wer andere der Peinlichkeit aussetzen kann, hat sie fest in der Hand. Jungen benutzen Nacktfotos, um Mädchen sexuell gefügig zu machen. Mädchen bedienen sich ihrer, um die ehemalige Freundin zu demütigen oder ihre Aufmerksamkeit zu erzwingen oder um Geldforderungen Nachdruck zu verleihen, sie also zu erpressen. In diesem Fall verlangte die eine von der anderen konkrete Dinge wie Klamotten oder Schmuck als Gegenleistung für das Versprechen, die Bilder nicht ins Netz zu stellen, und was als verzeihliche Eitelkeit und pubertäre Neugier begonnen hatte, endete – nachdem die Eltern des Opfers direkt Anzeige erstattet hatten – als Fall für die Ermittlungsbehörden.

Das ist die eine Seite, und sie ist unangenehm genug. Niemand rückt gerne bei der Polizei mit intimen Praktiken heraus, so gängig sie auch sein mögen – schon gar nicht in diesem Alter. Davon abgesehen aber muss der seelische Stress für diese jungen Leute enorm sein. Jede Schülerin, die Opfer dieser Form des Cybermobbings wird – und es trifft ganz überwiegend Mädchen –, wird sich permanent beobachtet fühlen, muss vor allem an der Schule, in der Klasse, jederzeit mit hämischen Blicken und spöttischen Kommentaren rechnen und wird selbst außerhalb, auf der Straße, in der ständigen Angst leben, erkannt und angesprochen zu werden. Was bedeutet dieser Stress für ihre Aufmerksamkeit im Unterricht, für ihre Lernbereitschaft, also für ihre schulischen Leistungen? Und wie belastend muss es sein, seinen Quälgeistern Tag für Tag zu begegnen, weil es die Mitschüler, womöglich die eigenen Klassenkameraden und Klassenkameradinnen sind? Scham, die kein Ende findet, wird unerträglich, und die entsetzliche Vorstellung, für immer nackt zu sein, hat nicht wenige Jugendliche in den Suizid getrieben.

Um einen weiteren Aspekt zu beleuchten, bevor wir uns dem nächsten Fall zuwenden: Wenn Mädchen der Bitte um Nacktfotos widerstandslos nachkommen, ist nicht auszuschließen, dass Jungen sie für Freiwild halten. Es besteht immer die Gefahr, dass Hemmungslosigkeit mit Hemmungslosigkeit beantwortet wird. Aus Sicht der Polizei lässt sich hier jedenfalls ein Zusammenhang erkennen: Wer so freizügig mit seinem Körper umgeht, wird leider davon ausgehen müssen, dass andere darin eine Aufforderung erblicken. Dies gilt es zu bedenken. Es sind Überlegungen, die in ein Gespräch zwischen Eltern und Tochter einfließen könnten. Sie stellen – um es unmissverständlich zu sagen – keine Rechtfertigung oder Entschuldigung für den Täter dar. Ebenso erforderlich ist daher ein entsprechendes Gespräch der Eltern mit ihren Söhnen bzw. im Aufklärungsunterricht in der Schule. Den heranwachsenden Jungen sollte unmissverständlich beigebracht werden: Freizügige Kleidung oder ein Nacktfoto ist (nicht gleichbedeutend mit einer Einladung zum Sex und) niemals eine Aufforderung zu Gewalt jeder Art!

Liebe in gefühllosen Zeiten

Ich möchte nicht missverstanden werden. Ich plädiere keinesfalls dafür, mit jeder Kleinigkeit zur Polizei zu laufen. Auf dem Schulleiterkongress wurde ich gefragt, ob jede Beleidigung angezeigt werden soll. Natürlich nicht. Die Jugend hat ihre eigene Sprache, und die ist derb – das war zu meiner Zeit schon so. Zu unterscheiden, was allgemein verbreiteter Slang ist und was eine strafrechtlich relevante Beleidigung, fällt allerdings nicht immer leicht. Auch bei der Polizei diskutieren wir oft, an welchem Punkt eine kraftmeierische und zotige Jugendsprache beim besten Willen aufhört und die Bedrohung einsetzt.

Als bestes Beispiel für hysterisch aufgeschreckte Menschen, die beim geringsten Anlass nach der Polizei rufen, ist mir ein Verfahren in Erinnerung geblieben, bei dem es um Kinder und Kirschkerne ging. Kirschkerne, mit denen Passanten bespuckt wurden. Dergleichen hat bei der Polizei rein gar nichts zu suchen, die Kinder hatten ja nicht mit Kokosnüssen geworfen. Nur – so etwas dürfen wir nicht vom Tisch wischen! Auch das muss bearbeitet werden! In aller Regel schicken wir solche Bagatellsachen schnellstens zur Staatsanwaltschaft, und die stellt das Verfahren dann hoffentlich umgehend ein.

Für den Fall der 13-Jährigen, die ihrem Freund Nacktfotos aufs Handy geschickt hatte, gilt meiner Ansicht nach dasselbe – auch hier hätten sich die Eltern nicht an die Polizei wenden müssen, da wäre die Vertrauenslehrerin oder eine Beratungsstelle für Familien bestimmt die bessere Adresse gewesen. In vielen ähnlichen Fällen habe ich diese Diskussion vor allem mit den Müttern geführt und gesagt: Für das Mädchen ist der Vorfall sehr unangenehm, aber kein Weltuntergang; das Leben und die Karriere sind jedenfalls nicht ruiniert. Wahr ist allerdings auch, dass Vertrauenslehrer und -lehrerinnen in einem solchen Fall ein feines Gespür dafür beweisen müssen, wann ein derber Streich in eine bewusste, gezielte Verletzung ausartet.

Überhaupt sollten wir uns von Zeit zu Zeit in Erinnerung rufen, dass delinquentes Verhalten bei Kindern bis zu einem gewissen Grad normal ist. Es gehört zur Entwicklung eines Kindes dazu, dass es Unfug macht, Regeln verletzt, die Reaktionen seiner Umwelt austestet. Man nennt das in der Psychologie »episodenhaftes Verhalten«, weil sich die Lust an der Störung der Ordnung mit der Zeit auswächst und verliert. Bei männlichen Jugendlichen ist diese Lust stärker ausgeprägt als bei weiblichen, aber grundsätzlich ist Provokation in dieser Altersklasse kein ungewöhnliches Verhalten. Grenzen versuchsweise überschreiten, über die Stränge schlagen, das ist eben Pubertät.

Ich finde auch bestimmte sexuelle Verhaltensweisen unbedenklich. Auch Kinder sind bereits sexuelle Wesen, und Anrempeln, Anfassen, geraubte Küsse und Berührungen der Brust oder des Genitalbereichs sollte man nicht grundsätzlich verteufeln. Ich selbst habe früher, im Schwimmbad zum Beispiel, solche Situationen erlebt: Man wird kurz unter Wasser getaucht, und wenn man zurück an die Oberfläche kommt, nutzt ein Junge diesen Augenblick der Verwirrung dazu aus, kurz an die Brust zu fassen. Das hat mich damals nicht weiter gestört. Aber die Grenze zwischen verkraftbarem Jux und grober Übergriffigkeit ist natürlich fließend, sie verläuft auch individuell verschieden, und das macht die Beurteilung des Einzelfalls durch Lehrkräfte so schwierig – was sollen sie durchgehen lassen, was nicht?

Dazu kommt ein Phänomen, das wir bei Sexualdelikten von Jugendlichen häufig erleben und das die Einschätzung erheblich erschwert: Mädchen, die unsicher sind, die im Moment nicht wissen, wie sie reagieren sollen, lachen. Sie wehren sich nicht, sie sagen kein klares Nein, sie schubsen einen aufdringlichen Jungen nicht weg, sie lachen. Bei dem Vergewaltigungsverfahren, das ich als Nächstes schildern will, hatte es so angefangen: mit Schubsen, Festhalten, Anzüglichkeiten und aufgezwungenen Küssen. Ich habe mir später ein Video dieser Szenen angeschaut und sah ein Mädchen, das Nein, Nein, Nein sagt und dabei – lacht. Solche widersprüchlichen Signale sind für pubertierende Jungen schwer zu deuten. Sie werden im Zweifelsfall das Lachen ernster nehmen als das Nein, aber auch als Lehrer und Kriminalbeamter steht man hier häufig vor einem Rätsel: Was war erzwungen, was war freiwillig? War da Liebe im Spiel oder Nötigung und Gewalt?

In diesem Fall war Folgendes passiert: Eine 14-Jährige lernt einen Jungen von einer anderen Schule kennen, ein Jahr älter als sie. Mit dem sei sie zusammen gewesen, erklärt sie mir hinterher, und ich will diesen Teil der Vernehmung vorziehen, weil er so aufschlussreich ist.

»Wie lange?«, will ich wissen.

»Ja … drei Wochen.«

»Wunderbar. Dann kannst du mir seinen Namen nennen.«

»Ja. S.«

»Und weiter? Nachname?«

»Weiß ich nicht.«

»Wann hat er Geburtstag?«

»Weiß ich nicht.«

»Und wo wohnt er?«

»Weiß ich nicht.«

Kurzum: Sie war mit ihm zusammen, doch alles, was sie über ihn weiß, ist sein Vorname. Verrückt. Wenn ich früher mit jemandem zusammen war, kannte ich seinen vollständigen Namen, seine Eltern, seinen Geburtstag – und sein Sternzeichen kannte ich auch. Ihr reicht der Vorname, und damit steht sie heutzutage keineswegs allein. Sexuell aber haben die beiden, wie ich erfahre, alles durchgespielt, was einem zu diesem Thema überhaupt nur einfällt, die ganze Palette. Auf der einen Seite also uneingeschränkte Intimität, auf der anderen Seite völlige Fremdheit. Und nun wieder zum Anfang der Geschichte.

S. gehört einer Clique aus fünf Jungen an. In der Rangordnung belegt er den zweiten Platz. Zusammen mit der Nummer 1, also dem Boss der Gruppe, treffen sich die beiden auf dem Schulgelände oder einem Spielplatz. Auf einem Video, das andere Jugendliche gemacht haben, sieht man später, wie alle drei dort zusammen rauchen, wie die Jungen sie necken, sie anstoßen, anfassen und ihr an die Brust gehen – sich, kurz gesagt, aufwärmen –, wobei das Mädchen lacht, den einen auch mal wegschiebt, im Großen und Ganzen aber mitzuspielen scheint. Der Boss geht dabei besonders forsch vor – er hat schon angekündigt, Sex mit ihr haben zu wollen, und versteht die zweideutigen Signale der 14-Jährigen offenkundig als Zustimmung.

Am Tag der Vergewaltigung treffen sich der Boss und S., zwei 13-jährige mit krimineller Vorgeschichte und das Mädchen in einem Einkaufszentrum, gemeinsam nehmen sie die Straßenbahn und fahren zur Wohnung eines fünften Jungen. Der hat sich dort ein kleines Tonstudio eingerichtet, um Rap aufzunehmen, und da die Mutter arbeiten ist, haben sie sturmfreie Bude.

Dort kommt es zur Vergewaltigung. Der Täter ist die Nummer 1. Die Nummer 2, mit der das Mädchen »zusammen ist«, hält es fest. Aber die treibende Kraft sind die beiden 13-Jährigen; sie feuern den Täter an und fordern ihn auf, zuzuschlagen, zuzubeißen, ihr wehzutun, und der Täter lässt sich zu den verlangten Quälereien hinreißen. Bis heute weiß ich übrigens nicht, ob es Anal- oder Vaginalverkehr war. Der Boss, durchaus geständig, spricht hinterher von Analverkehr, das Mädchen von Vaginalverkehr. Aus Unwissenheit? Er hatte sie von hinten genommen – dachte er vielleicht: Von hinten ist immer anal?

Es geht jedenfalls brutal zu; das Mädchen wehrt sich, wahrscheinlich schreit es auch. Das fünfte Mitglied der Clique – derjenige, in dessen Wohnung sich die Vergewaltigung abspielt – hält sich unterdessen in seinem Aufnahmestudio auf, hat mit der ganzen Aktion nichts zu tun, bekommt aber mit, was geschieht, und greift nicht ein. Später wird er wegen unterlassener Hilfeleistung verurteilt werden, was theoretisch zutrifft, allerdings einen Umstand außer Acht lässt: Wegen unterlassener Hilfeleistung kann man nur verurteilt werden, wenn es einem »gefahrlos möglich« ist zu helfen. Dieser Junge ist der absolute Underdog der Gruppe, die Nummer 5, und als solcher pfuscht man den Nummern 1 und 2 nicht ins Handwerk. Mit anderen Worten, er traut sich nicht aus seinem Versteck heraus, aus seiner Sicht konnte er nicht »gefahrlos« helfen.

Als die Eltern des Opfers davon erfahren, erstatten sie Anzeige, und nun verlagert sich die Handlung an die Schule. Alle fünf Jungen besuchen dieselbe Schule, wenn auch unterschiedliche Klassen. Da uns das Mädchen weder Personalien noch Adressen mitteilen kann, fahren meine Kollegen noch am selben Morgen gleich nach ihrer Vernehmung dorthin – immerhin wussten wir, welche Schule und welche Klassen – und werden bei der stellvertretenden Schulleiterin vorstellig. Die ist schockiert. Allerdings weniger von der Tat als vielmehr von dem Umstand, dass Polizei bei ihr auftaucht und Schüler festnehmen will. Sie greift zum Telefonhörer, ruft mich an und protestiert: »Frau Reichling, ich habe ein Problem mit Ihrem Einsatz an unserer Schule …«

Dabei weiß sie Bescheid. Bis zur Schulleitung hat sich der Vorfall bereits herumgesprochen, denn die Täter haben sich mit ihrer Tat öffentlich gebrüstet, haben vor ihren Mitschülern damit angegeben, und an der Schule ist diese Vergewaltigung schon Tagesthema. Für unsere Helden ist es also die große Nummer gewesen, und wer uns in diesem Fall unsere Arbeit leicht macht, sind die Täter, nicht die Schulleitung. Täter, die die Schule womöglich als Schutzraum betrachtet oder sogar als solchen kennengelernt haben, die es jetzt aber auch toll finden, vor den Augen ihrer Mitschüler von der Polizei festgenommen zu werden, als wäre das die Krönung ihrer Heldentat.

Nach ihrer Festnahme waren die beiden Haupttäter bis zur Klärung des Sachverhalts in Polizeigewahrsam geblieben und dann dem Richter vorgeführt worden. Der hatte sie laufen lassen, weil sie noch nicht als Gewalttäter in Erscheinung getreten waren. Aber dann hatte sich Nummer 1 hinreißen lassen, Nummer 2 zu verprügeln, als Drohung und Warnung, bei den Bullen die Klappe zu halten. Damit hatte ich einen Grund, einen Untersuchungshaftbefehl anzuregen und diesen auch umzusetzen, denn jetzt war der Tatbestand der Verdunklungsgefahr gegeben – wer Zeugen bedroht, gefährdet das Ermittlungsverfahren –, und als er zwei Wochen später entlassen wurde, wirkte er schon kleinlauter.

Im Endeffekt wurden nicht nur die zwei strafmündigen Haupttäter, sondern auch die Nummer 5 zu einer Haftstrafe auf Bewährung verurteilt. Die beiden 13-Jährigen, die mit ihrer Antreiberei deutliche Mitschuld trugen und in meinen Augen die Gefährlichsten waren, kamen wegen Strafunmündigkeit ungeschoren davon. So weit die Chronik der Ereignisse.

Unklare Verhältnisse

Manchmal nehme ich an Gerichtsverhandlungen teil, schon weil ich als Zeugin geladen bin. In diesem Fall war ich beim Prozess zugegen, allerdings ohne aussagen zu müssen, weil die Täter auf ihre unrühmliche Art ja geständig gewesen waren. Von der juristischen Aufarbeitung abgesehen aber gibt es aus meiner Sicht einiges dazu zu sagen. Denn das Verhalten der 14-Jährigen nach der Tat entsprach in mancher Hinsicht der typischen Reaktion von Vergewaltigungsopfern, und nicht zuletzt Vertrauenslehrer dürften Genaueres darüber wissen wollen.

So war das Mädchen anfangs zum Beispiel von der Anzeige seiner Eltern gar nicht begeistert gewesen, weil es von seiner eigenen Unschuld nicht hundertprozentig überzeugt war. Auf besagtem Video mit den Szenen vom Spielplatz war nämlich auch zu sehen gewesen, dass es eine Weile vor der Vergewaltigung zum Oralverkehr mit den späteren Tätern gekommen war, und dieses Video war im Netz verbreitet worden. In der Vernehmung gab sie an, zu dieser Handlung gezwungen worden zu sein, aber das nahm ich ihr nicht so ganz ab. Auch hier dürfte ihre Angst, sich durch klare Aussagen und eindeutige Ablehnung womöglich die Sympathien der Jungen zu verscherzen, eine Rolle gespielt haben. Auf jeden Fall hatte sie nach der Veröffentlichung des Videos ihren Ruf als Schlampe in ihren Kreisen weg und musste damit rechnen, dass auch wir das peinliche Vorkommnis auf dem Spielplatz herausfinden würden.

Hinzu kommt: Bei der Vernehmung wird von einem so jungen Mädchen erwartet, einer wildfremden Person zu erzählen, was abgelaufen ist. Da kostet es größte Überwindung, eine korrekte Aussage zu machen. In diesem Fall hatte mich die 14-Jährige angelogen und behauptet, gegen ihren Willen in die Wohnung gebracht worden zu sein. Das wäre Freiheitsberaubung gewesen. Ich vermute jedoch: Bis zum Betreten der Wohnung war gar kein Zwang nötig; bei der Anhörung aber schämte sie sich dafür, und sie fühlte sich mitschuldig. Es spricht also einiges dafür, dass sie aus Scham von sich aus nie Anzeige erstattet hätte.

Diese Mischung aus Scham und Selbstvorwürfen begegnet mir bei meiner Arbeit häufig. Sie ist der Grund, warum viele weibliche Gewaltopfer auf eine Anzeige verzichten. Der klassische Fall bei uns in Düsseldorf sind Frauen, die abends in der Altstadt kräftig trinken, dann einen Typen kennenlernen und im Laufe der Nacht beraubt oder vergewaltigt werden. Hinterher rechnen sie sich einen Teil der Schuld selbst an und lassen die Sache auf sich beruhen. Aber diese Barriere von Schuldgefühlen und Scham muss durchbrochen werden. Mich als vernehmende Polizistin interessiert nämlich überhaupt nicht, was das Opfer vorher gemacht hat. Alles, was freiwillig und einvernehmlich geschieht, ist mir egal, das werde ich als Polizistin nicht bewerten. Die strafbare Handlung beginnt erst dann, wenn der Täter einer Frau seinen Willen aufzwingt. Also keine Angst vor einer Anzeige, bloß weil man selbst nicht den ganzen Tugendkatalog beherzigt hat!

Dasselbe gilt natürlich für den Bereich der Schule. Selbst wenn ein Gewaltopfer zu Recht befürchtet, sich vorher nicht korrekt verhalten zu haben – das eine hat mit dem anderen nichts zu tun! Die Vorgeschichte tut bei der Bewertung einer Tat nichts zur Sache. Ich weiß, dass Verteidiger gern die Vorgeschichte einer Tat heranziehen, um die Glaubwürdigkeit von Klägern zu erschüttern, aber – selbst im Fall von Prostituierten, deren Vorgeschichten für Verteidiger weiß Gott ein gefundenes Fressen sind, haben wir schon erfolgreiche Verfahren geführt. Prostituierte zeigen Übergriffe in der Regel nicht an, aber beim Kriminalkommissariat 12 arbeiten sehr einfühlsame Kolleginnen, die das Vertrauen der Prostituierten besitzen, und unter dieser Bedingung kann man tatsächlich erreichen, dass Täter verurteilt werden.

In diesem Zusammenhang möchte ich auf ein weiteres Missverständnis hinweisen: Viele Frauen haben eine genaue Vorstellung davon, wie ein Vergewaltigungsopfer bei der Vernehmung aufzutreten habe, nämlich weinend, erschüttert und traumatisiert. Aber manchmal empfinden Frauen nichts dergleichen. Längst nicht alle Vergewaltigungsopfer sitzen tatsächlich weinend vor mir. Vielleicht stehen sie unter Schock, jedenfalls wirken sie gefasst. Es kommt aber vor, dass eine Frau Erschütterung vorspielt – sie muss dann damit rechnen, dass wir ihr zumindest ihren aufgelösten Zustand nicht abkaufen, und spätestens dem Psychologen, der ein Glaubwürdigkeitsgutachten erstellt, wird auffallen, dass sie sich nicht authentisch verhält. Daran kann ein ganzes Verfahren scheitern.

Die 14-Jährige übrigens wirkte bei der Schilderung des Tathergangs trotz leichter Abweichungen von der Wahrheit völlig authentisch. Im Gegensatz dazu hatte sie sich, wie aus dem Video ersichtlich, den Tätern zumindest vor der Tat alles andere als authentisch präsentiert. Und damit kommen wir zu einem grundsätzlichen Problem: Mädchen senden in kritischen Situationen allzu oft zweideutige Signale aus.

Der Grund dafür dürften widerstrebende Gefühle sein. Auch wenn sie eigentlich nicht wollen, möchten sie andererseits doch keine Ablehnung riskieren, mögen vielleicht auch niemanden enttäuschen, also lächeln sie selbst dann, wenn es für ihren Geschmack zu weit geht. Polizei und Justiz kennen das, sie machen diese Erfahrung immer wieder, sie war auch Thema meiner Diskussionen mit Männern wie Frauen aus meinem Team, aus Staatsanwaltschaft und Gericht, als es 2015 um die Änderung des Sexualstrafrechts ging: Bedeutet ein Nein wirklich in jedem Fall nein? Und ein Ja wirklich immer ja? Wie soll ein Mann den Willen einer Frau erkennen, wenn sie sich nicht eindeutig verhält?

Die Frage ist berechtigt. Mir liegt daran, die Perspektive des Opfers nicht aus den Augen zu verlieren, aber – die Verantwortung für Übergriffe liegt manchmal tatsächlich nicht allein beim Täter. Das zeigt sich in der Polizeiarbeit, das zeigt sich in Gerichtsverfahren, weshalb ich Mädchen und jungen Frauen immer wieder eindringlich rate: Gebt eure Haltung klar zu erkennen! Wenn ihr nicht wollt, muss euer Nein unmissverständlich sein! Lernt, euch abzugrenzen!

Dieses Thema gehört meines Erachtens an die Schulen. Ich wüsste keinen anderen Ort, der besser geeignet wäre, um über den ganzen Problembereich der zweideutigen Signale aufzuklären – sei es im Sexualkundeunterricht, sei es im Ethikunterricht. Man kann es nämlich lernen. Man kann lernen, seinem Widerwillen rechtzeitig und unmissverständlich Ausdruck zu verleihen, auch dann, wenn

Mädchen zu Hause nie die Erfahrung gemacht haben, dass ihre Meinung zählt, dass es auf ihren Willen ankommt, dass die eigenen Empfindungen etwas wert sind.

Eine Riesenaufgabe, ich weiß. Das bedeutet ja, Kindern in der Phase größter emotionaler Verwirrung abzuverlangen, im entscheidenden Augenblick kühlen Kopf zu bewahren. Und es fängt ja immer harmlos an, mit Küsschengeben und In-die-Ecke-Drängen, das macht jeder mal und jede mal mit, doch wenn es sich wiederholt, wenn auch Jungs dabei sind, die man nicht mag, dann wird es eben problematisch – für die Opfer selbst, früher oder später aber auch für das pädagogische Personal einer Schule. Und damit komme ich zu dem, was sich in dem beschriebenen Vergewaltigungsfall nach der Festnahme der Täter an ihrer Schule abspielte.

Die Tat hatte außerhalb der Schule stattgefunden, aber ihre Druckwelle hatte die Schule getroffen und erschüttert; davon konnte ich mich in etlichen Gesprächen sowohl mit der Schulleitung als auch mit den Lehrkräften überzeugen. Die Schulleitung hatte uns, wie gesagt, von Anfang an ihren Unmut spüren lassen, während die Lehrer und Lehrerinnen ein Bild der Ratlosigkeit, der Irritation boten; einige waren regelrecht verängstigt.

Wie sollten sie jetzt reagieren? Was durften sie vor der Klasse ansprechen, was durften sie auch nur aussprechen? Durften sie den prekären Familienhintergrund der beiden 13-jährigen Antreiber überhaupt erwähnen, war das nicht diskriminierend? Durften sie so weit gehen, von den eigenen Schwierigkeiten mit solchen Schülern freimütig zu reden? Konnte nicht jedes offene Wort als üble Nachrede ausgelegt werden? Dabei wussten ja alle Bescheid, Schüler und Schülerinnen ebenso wie Lehrkräfte! Niemand war aus allen Wolken gefallen, als sich die Tat herumsprach. Aber jetzt dazu Stellung nehmen, Gutes gut und Böses böse nennen? Nein. Man könnte sich die Finger verbrennen.

Bei unseren Gesprächen gewann ich den Eindruck, dass es zwei konkrete Gründe für diese Verwirrung gab. Der erste war Unwissenheit. Die Lehrerinnen und Lehrer konnten den Fall juristisch nicht einordnen und wussten einfach nicht, welche Straftaten hier vorlagen und welche Verpflichtungen daraus für die Schule erwuchsen. Waren sie vielleicht ihrer Verantwortung nicht gerecht geworden? Hatten sie sich womöglich selbst schuldig gemacht? Plötzlich zeigte sich, dass sie nur vage Vorstellungen von ihrer Verantwortung hatten.

Der zweite Grund war Angst. Nicht nur die Angst, das Falsche zu sagen und für eine allzu kühne Aussage an den Pranger gestellt zu werden, auch die Angst vor den Eltern, vielleicht sogar vor den Kindern. Die beiden 13-Jährigen zumindest waren als Problemschüler bekannt, sie galten als gewalttätig, und ihre Eltern hatten schon in der Vergangenheit Angst und Schrecken an der Schule verbreitet. Die Lehrkräfte wollten ganz offenbar vermeiden, in die Schusslinie dieser Leute zu geraten. Sie fürchteten sich, kurz gesagt, vor der Rache dieser Familien. Also gar nichts unternehmen? Beide Augen noch fester als bisher zudrücken?

Wenn die Hilflosigkeit an dieser Schule wenigstens ein Einzelfall wäre ... Aber dem ist nicht so. Ganz frisch ist noch der Eindruck, den die Teilnehmer eines Philologenkongresses auf mich gemacht haben. Vor Vertrauenslehrerinnen und -lehrern hatte ich ein Referat zum Thema Straftaten an Schulen gehalten und dabei festgestellt, dass nicht wenige aus dem Publikum im Ernstfall überfordert gewesen wären. Vielen war gar nicht bewusst, dass sie als Lehrperson eine rechtliche Verantwortung tragen, und genauso viele kannten sich mit dem Strafgesetzbuch nicht aus und vermochten Straftaten nicht einzuschätzen. Was auch nicht unbedingt nötig ist. Juristisches Detailwissen wird von Lehrern gar nicht verlangt – aber wann eine Straftat vorliegt und wann man die Polizei benachrichtigen muss, das sollte ihnen sehr wohl bekannt sein. Hilfreiche Hinweise dazu gibt der bereits zitierte Runderlass der nordrhein-westfälischen Landesregierung, eine kurze Übersicht über die anzeigepflichtigen Straftaten findet sich auch in den Handreichungen am Ende dieses Buches.

Ich möchte dabei auf einen ganz entscheidenden Punkt hinweisen: Juristisch gesprochen befinden sich Lehrkräfte in einer sogenannten Garantenstellung. Das heißt, sie haben eine Schutzverpflichtung gegenüber ihren Schülern. Eltern dürfen also von Lehrpersonen erwarten, dass sie ihr Kind jederzeit schützen, solange es sich in der Obhut der Schule befindet. Sollte ein Lehrer also, um ein Beispiel zu nennen, Zeuge einer gefährlichen Körperverletzung werden und nicht einschreiten, macht er sich strafbar, und vor Gericht wird es dann nicht bei unterlassener Hilfeleistung bleiben, sondern auf die Beteiligung an einem Delikt hinauslaufen, auf Mitschuld durch Unterlassen. So gesehen ist der rechtliche Status von Lehrkräften also kein anderer als der von Ehepartnern und der Polizei, die als Garanten ebenfalls verpflichtet sind, im Gefahrenfall zu handeln.

So weit die rechtliche Einschätzung; ich will aber eine

persönliche Bemerkung anfügen: Der Garant kann seine Funktion natürlich nur dann erfüllen, wenn er eine Eigenschaft besitzt, um die es still geworden ist, nämlich Mut. Ohne Mut gibt es, wenn's drauf ankommt, keine Garantie. Aber kann man diesen Mut erwarten, wenn einem von allen Seiten der Schneid abgekauft wird, wie es den Lehrern unentwegt passiert?

Ich will es hier bei dieser Frage belassen und später ausführlicher darauf eingehen. Hochinteressant finde ich, dass Schulleitungen oft ein gewisser Mut nicht abzusprechen ist, nur dass der sich ausgerechnet gegen die Polizei richtet. So kam die Leiterin der Schule, an der wir die beiden Täter festgenommen hatten, gar nicht darüber hinweg, wie wir es wagen konnten, bei ihr aufzutauchen. Einen Satz von ihr habe ich noch im Ohr: »Zum Glück hatten Sie keine Uniformen an ...« Ja, das wäre natürlich die Höhe gewesen, wenn die Staatsmacht als solche auch noch erkennbar gewesen wäre! Mehr als ein Mal hatte ich jedenfalls den Eindruck: Alles, was nach Rechtsstaat aussieht, ist für Schulleitungen ein rotes Tuch.

Da nützt es wenig, dass ich auf allen Veranstaltungen darauf hinweise: Die Polizei ist ein starker Netzwerkpartner. Holt uns dazu! Wir können informieren, wir bieten unsere Unterstützung an, wir können an der Lösung eurer Probleme mitwirken! Nein, das alte Feindbild von Staat und Staatsmacht lebt in vielen Köpfen weiter, insbesondere bei älteren, anarchistisch angehauchten Menschen, die die Polizei womöglich noch als Gegenspieler bei den Demonstrationen der 1970er- und 1980er-Jahre erlebt haben. Lieber kehren sie unter den Teppich, was es an internen Konflikten gibt – mit dem Erfolg, dass die Täter geschützt werden und die Opfer das alte Misstrauen ihrer Lehrer gegen den Staat auszubaden haben.

Immerhin – letztendlich fand man an der besagten Schule doch einen Ausweg aus der Sprachlosigkeit. Ich hatte den Lehrern und Lehrerinnen den Kontakt zu der Düsseldorfer Beratungsstelle »ProMädchen« vermittelt, und Mitarbeiterinnen der Beratungsstelle haben gemeinsam mit den betroffenen Klassen ein Theaterprojekt zum Thema Gewalt durchgeführt. Zur Aufführung war ich eingeladen, bin aber nicht hingegangen. Meine Rolle in diesem Drama war die der Ermittlungsbeamtin, ich unterlag mithin immer noch dem Strafverfolgungszwang, und es hätte ja sein können, dass in der Aufführung Dinge zur Sprache gekommen wären, die für das Verfahren relevant sein konnten. Nein, der Unbefangenheit aller Beteiligten war es dienlicher, dass ich beim letzten Akt dieses Dramas nicht anwesend war.

Sex als Zahlungsmittel

Im letzten Beispiel hat sich die Tat außerhalb der Schule in einer Privatwohnung zugetragen. Oftmals kommt es aber auch auf dem Schulgelände zu sexueller Belästigung, vor allem in den Pausen und beim Sportunterricht. Haben dann die Aufsicht führenden Lehrkräfte versagt, schauen sie vielleicht sogar absichtlich weg?

Das glaube ich nicht. Niemand hat auf einem Schulgelände den totalen Überblick, es gibt immer Örtlichkeiten, an denen selbst der Hausmeister sich selten blicken lässt.

Die Jugendlichen werden also immer Wege und Orte finden, ihre mehr oder weniger koscheren Absichten in die Tat umzusetzen. Früher war es das Rauchen in der Ecke oder auf der Toilette, und wer heute mit jemandem allein sein will, der findet dafür bestimmt den passenden, geschützten Winkel. Sollte man also Videoüberwachung an jeder Schule fordern?

Eine entsetzliche Vorstellung. Ich bin nicht grundsätzlich gegen Kameras; an Kriminalitätsschwerpunkten sind sie sinnvoll, weil man auf einem Video immer mehr erkennt, als Zeugenaussagen leisten können. Aber an der Schule? Der Schulhof ist kein Gefängnishof und das Klassenzimmer kein Verhörraum. Mit dem Gefühl, unablässig beobachtet und kontrolliert zu werden, kann niemand lehren, niemand lernen, kurz, niemand leben.

Davon abgesehen ist Vertrauen in einer Gesellschaft freier Menschen immer besser als Kontrolle, weil Vertrauen den guten Willen anspornt und das Bewusstsein der eigenen Würde stärkt, und auf beides sind wir in einer Demokratie angewiesen. Bei dieser Frage geht es also auch um die Botschaft von Symbolen: Videoüberwachung an Schulen käme meines Erachtens einer Kapitulationserklärung gleich, wohingegen der Verzicht darauf signalisiert, dass wir den Appell an Vernunft und Gewissen noch nicht für sinnlos halten.

Allerdings können die baulichen Gegebenheiten einer Schule die Krawallmentalität fördern oder zügeln, worauf mich der Rektor einer Hauptschule aufmerksam machte. Dort wurde gerade umgebaut, die Unterrichtsstunden fanden zum Teil in Containern statt, und diese provisorischen Räume waren eng, die Gänge schmal – mit dem Ergebnis, dass in den Pausen 500 Schüler aneinander vorbeimussten, wobei es laufend zu Übergriffen in Form von Schubsen, Hauen, Kneifen und Treten kam. Räumliche Enge animiert und wird ausgenutzt; es ist zweifellos ratsam, diesen Zusammenhang beim Bau von Schulen zu berücksichtigen.

Aber mit solchen Überlegungen bewegen wir uns an der Oberfläche des Problems. Die Ursachen der Jugendkriminalität liegen viel tiefer, wie das nächste Beispiel zeigt. Ich habe dieses Verfahren seinerzeit bearbeitet und will den Fall kurz schildern.

Ein Mädchen, 13 Jahre alt, verzieht sich in den großen Pausen immer wieder mit einem älteren Mitschüler in den Schulkeller, unter die Kellertreppe. Anfangs bleibt es bei Oralverkehr, mit der Zeit werden sämtliche sexuellen Praktiken durchexerziert, schließlich kommen immer mehr Jungen dazu, die ähnliche Dienste von ihr verlangen. Wahrscheinlich kursiert inzwischen auch ein Film im Internet, der das Mädchen bei diesen jetzt nicht mehr ganz so heimlichen Aktivitäten im Keller zeigt, wahrscheinlich zerreißt man sich an der Schule schon die Mäuler über sie, jedenfalls kommen diese Vorfälle irgendwann einem Lehrer zu Ohren. Nach Gesprächen mit dem Mädchen wendet er sich an die Polizei – völlig richtig, denn es handelt sich um eine schwerwiegende Straftat. Für uns liegt hier sexueller Missbrauch einer Minderjährigen vor, also sind wir – unabhängig vom Alter der Täter – verpflichtet einzuschreiten, auch wenn weder das Mädchen selbst noch seine Eltern bis dahin Anzeige erstattet haben.

Später, bei der Vernehmung, beteuert das Mädchen,

alles freiwillig gemacht zu haben. Aber was heißt in diesem Zusammenhang »freiwillig«? Ich frage nach:

»Fandst du es denn gut?«

»Nee. Fand ich nicht. Ich hab halt mitgemacht.«

»Warum hast du dann mitgemacht?«

»Ja … mmmh … weiß nicht.«

Sie druckst herum, sie will nicht mit der Sprache heraus. Auch an ihren körperlichen Reaktionen während unseres Gesprächs merke ich, dass »freiwillig« bei ihr nicht »gern« bedeutet; sie gibt sogar offen zu, es eklig gefunden zu haben. Aber verweigert hat sie sich nie. Wie erklärt man sich das?

Anschließend rede ich mit einer ihrer Lehrerinnen, die mich sofort ins Bild setzt. »Natürlich macht sie es nicht aus freien Stücken«, klärt sie mich auf. »Aber dieses Mädchen ist eine Verliererin, sie hat sonst auf keinem Gebiet Erfolg, weder zu Hause noch in der Schule; ihre Noten sind schlecht, sie gehört keiner Gruppe an, sie ist eine Außenseiterin. Sie lässt sich auf diese sexuellen Gefälligkeitsdienste ein, weil der Schulalltag ihr keine andere Anerkennung zu bieten hat, als von Jungen dazu aufgefordert zu werden.« Und dann der aufschlussreichste Satz: »Sie tut es, weil sie sich eine Statusaufwertung davon verspricht.«

Also Sex als Zahlungsmittel. Als Währung, mit der man sich jene Anerkennung erkauft, die man so schmerzlich vermisst. Und »freiwillig« bedeutet hier: Ich sehe keinen anderen Weg mehr, aus meiner Außenseiterstellung herauszukommen, als mich auf alles einzulassen, was verlangt wird … Welche Demütigung!

Dieser Fall liegt Jahre zurück. Er gehörte zu den ersten, die ich im Kriminalkommissariat 12 bearbeiten musste.

Inzwischen habe ich gelernt, wie es läuft. Egal ob es sich im schulischen Kontext um »sexuelle Nötigung« handelt, das heißt allgemein sexuelle Handlungen gegen den Willen des Opfers, oder sogar um »Vergewaltigung«, wenn es mit einem Eindringen in den Körper verbunden ist, es beginnt immer gleich: Das Alphamännchen, der tolle Kerl, meist zwei, drei Jahre älter, glaubt ein Anrecht auf das Entgegenkommen oder die Unterwürfigkeit des Mädchens zu haben, auf das er aus irgendeinem Grund ein Auge geworfen hat. Das Mädchen wiederum fühlt sich aufgewertet und macht – zumindest anfangs – freiwillig mit. Vielleicht, um endlich seine Ruhe zu haben vor den Schikanen, die Außenseitern blühen. Vielleicht, um den Aggressor durch sexuelle Gefälligkeiten zu besänftigen, oder in der Hoffnung, im Gegenzug unter den Schutz des Täters gestellt zu werden. Der aber denkt gar nicht daran. Sobald er es hinter sich gebracht hat, verliert er jedes Interesse an ihr. Es ist eine Milchmädchenrechnung.

Der konkrete Vorteil des Zusammenspiels zwischen den dominanten Jungen und den Mädchen einer Klasse ist ein anderer, und damit kommen wir zu der Rangordnung, die uns schon einmal beschäftigt hat. Ganz sicher bin ich mir nicht, ob die Mädchen einer Klasse in derselben Weise wie Jungen eine Rangordnung ausbilden. Auf jeden Fall gibt es ranghohe Mädchen, die mit den männlichen Alphatieren kooperieren. Überhaupt lässt sich beobachten, dass Mädchencliquen, sofern man davon sprechen kann, sich stets auf die vorhandenen Jungencliquen beziehen. Für Mädchen mit einem niedrigeren Status zum Beispiel sind ranghöhere Jungen deshalb interessant, weil sie ihren Status innerhalb des gesamten Klassengefüges aufwerten können, indem sie eine Verbindung mit ihnen eingehen. Sie würden in diesem Fall zur Jungenclique gehören, aber eben als Partnerin eines der Anführer. Auch innerhalb der Mädchen einer Klasse hängt der Status also stark davon ab, mit welchem Jungen man liiert ist.

Das also ist der eigentliche Vorteil, für den Mädchen den Preis sexueller Willfährigkeit zu zahlen bereit sind. Die Ambitionen innerhalb einer Mädchenclique zielen immer noch darauf ab, den persönlichen Status zu verbessern, und zwar nicht durch eigene Leistungen, sondern indem man sich den tollen Hecht angelt. Das ist für Feministinnen ein trauriger Befund, aber gegen die Biologie hat man es nun mal schwer. Darüber müssen wir Feministinnen uns im Klaren sein: Wir kämpfen in vielen Fällen gegen die Natur – in der Hoffnung, es irgendwann zu schaffen, über unseren biologischen Schatten zu springen.

Seien wir also realistisch. Das genetische Programm lässt sich nicht ändern. Aber die Sozialisation spielt ja auch eine Rolle. Vielleicht können wir lernen, anders als bisher, nämlich vernünftiger, klüger damit umzugehen. Wenn man es ständig mit Sexualdelikten zu tun hat wie wir im Kriminalkommissariat 12, sind Diskussionen über dieses Thema unausweichlich, und ich habe im Team manche Debatte über die Frage geführt, bis zu welchem Grad wir unserer biologischen Grundausstattung ausgeliefert sind. Wie viel Selbstbeherrschung darf man von einem Menschen in einer kritischen Situation – entgegen seiner genetischen Disposition – verlangen, erwarten, wenigstens wünschen und erhoffen? Welche Erwartungen sind realistisch? Wie weit reicht unsere Vernunft? Die Antwort hängt natürlich von vielen Faktoren ab, den geistigen

Fähigkeiten, der Lebenserfahrung, dem kulturellen Hintergrund, dem Milieu der Kindheit und Jugend. Mag es auch »natürlich« sein, dass ein Weibchen sich das starke Männchen aussucht – beunruhigend daran finde ich, wie ungebremst und unverhohlen diese Disposition sich heute in den Vordergrund drängt, bei Jungen wie bei Mädchen.

Regelrecht erschüttert war ich, als mir in der Vernehmung klar wurde, wie schnell und widerstandslos dieses 13-jährige Mädchen alle Erwartungen der Jungen erfüllt hatte. Taten und Vorgänge müssen bei der Polizei konkretisiert werden, und als es um die sexuellen Praktiken dort unten im Schulkeller ging, sprach sie wie beiläufig auch von Analverkehr. Als ich daraufhin wissen wollte, ob ihr das nicht etwas ausgefallen vorgekommen sei, guckte sie mich groß an. Sie verstand die Frage gar nicht. Wieso sollte Analverkehr – im Alter von 13 Jahren – etwas Besonderes sein? Keine Reaktion. Für sie war es so normal wie jede andere Vorgehensweise auf diesem Gebiet auch und nicht weiter erklärungsbedürftig.

Damals war ich, wie gesagt, erschüttert. Im Laufe der Zeit, je mehr Sexualdelikte ich sozusagen hautnah mitbekam und bearbeiten musste, ließ die Erschütterung nach, und eine andere Reaktion stellte sich bei mir ein: Ich wurde prüder. Spießiger. Meinetwegen mag man es auch altmodischer nennen. Der Grund dafür dürfte die Erfahrung sein, wie gewöhnlich, ja geradezu ordinär Sexualität mittlerweile geworden ist. Was ihre körperliche, ihre bildlich darstellbare Seite betrifft, ist Sexualität heute allgegenwärtig, aber die Emotionen, die aus meiner Sicht dazugehören, sind verloren gegangen. Junge Menschen wissen genau, was und wie, sie kennen sich aus, aber es ist ein rein technisches Wissen, völlig losgelöst von Gefühlen und einer seelischen Beteiligung. Das kann nicht Sinn der Sache sein. Ich will auf diesen Punkt deshalb etwas ausführlicher eingehen.

Auch wir waren in der Pubertät sexuell aufgeheizt, insofern hat sich natürlich nichts geändert. Aber diese Aufheizung schuf sich zu unserer Zeit ihre eigenen Bilder in der Fantasie jedes Einzelnen, und in die erotische Fantasie gehören diese Bilder auch hin. Heute bedient sich die pubertäre sexuelle Aufheizung bei den hyperrealistischen Bildern der Internetpornografie, Bildern, die alles totschlagen, was ihnen als persönliche Wunschvorstellungen in die Quere kommt. Zugespitzt könnte man sagen: Die Sex-Shop-Kabine ist an die Stelle des Traums getreten, und statt neugieriger Entdecker gehen beim Geschlechtsverkehr jetzt bestens instruierte Sexhandwerker zur Sache.

Ich erinnere mich heute noch an meinen ersten Kuss. Welches Kribbeln im Bauch! Wir sind damals durch die »Bravo« aufgeklärt worden; die durfte ich in meinem Elternhaus gar nicht lesen! Petting war schon eine ungemein aufregende Sache, und das Beste war die Heimlichkeit, dieses süße Schaudern angesichts eines verlockenden Geheimnisses. Heute verläuft dies alles ganz undramatisch, wie nach einer To-do-Liste, einem Plan, der eben abgehakt werden muss – allenfalls stellt sich die Frage, welche Reizwäsche man beim ersten Mal tragen soll. Und was die Gewieftheit angeht, steigen die Ansprüche. Wenn schon 10-Jährige sich im Internet harte Pornografie anschauen, dann ist hinterher, wenn's ernst wird, nichts mehr für sie neu. Aber das ist heute der übliche Weg, und wahrscheinlich erfüllt die Pornografie den Zweck, den bei der Fahrprüfung der theoretische Teil erfüllt. Man tastet sich also nicht mehr an die Sexualität heran, man setzt gleich beim ersten Mal alles voraus, was es zu wissen und zu können gibt, und einer erwartet vom anderen, dass er jede erdenkliche Sexualpraktik auf Lager hat. Knutschen und Fummeln? Schnee von gestern.

Ich finde das sehr bedenklich. Es macht mir große Sorgen. Gedanken dieser Art gehen mir jedenfalls häufig durch den Kopf, wenn wieder einmal herauskommt, dass sich ein jugendliches Vergewaltigungsopfer nicht deutlich genug abgegrenzt hat. Das kann natürlich aus Angst geschehen sein. Aber es ist schon auffällig, wie schnell und wie häufig Jugendliche heute überhaupt in bedrohliche und strafrechtlich relevante Situationen kommen. Die Phase des naiven Ausprobierens und Herantastens wird übersprungen, der Flirt ist überflüssig, das Romantische an der Sache geht vollständig verloren, und die Intimität bleibt auf der Strecke, dieses Gefühl des Zueinandergehörens als Bedingung für körperliche Liebe.

Egal, ob wir uns zugetan sind oder nicht, Sex kann man jederzeit haben – mit dieser Einstellung verwischt sich auch die Grenze zwischen Sex im beiderseitigen Einvernehmen und erzwungenem Sex. Sie macht es noch schwieriger zu entscheiden: Was war freiwillig, und wo wurde mit Gewalt nachgeholfen? Als Lehrer oder Lehrerin fehlen einem da oft die Worte, weil man sich in diese Verhältnisse gar nicht mehr hineindenken kann, und auch als Polizei stoßen wir hier an unsere Grenzen. Fehlentwicklungen aufhalten können wir nicht; uns bleibt, wie so oft, nur die Schadensbegrenzung.

Im Fall der 13-Jährigen – um dieses Kapitel abzuschließen – war es so: Das Gespräch mit ihrer Mutter war unergiebig; sie war außerstande, die Nöte ihrer Tochter zu begreifen. Zur Vernehmung der beteiligten Jungen im Ermittlungsverfahren kam es nicht, weil sie als Beschuldigte von ihrem Recht, die Aussage zu verweigern, Gebrauch machten. In welcher Form sie verurteilt wurden, habe ich nicht weiter verfolgt. Ich hoffe aber in solchen Fällen, dass – unabhängig von der Strafe – allein schon das Ermittlungsverfahren zu einem Umdenken und einer Verhaltensänderung führen kann.

Was das Mädchen betrifft, so haben wir, wie in solchen Fällen üblich, das Jugendamt informiert und den Kontakt zu einer Beratungsstelle hergestellt. Ob das Mädchen dieses Hilfsangebot tatsächlich angenommen hat, kann ich nicht sagen; darauf haben wir keinen Einfluss, und hier greift der Datenschutz: Von den Beratungsstellen dürfen wir solche Informationen nicht erhalten, ganz unabhängig davon, ob sie aus traditionellem Misstrauen gegenüber staatlichen Autoritäten sowieso nichts sagen würden oder ob – dazu komme ich später – (in jahrelanger Arbeit gewonnenes) beiderseitiges Vertrauen und gute persönliche Kontakte bestehen.

Vorschlag zur Reform des Sexualkundeunterrichts

Natürlich ist der emotionslose Sex von Jugendlichen kein schulisches Problem. Es ist ein gesellschaftliches Problem, wie man so sagt. Aber alle sogenannten gesellschaftlichen

Probleme landen mittlerweile früher oder später bei der Schule. Sie ist zu einem Auffangbecken riskanter gesellschaftlicher Entwicklungen geworden und muss zusehen, wie sie damit fertig wird. Wäre es da nicht eine Überlegung wert, den Sexualkundeunterricht zu reformieren?

Ich gestehe, dass meine Vorstellung vom Sexualkundeunterricht, wie er heute betrieben wird, im Wesentlichen aus Vernehmungen herrührt. Da erlebt man manchmal Überraschungen – wie beispielsweise die Aussage eines Mädchens, man könne nur schwanger werden, wenn man 24 Stunden am Stück Sex habe; sie könne demnach nicht schwanger werden, denn so lange dauere es bei ihr nie … In solchen Fällen hat die Internetpornografie bessere Arbeit geleistet als die schulische Aufklärung. Aber ich möchte gar nicht über die Effektivität dieses Unterrichts sprechen. Ich möchte vielmehr den Vorschlag machen, Sexualkundeunterricht und Ethikunterricht enger zu verzahnen. Vielleicht könnte man sich mit den Lehrkräften für Religion bzw. Ethik absprechen und die Unterrichtsthemen aufeinander abstimmen, das Ganze mit dem Ziel, die Sexualität in den größeren Zusammenhang von Liebe, Verantwortung, Moral und Selbstbestimmung zu stellen.

Die Schule verfügt über das Personal, nicht nur die technischen, biologischen Aspekte, sondern die ganze Dimension der Sexualität zu vermitteln sowie die Bedeutung von Intimität, Zusammengehörigkeitsgefühl, Liebe und vielleicht sogar Lebenssinn. Es steckt eben viel mehr in der Sexualität als das mechanische Vergnügen, auf das eine rein biologische Aufklärung sie reduziert.

Im Übrigen lässt der klassische Sexualkundeunterricht die psychischen Folgen außer Acht. Er setzt die jungen

Leute unter einen erheblichen, bisweilen unerträglichen Erfolgsdruck. Muss ich es mit 14 spätestens hinter mich bringen, oder kann ich bis 18 warten? Wird von mir das volle Programm erwartet? Darf ich Nein sagen, oder blamiere ich mich, wenn ich nicht gleich alles mitmache? Mit anderen Worten: Bin ich von nun an dem Zwang ausgesetzt, alle sexuellen Ansprüche zu erfüllen, oder bleibt mir auch in diesem Lebensbereich meine persönliche Entfaltungs- und Gestaltungsfreiheit erhalten? Das sind die Fragen, die sich einem Neuling auf diesem Gebiet heute stellen, und was könnte den Kindern Besseres widerfahren, als dass sich die Fachkräfte für Biologie und Ethik (also Philosophie und Ethik- oder Religionsunterricht) an den Schulen zur Beantwortung dieser Fragen zusammentun? Denn auf diese Weise würde der Sexualkundeunterricht ein Gegengewicht zur Pornografie bilden.

Oder zur Tyrannei der Makellosigkeit, die von der Werbung ausgeht und dazu führt, dass selbst die schönsten Mädchen – und zunehmend auch Jungen – sich nicht mehr schön finden. Das Perfide am Ideal der Makellosigkeit ist ja, dass es unerreichbar ist, aber ganz real in Gestalt von Models daherkommt und permanent vor Augen steht. Kein Wunder, dass immer mehr Mädchen an ihrem Körper verzweifeln, und vermutlich dient der emotionslose Sex auch zur Bestätigung einer physischen Attraktivität, an die sie selbst nicht glauben können – immer weicht irgendetwas am eigenen Körper vom Ideal der Makellosigkeit ab, immer hat man einen Grund, sich nicht für begehrenswert zu halten.

Also ebenfalls ein Thema für einen reformierten Sexualkundeunterricht, und die Argumente gegen diesen Schönheitswahn liegen auf der Hand: Perfektion ist Unsinn, ideale Proportionen sind Quatsch. Es gibt so viele Ausprägungen von Schönheit, wie es Menschen gibt. Die Tyrannei der Makellosigkeit ist eine neue Form der Sklaverei. Auf dem Gebiet der Schönheit gibt es keine Norm, denn die Natur ist einfallsreich, sie legt es auf Vielfalt an, nicht auf Einheitlichkeit. Das gegenwärtige Schönheitsideal verlangt in Wirklichkeit nach dem künstlichen Menschen. Oder einer endlosen Kette von Schönheitsoperationen, denn mit dem Lippenaufspritzen hört es nicht auf …

Es wird an den Schulen ja auch schon einiges unternommen, die Sexualität in einen größeren Zusammenhang zu stellen. Ich weiß zum Beispiel von dem Projekt der Osnabrücker theaterpädagogischen Werkstatt: »Mein Körper gehört mir«, das für Grundschulen konzipiert ist und von diesen eingeladen werden kann. In Theaterszenen und Workshops wird das sensible Thema sexuellen Missbrauchs für Kinder erklärt. Bei der Polizei haben wir die Erfahrung gemacht, dass die Teilnehmer an diesem Projekt plötzlich gesprächig werden, sich Eltern und Lehrpersonen anvertrauen – und auch Anzeige erstatten, weil ihnen vorher gar nicht bewusst war, dass etwas Verbotenes mit ihnen geschah. Junge Vergewaltigungsopfer etwa kennen zwar das dumpfe Gefühl, dass etwas Ungehöriges mit ihnen passiert, bekommen aber von den Tätern eingeredet, es sei normal, nach dem Motto: Alle Väter schlafen mit ihren Töchtern. Erst im Laufe des Projekts erfahren sie, dass das weder normal noch richtig ist. Im Sexualkundeunterricht müssten allerdings nicht nur die Schattenseiten der Sexualität zur Sprache kommen, sondern auch ihre befreiende, berauschende Kraft.

Dass man Gefühle nicht beibringen kann, ist mir natürlich klar. Aber kann man nicht anders über Sexualität sprechen, in anderen Worten? »Liebeskunst« hieß es vor langer Zeit einmal, bei den alten Römern, und damals wurde offen darüber geredet – so offen, wie es den Initiatoren des Sexualkundeunterrichts vor einigen Jahrzehnten vorgeschwebt haben mag. Leider ist dieses Ziel weit verfehlt worden.

So sonderbar es klingt: Obwohl Nacktheit in unserer Gesellschaft allgegenwärtig ist, scheint Sexualität immer noch ein Tabu zu sein, insbesondere an Schulen. Wenn ich mich gelegentlich im Freundeskreis oder der Nachbarschaft umhöre, stelle ich fest: Für Jugendliche ist es ein hochnotpeinliches Thema, von Unbefangenheit gar keine Rede. Tatsache ist, dass junge Leute teilweise in einem sehr frühen Lebensalter Sexualität praktizieren und von Anfang an bestens über alle ihre Spielarten informiert sind, Sexualität für sie aber gleichzeitig nach wie vor den Nimbus des Ungehörigen, des Schambehafteten hat; sie spielt sich in einer Grauzone ab, die mit dem normalen Leben dieser Jugendlichen unvereinbar erscheint. Manchmal habe ich den Eindruck, als würde alles Sexuelle für sie ans Kriminelle grenzen – vielleicht deshalb, weil das Gewalttätige und Rohe, das der Pornografie innewohnt, im Bewusstsein der jungen Leute allzeit präsent ist.

Ein zweiter Grund kommt hinzu. Zu allen Zeiten war Moral in ihrem Kern der Versuch, die explosive Kraft der Sexualität zu bändigen. Der Bereich der Sexualität war derjenige, der am stärksten moralisch eingehegt war. Heute sieht es so aus, als hätte sich die Moral ganz aus der Sexualität zurückgezogen, und damit auch die Verantwortung.

Das ist nichts weniger als eine Revolution. Was mit der sicher begrüßenswerten Entkriminalisierung von sexuellen Praktiken, Pornos, Fetischkleidung, Sexspielzeug und Ähnlichem begann, ist auf eine Entmoralisierung der Sexualität überhaupt hinausgelaufen, und mit den praktischen Folgen dürfen sich jetzt Schule und Polizei auseinandersetzen.

Deshalb mein Vorschlag, die psychischen und gesellschaftlichen Folgen dieser sogenannten befreiten Sexualität zu bedenken. Der Sexualkundeunterricht kann einen Beitrag zur Eindämmung der Jugendkriminalität leisten, aber nur, wenn er die ganze Lebenswirklichkeit junger Menschen berücksichtigt. Wir leben nicht mehr in den 1950er-Jahren, als es galt, moralische Zimperlichkeit zu bekämpfen. Heute geht es darum, die Sexualität vor der Pornografie und der Lieblosigkeit zu retten. Dazu brauchen wir einen Sexualkundeunterricht, in dem ethische Fragen und psychische Probleme genauso behandelt werden wie biologische Fakten. Natürlich ist dies ein Plädoyer für Gefühle und Liebe. »Petra, du bist zu emotional«, würden meine Kollegen jetzt sagen. Wie oft habe ich diesen Satz schon gehört! Zu emotional? Was ist damit gemeint? Wie soll ich emotionslos bleiben, wenn ich von einem Verbrechen erfahre, wenn mir ein jugendliches Opfer gegenübersitzt und um meine Hilfe bittet?

Schulleitungen und Lehrkräfte – verunsicherte Garanten

Keine Angst vor Mitgefühl – Opfer brauchen Vertrauen

Eine Chefin sagte einmal in bester Absicht zu mir: »Frau Reichling, Sie nehmen sich alles viel zu sehr zu Herzen. Ich möchte nicht, dass Sie leiden.«

Nun, ich leide nicht. Ich leide auch nicht mit. Ich fühle mit, und dieses Mitgefühl gehört meines Erachtens unbedingt zu meiner Arbeit dazu. Zum einen deshalb, weil ich mich unter anderem als Opferschützerin verstehe. Als ermittelnde Beamtin fühle ich mich auch ein Stück weit für die psychosoziale Prozessbegleitung zuständig. Ein solches Engagement gehört nicht zu meinen dienstlichen Pflichten, aber viele Opfer und Geschädigte sehen in mir – genauso wie in meinen Kollegen und Kolleginnen – nicht nur die Polizistin, sondern auch die Psychologin, die Therapeutin; sie suchen bei uns Verständnis, sie erwarten guten Rat, sie erblicken in mir vielleicht sogar eine Freundin. Als ermittelnde Beamtin muss ich bei übertriebenen Erwartungen natürlich auf Distanz gehen, meine Rolle im Drama einer Ermittlung muss unzweideutig bleiben. Aber unter den oft aufwühlenden Bedingungen der Polizeiarbeit ergibt sich fast automatisch eine persönliche Beziehung zwischen Opfer und Ermittlungsbeamten, damit muss man rechnen, und ich finde es gut so. In vielen Fällen führt es außerdem objektiv zu besseren Ergebnissen, denn das Opfer muss Vertrauen haben, um den Mut zur Aussage zu haben und sich auf die Vernehmung einzulassen, wie ich gleich an einem Beispiel zeigen möchte. Doch es gibt noch einen zweiten, persönlichen Grund: Ich habe eigene Erfahrungen mit Mobbing gemacht, und ich bin selbst einmal Opfer sexueller Übergriffe geworden. Ich weiß, wie tief solche Demütigungen sitzen und wie sie einem das Leben vergällen können.

Es war auf der Polizeischule. Ich wollte den Lkw-Führerschein machen, den man bei der Polizei für den Transport von Absperrungen bei Demonstrationen zum Beispiel braucht. Erfahrung mit Lkw brachte ich mit, denn während eines Ferienjobs bei einer Spedition hatte ich bereits 7,5-Tonner gefahren. Und jetzt machte mich einer meiner Fahrlehrer an. Die Osterferien hatte ich bei meinen Eltern zu Hause verbracht, und als wir anschließend wieder zusammen im Führerhaus saßen, kam heraus, dass er mir in den Ferien vor unserer Haustür aufgelauert hatte. Das ging zu weit. Ich wollte von ihm nichts wissen und sagte es ihm: »Lass mich in Ruhe und halte meine Familie da raus.«

Daraufhin ging es mit den Anzüglichkeiten los, den dummen sexistischen Witzchen, den schmutzigen Anspielungen während der Fahrstunden. Wir waren zu fünft, einer immer im Führerhaus, die anderen auf der Ladefläche, und mein Fahrlehrer ließ keine Gelegenheit aus, mich auch vor versammelter Mannschaft herunterzumachen. »Da kommst du schon ins Schwitzen?«, meinte er beim

Rückwärtsfahren. »Du sollst nicht immer nur ans Ficken denken.« Einiges misslang mir dann, weil ich immer unsicherer, immer nervöser wurde, was ihm wiederum Gelegenheit zu neuen Anspielungen und Bemerkungen gab – alle unterhalb der Gürtellinie. Ich fühlte mich abgestoßen, angewidert. Zaghafte Gegenwehr bewirkte gar nichts. Aber das Schlimmste: Ich war machtlos, denn dieser Fahrlehrer war mir weisungsbefugt. Ich stand in einem Abhängigkeitsverhältnis zu ihm.

Eigentlich gebe ich schnell Kontra, aber in dieser Situation habe ich nur die Zähne zusammengebissen. Nicht, weil ich es für klüger gehalten hätte, mich nicht zu wehren, sondern weil ich es einfach nicht konnte. Ich war wie gelähmt. Ich war nicht mehr ich selbst. Bis dahin hatte ich mich bei der Polizei sauwohl gefühlt, war immer fröhlich, immer freundlich, immer gut gelaunt gewesen, hatte immer einen lockeren Spruch auf den Lippen gehabt, und nun schlug meine Stimmung um. Ich veränderte mich. Wenn ich aus der Fahrschule zurück ins Wohnheim kam, pfefferte ich vor Wut Sachen gegen die Wand und weinte.

Am Abend vor der theoretischen Prüfung fuhr ich zu meinen Eltern. Ich erzählte ihnen alles und teilte ihnen meinen Entschluss mit, am nächsten Tag absichtlich durch die Prüfung zu fallen, um diese Schikanen nicht länger ertragen zu müssen. Es erschien mir als der einzige Ausweg. Daraufhin sagte mein Vater, ein Bundeswehroffizier: »Mädchen, du musst dich wehren. Du hast eine starke Persönlichkeit. Und dieser Mann macht es nicht nur mit dir, er macht es auch mit anderen. Also wehr dich!« Ich bestand die Theorieprüfung, hielt noch zwei Wochen Praxis mit meinem Fahrlehrer durch – unter denselben Umständen –, und kaum hatte ich den Führerschein in Händen, ging ich zu einem anderen Lehrer auf der Polizeischule.

Um es kurz zu machen: Als ich ihm erzählte, dass mir einer meiner Fahrlehrer unter anderem vorgeschlagen habe, gemeinsam zu duschen, guckte mich der andere Lehrer von oben bis unten an und sagte: »Ja, das könnte ich mir auch vorstellen.« Der Nächste, an den ich mich wandte, war ein für die Personalführung verantwortlicher Vorgesetzter. Ob es wirklich so schlimm gewesen sei, wollte er wissen, während ich vor ihm saß und weinte; immerhin gab er mir den Rat, bei der Kriminalpolizei Anzeige zu erstatten. Was ich umgehend tat. Und der Fahrlehrer wurde tatsächlich verurteilt. Der Strafvorwurf lautete Beleidigung auf sexueller Grundlage, eigentlich ein relativ geringwertiges Delikt, aber die Strafe fiel doch recht fühlbar aus.

Ich erzähle diese Geschichte, weil ich selbst mein Engagement für die Opfer gleich welcher Form der Niedertracht vor dem Hintergrund der geschilderten Erfahrung sehe. Am schlimmsten war das Gefühl der Ohnmacht. Niemand außer meinem Vater hat sich mit mir und meiner Verzweiflung, meinem Zorn solidarisiert. Wenn ich als 24-Jährige mit einer relativ starken Persönlichkeit und dem Rückhalt einer verständnisvollen Familie schon so gelitten habe, kann ich mir in etwa vorstellen, was Kinder und Jugendliche in ähnlichen Situationen durchmachen.

Und im Übrigen … Meine Emotionalität ist eine Tatsache. Aber sie macht mich zu einer besseren Polizistin. Natürlich bin ich nicht an allen Verfahren gleichermaßen emotional beteiligt; es gibt auch Geschädigte, die mich weniger berühren. Dann wieder gibt es Opfer, die mir ans Herz wachsen, und für die setze ich mich mit doppelter Kraft ein. Wenn ich mir die Verfahren anschaue, an denen ich mit besonderem Engagement mitgewirkt habe, zeigt sich eine Gemeinsamkeit: Bei all diesen Verfahren ist es dank guter Vorarbeit zu hohen Verurteilungen gekommen, wie ich an dem folgenden Fall zeigen will.

Sie war gerade 14 geworden, und je länger ich mit ihr zu tun hatte, desto mehr beeindruckte sie mich. Ihr Vater hatte sie über einen langen Zeitraum hinweg missbraucht und vergewaltigt, und ich setzte alles daran, so viel Licht wie irgend möglich in diese furchtbare Angelegenheit zu bringen. Ich kniete mich in das Verfahren regelrecht hinein. Dieses Mädchen überhaupt zur Vernehmung zu bewegen war nicht leicht gewesen; es hatte sechs Wochen geduldiger Überzeugungsarbeit gekostet, bis sie bereit war, zu einem vereinbarten Termin zu erscheinen. Jedes Mal hatte sie abgesagt oder ihn einfach verstreichen lassen.

Dann kam sie endlich, und ich merkte sofort: Hier haben wir es mit einer ganz üblen Sache zu tun. Als Nächstes machte sie eine Aussage, wie ich sie selten erlebt habe, nämlich detailliert, zusammenhängend und klar. Im Gutachten hinterher hieß es, sie sei überdurchschnittlich intelligent, aber das war es nicht allein.

Wie erwähnt, muss in einem Ermittlungsverfahren jede Straftat konkretisiert werden. Womöglich setzt sich ein solcher Missbrauchsfall aus hundert Einzelfällen zusammen, von denen jeder nach Tatzeit, Tatort und Tathergang präzise geschildert werden muss, wenn er in die Anklageschrift einfließen soll. Pauschale Vorwürfe können nicht berücksichtigt werden. Die meisten Opfer schildern eine bestimmte Tat mit ausreichender Genauigkeit und sagen dann: Die anderen waren genauso. Sie waren aber nicht genauso. Sie fanden auf jeden Fall zu einer anderen Zeit statt, wahrscheinlich an einem anderen Ort, und der Ablauf dürfte sich auch unterschieden haben. Jetzt heißt es, sich an möglichst viele Vorfälle so genau wie möglich zu erinnern – für die Opfer eine seelische Strapaze, ganz abgesehen von der phänomenalen Gedächtnisleistung, die da von ihnen erwartet wird.

Bei Mobbingopfern an Schulen erlebe ich oft, dass sie die einzelnen Taten nicht mehr auseinanderhalten können, und die wenigsten machen sich Notizen. Dieses Mädchen schaffte es, 25 Taten zu konkretisieren – die Voraussetzung für das hohe Strafmaß später im Prozess. Nun war es so, dass sie bei der ersten Vernehmung mittags auf die Uhr schaute und sagte: »Ich muss jetzt abbrechen, weil ich zu den Stadtwerken muss; die wollen uns den Strom abstellen.« Da habe ich zum Hörer gegriffen und die Stadtwerke angerufen – so und so liegt der Fall, was können wir machen, ist ein Aufschub drin, ich brauche das Mädchen jetzt hier ... Die Stadtwerke gewährten den Aufschub, ohne zu zögern.

Im weiteren Verlauf der Vernehmungen habe ich mich immer wieder um die familiären Angelegenheiten des Mädchens gekümmert. Nicht aus reiner Menschenliebe, sondern weil ich auf die Kooperation dieses Kindes angewiesen war. Weil es viel wertvollere Aussagen macht, wenn es mir vertraut, wenn es merkt, die Kriminalkommissarin Petra Reichling nimmt mir einen Teil der Verantwortung für meine Familie ab. Das Ergebnis gab mir recht; wir, die Strafverfolgungsbehörden bzw. die Staatsanwältin, mit der ich in diesem Verfahren sehr eng zusammengearbeitet habe, konnten eine hieb- und stichfeste Anklageschrift formulieren.

Einen Tag vor der Hauptverhandlung gab mir eine Kollegin den Rat: »Versuch morgen vor Gericht, nicht so emotional rüberzukommen.« Ich hatte die Nacht kaum geschlafen. Wie stellte sie sich das vor? Jeder würde merken, wie tief mich dieser Fall berührt hatte. Schon deshalb, weil ich zu jedem Gespräch mit dem Mädchen selbst, aber auch mit seiner Mutter, zu jedem Telefonat mit den Stadtwerken und anderen Ämtern einen Vermerk geschrieben hatte. Die Akte war mit Anmerkungen und Kommentaren gespickt, man brauchte sie nur aufzuschlagen, da sprangen sie einem entgegen, und diese Vermerke hatten es in sich, weil ich meinen Gefühlen freien Lauf gelassen hatte – also, was gab es jetzt noch zu verbergen? Sollte ich mich verstellen? So tun, als hätte ich über Nacht Abstand zu der Sache gewonnen?

Anderntags begrüßte mich der Richter mit den Worten: »Sie haben aber viele Vermerke geschrieben …« Ja, so sah meine Ermittlungsarbeit eben aus. Am Ende wurde dieser Vater zu neun Jahren Haft verurteilt. Neun Jahre erscheint mir persönlich ja immer noch nicht viel, verglichen mit den Jahren, die das Opfer womöglich brauchen wird, um das Erlebte zu verarbeiten. Aber es war bis dahin die höchste Strafe in Düsseldorf im Bereich sexuellen Kindesmissbrauchs. Und der Oberstaatsanwalt rief nach der Urteilsverkündung bei meiner Chefin an. »Loben Sie Ihre Mitarbeiterin«, sagte er. »Ohne ihre Vorarbeit wäre es nicht zu diesem hohen Abschluss gekommen.«

Es war dieser missbrauchten 14-Jährigen weiß Gott nicht

leichtgefallen, eine so umfassende, so präzise Aussage zu machen. Hätte sie mir nicht vertraut, wäre sie nach unserem ersten Gesprächstermin höchstwahrscheinlich nie wiedergekommen. So aber hatte ich sie danach noch dreimal vernehmen können und ihr Fragen stellen dürfen, die wirklich ans Eingemachte gingen, und sie hatte sich darauf eingelassen, was es mir ermöglichte, die schmerzhaftesten Aspekte ihrer Leidensgeschichte anzusprechen. Unter diesen Umständen kann man natürlich erfolgreich ermitteln.

Ich werde später ausführlich auf die polizeiliche Anhörung von Kindern und Jugendlichen eingehen. An dieser Stelle aber schon ein paar allgemeine Bemerkungen zu diesem Thema, denn einige dürften auch die Lehrkräfte betreffen, die Vertrauenslehrer und -lehrerinnen insbesondere.Wo immer Unrecht geschieht, geht es um starke Gefühle. Niemand, der unter körperlicher oder seelischer Gewalt gelitten hat, wird in der Vernehmung sagen: »Gut, lassen wir einmal alle Gefühle beiseite, betrachten wir meinen Fall strikt rational. Streng logisch, rein juristisch.« Natürlich ist die emotionale Komponente in der Polizeiarbeit noch stärker ausgeprägt als an der Schule, wo der Unterricht im besten Fall sachlich über die Bühne geht. Gleichwohl geht es auch an der Schule ständig um Gefühle, und ich werde den Ausspruch eines Lehrers nicht vergessen, der spontan, aus seiner Erregung heraus, eine einprägsame Formulierung dafür fand. »An den Schulen herrscht ein Klima unglaublicher Lieblosigkeit!«, sagte er, und dieser Befund war offenkundig nicht allein auf sein Gymnasium gemünzt.

Er hatte dabei wohl die Schülerschaft, nicht die Lehrkräfte im Auge. In meiner Arbeit habe ich jedoch den Eindruck gewonnen, dass es auch die Lehrerschaft oft genug an Mitgefühl fehlen lässt, als wäre es damit getan, sich gegen unhaltbare Zustände mit Gleichmut und Unempfindlichkeit zu wappnen. Aber Schülerinnen und Schülern, die jede Art von Schikane und körperlichen Übergriffen erleben, kann nichts Schlimmeres passieren, als sich an Lehrpersonen oder Schulleitung zu wenden, ohne dass irgendetwas geschieht, Übeltäter nicht nach Hause geschickt, Eltern nicht informiert werden. Ein Vergewaltigungsopfer sagte mir: »Ich muss den Kerl jeden Tag sehen. Er sitzt in meiner Klasse.« Solche Kinder müssen sich verraten fühlen und sind dann nicht bloß enttäuscht – für sie bricht ein Weltbild zusammen.

Aufschlussreich für mich war jener Moment auf einem Lehrerkongress, als ich in einem Nebensatz fallen ließ: »Wir wollen doch alle, dass es aufhört« – nämlich die akuten Belastungen für die Opfer. Ein simples, eigentlich selbstverständliches Sätzchen, und trotzdem hatte ich den Eindruck, im selben Augenblick in große Augen und offene Münder zu blicken. Manche schienen sich zum ersten Mal klarzumachen: Stimmt! Das ist es, was wir wollen! Die Übergriffe sollen genau deshalb aufhören, weil die Opfer wünschen, dass sie aufhören ... Offenbar war das in manchen Köpfen gar nicht präsent.

Mir wurde auf demselben Kongress auch gleich ein praktisches Beispiel serviert. Gerade hatte ich in meinem Vortrag davor gewarnt, die Polizei über den Kopf des Opfers hinweg zu informieren, also geraten, wenn möglich vorher das Einverständnis des betroffenen Kindes einzuholen, als ein Lehrer mir folgenden Fall schilderte: Eine 18-Jährige war von einem Mitschüler vergewaltigt worden und hatte sich daraufhin an den Vertrauenslehrer gewandt. Dieser hatte dann zwar den Vergewaltiger zur Rede gestellt, den Fall aber damit für sich abgeschlossen und sonst nichts weiter unternommen. »War das richtig?«, wollte der Herr nun wissen. Nein, ganz gewiss nicht. Hier lag ein Missverständnis vor. Ich wollte in dem Workshop vermitteln, dass man besonders sensibel mit den Opfern umgehen muss und dass man sie in nichts reindrängen darf. Wenn man als Schulpersonal eine Anzeige gegen den Willen des Opfers erstattet, wird dieses möglicherweise nicht aussagen, und das Verfahren wird eingestellt. Die Verantwortlichen müssen diesbezüglich genau abwägen. Aber in diesem Fall war für mich die Sache klar: Das Mädchen hatte sich an den Vertrauenslehrer gewandt. Warum? Ich vermute, weil es Hilfe wollte. Der Vertrauenslehrer hätte ihm zumindest eine Beratungsstelle empfehlen oder, die Zustimmung des Mädchens vorausgesetzt, gleich einen Kontakt herstellen können. Außerdem hätte der Lehrer unbedingt die Polizei benachrichtigen müssen, denn Vergewaltigung ist ein Verbrechenstatbestand. Deshalb, und weil ich generell glaube, dass ein Ermittlungsverfahren den Opfern immer helfen kann, das Erlebte zu verarbeiten, wäre in dieser Situation eine Anzeige der richtige Schritt gewesen – sogar gegen den Willen des Opfers, das ja in der Vernehmung immer noch die Aussage verweigern kann.

Diese 18-Jährige muss sich von ihrer Schule in jeder Hinsicht im Stich gelassen gefühlt haben.

Unter Umständen ist das Gefühl der Ohnmacht bedrückender als die Tat selbst. Wer sich – wie Lehrkräfte und

Polizei – in einer Garantenstellung befindet, sollte seine Schutzfunktion deshalb so verstehen, dass er dem Opfer die Demütigung erspart, überhört und übersehen, kurz: nicht ernst genommen zu werden. Dabei gilt für die Schule dasselbe wie für die Ermittlungsbehörde: Wenn man uns nicht vertraut, kommen wir an die Opfer nicht heran; Vertrauen wird man uns aber nur dann entgegenbringen, wenn wir ein spürbares Mitgefühl aufbringen. Wenn wir Einfühlungsvermögen besitzen. Wenn wir keine Angst vor Emotionen haben – weder vor denen des anderen noch vor den eigenen.

Leider kann man Einfühlungsvermögen keinem beibringen. Ich habe aber die Erfahrung gemacht, dass Fortbildungen und Übungen helfen können, eine gewisse Sicherheit im Umgang mit Opfern zu erlangen. Eine Vernehmung kann ja beide Seiten ganz schön mitnehmen. So müssen wir bei der Polizei nicht nur aufmerksam und ausdauernd zuhören können, wir müssen beispielsweise auch aushalten können, dass der Mensch uns gegenüber zu weinen anfängt. Viele ertragen das nicht. Die einen wollen sofort trösten, die anderen schauen solange weg. Wir im Kriminalkommissariat 12 sind in dieser Disziplin allerdings ziemlich gut, weil sie zu unserem täglichen Geschäft gehört.

Wie oft haben wir von den Kollegen und Kolleginnen anderer Kommissariate gehört: Ich könnte eure Arbeit nicht machen. Diese weinenden Menschen würde ich nicht ertragen ... Nun, ich lasse einfach weinen. Ich schreite nicht ein, wende mich nicht ab, versuche nicht zu beruhigen. Ich assistiere nur beiläufig – brauchen Sie ein Taschentuch, wollen Sie eins von mir? – und lasse diesem Menschen im

Übrigen die Zeit, die er zum Weinen braucht. Was in solchen Augenblicken an Vergessenem und Verdrängtem hochkommt, muss erst einmal mit den Tränen an die Oberfläche gespült werden, das dauert seine Zeit, und da will ich nicht stören.

Leicht ist das nicht. Es ist genauso schwer, wie etwa längere Pausen auszuhalten. Auch das plötzliche Verstummen und In-Schweigen-Versinken kommt ja in Vernehmungen häufig vor. Manche von uns werden dann unruhig oder fragen dazwischen und stiften damit Verwirrung. Gerade Vernehmungen bei häuslicher Gewalt sind unheimlich schwierig, denn wenn sich ein Opfer dazu entschließt, sich zu öffnen, kommen jahrelange oder jahrzehntelange Vorkommnisse der schauerlichsten Art ans Licht – was Wunder, dass diese Menschen in Tränen ausbrechen oder verstummen. Ich profitiere in längeren Pausen davon, dass ich bei Vernehmungen alle Fragen und Antworten mitschreibe. Gut, sage ich, sobald Ruhe eintritt, ich muss noch mal drüberlesen und Fehler korrigieren – Sie können ja die Gelegenheit nutzen, sich zu überlegen, ob wir etwas vergessen haben … Dann beschäftigt sich jeder für eine Weile mit sich selbst, und fast immer trägt das Opfer anschließend noch etwas Verfahrensrelevantes bei. Mit etwas Glück liefert es sogar ein Fazit, das den ganzen Fall auf den Punkt bringt.

Also hinschauen, zuhören, Geduld aufbringen, Gefühlsausbrüche aushalten und etwas unternehmen, wenn nötig. Die meisten jugendlichen Opfer, mit denen ich zu tun bekomme, haben sich in ihrer Not jemandem anvertraut, Eltern oder Lehrpersonen, und viele haben die Erfahrung gemacht, dass sie mit ihrem Problem doch allein sind. In ihrer Ohnmacht suchen sie dann nach Auswegen, die es nicht unbedingt besser machen, die rechtlich womöglich bedenklich sind. Schulverweigerern zum Beispiel ist es in vielen Fällen so ergangen – sie bleiben nicht deshalb weg, weil sie keinen Bock mehr haben und lieber Eis essen gehen, sondern weil sie Angst haben. Weil sie an ihrer Schule Furchtbares erlebt haben und die Fantasie der Verantwortlichen nicht ausgereicht hat, sich das vorzustellen.

Gegen die Mentalität des Wegsehens – Vertrauenslehrkräfte sind wichtige Garanten

Manchmal funktioniert die Zusammenarbeit zwischen Schule und Polizei richtig gut. Bei dem Vorfall mit der Pistole zum Beispiel.

Ein Schüler hantiert während des Unterrichts für alle sichtbar mit einer Pistole. Es ist eine Art Schreckschusspistole, aber täuschend ähnlich, von einer echten Pistole kaum zu unterscheiden. Solche Waffen sind frei verkäuflich, trotzdem ist eine Waffe im Klassenzimmer natürlich ein Unding. Man darf sie – ebenso wie Pfefferspray und Reizgas – nicht in der Öffentlichkeit zugriffsbereit tragen, nicht in die Schule mitbringen, man darf sie schon gar nicht jemandem vor die Nase halten, und in diesem Fall reagiert die Lehrerin sofort: Sie informiert die Schulleitung, die wiederum unverzüglich bei der Polizei anruft, und wenig später erscheinen die Beamten am Ort der Handlung, mit mehreren Streifenwagen und in Uniform, also großer Bahnhof. Und die Schulleiterin ist von der schnellen Reaktion regelrecht begeistert.

Das nenne ich konsequentes Handeln. Wenn der Schüler mit der Pistole bis dahin nicht wusste, dass er sich strafbar macht wegen Verstoß gegen das Waffengesetz (und je nachdem, was er sonst noch damit vorhatte, wegen Bedrohung, Nötigung oder Ähnlichem) – jetzt weiß er es, und alle anderen auch. Ein solcher Auftritt wirkt. Selbst wenn eine Waffe nur herumgezeigt wird, sollte man umgehend reagieren, weil sich ganz nebenbei die Frage stellt: Was hat er damit vor? Ein Tankstellenmitarbeiter, der diese Pistole auf sich gerichtet sieht, muss an einen Raubüberfall glauben, weil er die Waffe von einer echten nicht unterscheiden kann. Der Knabe will damit nur spielen? Womöglich nicht.

Also alles richtig gemacht. Aber leider ein Ausnahmefall.

Das übliche Verhalten von Lehrerschaft und Schulleitung läuft auf eine Vernebelungstaktik hinaus, die unliebsame Vorfälle an einer Schule durch Verschweigen und Vertuschen der Wahrnehmung aller Beteiligten außerhalb wie innerhalb der Schule entzieht. Verstöße gegen Recht und Ordnung lösen sich sozusagen in Wohlgefallen auf, wie es der Lehrer eines Gymnasiums zusammenfassend beschreibt: »Natürlich sind Schulleiter immer bemüht, heikle Vorkommnisse nicht nach außen dringen zu lassen. Aber auch als Lehrer bekommt man nicht immer genau mit, was passiert. Man hört oft nur im Nachhinein davon oder erfährt gar nichts über den weiteren Verlauf, den ein Vorfall nimmt. Und die Schüler werden ebenfalls im Unklaren gelassen, sodass sie glauben müssen, anstößiges Verhalten habe keinerlei Konsequenz.«

Ganz offenbar verdankt sich der Schulfrieden nicht zuletzt dem Umstand, dass sehr viele Augen zugedrückt werden. Bei genauerem Hinsehen ist dieser Frieden allerdings kaum von einem kalten Kleinkrieg zu unterscheiden. Tatsache ist, dass viele Schulleitungen zu lange untätig zuschauen und viele Lehrkräfte lieber gar nichts unternehmen, bevor sie womöglich das Falsche machen. Was auch immer der Grund sein mag – Unsicherheit, Furchtsamkeit, Überforderung, Gleichgültigkeit, Resignation –, Schulen scheuen im Allgemeinen die Auseinandersetzung mit den Übeltätern, Lehrkräfte wollen sich mit niemandem anlegen, das Motto lautet oft genug: Bloß keine Konsequenzen! Aber – was passiert, wenn nichts passiert?

Kinder lernen durch Erfahrung. Sie halten sich an Regeln, solange sie die Erfahrung machen: Verstoße ich dagegen, wird es für mich ungemütlich. Sie verlassen sich auf Regeln, solange sie die Erfahrung machen: Ich genieße den Schutz desjenigen, der diese Regeln aufstellt. Tritt aber weder das eine noch das andere ein, wird es nicht ungemütlich, schützt mich im Ernstfall keiner, herrscht in Wirklichkeit das Gesetz des Stärkeren, geht es einfach in bewährter Manier weiter. Dann drohen sich kriminelle Karrieren genauso zu verfestigen, wie sich Opferkarrieren verfestigen können. Die Probleme verschlimmern sich eben, wenn man nicht frühzeitig eingreift. Bei den Tätern fängt es mit kleineren Delikten an der Schule an, man bekommt vielleicht schon etwas mit, man reagiert aber nicht, man schenkt dem Problem keine Beachtung, man überlässt einen gefährdeten Schüler sich selbst, und dann setzt eine Spirale ein, aus der er nur noch schwer herauskommt. Und was die Opfer angeht … Sie machen die Erfahrung: Ich bin allein. Ich bin von allen verlassen. Eine misstrauische Grundhaltung dem Leben gegenüber wird die mindeste

Folge sein, womöglich aber auch Wut auf die Gesellschaft als ganze. Wir brauchen uns nicht zu wundern, wenn solche Menschen sich dann radikalen Organisationen anschließen, die durchzugreifen und nicht viel Federlesens zu machen versprechen.

Ich habe jedenfalls die Erfahrung gemacht: Wenn sich ein junger Mensch über einen längeren Zeitraum hinweg als Opfer empfindet, sich an Erwachsene wendet, aber keine Hilfe erfährt, dann ist er anfällig für radikale oder extremistische Gruppierungen. Und ich behaupte: Es ist in diesem Fall egal, welche Ideologie eine solche Gruppierung vertritt – Erfolg wird diejenige haben, die als erste Kontakt zu dem Opfer aufnimmt. Das können linke Autonome oder Rechtsradikale oder Islamisten sein, völlig gleichgültig; der Schnellste wird das Rennen um die Seele des Opfers machen. Es gehört ja nicht viel Fantasie dazu, sich vorzustellen, wie es läuft: Nach Monaten oder Jahren der Demütigung macht so jemand die Bekanntschaft eines Vereins, der stark genug ist, ihn zu schützen, der ihm suggeriert: Du bist toll, du bist wertvoll, du kannst uns im Kampf für unsere Sache gute Dienste leisten – und in null Komma nichts ist das Opfer gewonnen.

Auf diese Weise erklärt sich wohl auch, wieso sich eine wachsende Zahl junger Frauen dem sogenannten Islamischen Staat anschließt. Dass dessen Ideologie frauenfeindlich ist, scheint eine untergeordnete Rolle zu spielen, verglichen mit dem Versprechen, dort einen geschützten Raum vorzufinden, in dem sich das bisherige Opfer anerkannt, gebraucht und wichtig fühlen darf. Darüber hinaus dürfte die Aussicht, einer großen Sache zu dienen, für Gedemütigte besonders verführerisch sein.

Täter stehen in der Gefahr, Täter zu bleiben, und Opfer stehen in der Gefahr, zu Tätern zu werden. Ich habe diesen Gedanken ausgeführt, weil Kinder und Jugendliche einen Großteil ihrer Sozialisation im schulischen Bereich erfahren und der Schule daher eine besondere Verantwortung zukommt. Natürlich muss es nicht so weit kommen, aber für die Persönlichkeitsentwicklung junger Menschen kann es unmöglich vorteilhaft sein, wenn grobe Verstöße bis hin zu schweren Straftaten folgenlos bleiben.

Darauf läuft es jedoch in vielen Fällen hinaus. Ein eher harmloses Beispiel: Mitschüler und -schülerinnen meines Sohns beschmierten vor Jahren ihr Klassenzimmer mit Eiern und Farbe – und anstatt die Schuldigen selbst sauber machen zu lassen, dachte die Schulleitung darüber nach, eine Reinigungsfirma damit zu beauftragen! Ich frage mich: Warum nutzt die Schule hier nicht konsequent ihre Möglichkeiten, Kindern den Respekt vor fremdem Eigentum beizubringen – oder sie zumindest nachdrücklich damit bekannt zu machen, dass fremdes Eigentum unantastbar ist –, wenn diese Kinder den nötigen Respekt von zu Hause aus nicht mitbringen? Wieso gibt sie – auf Kosten des Schuletats und, schlimmer noch, des erzieherischen Effekts – klein bei?

Ein zweites, weniger harmloses Beispiel, das ich dem Kölner Stadt-Anzeiger vom 15.6.2017 entnehme. Unter der Schlagzeile »Schülerin drohte nach Mobbing mit Selbstmord« ist da zu lesen: Die Eltern des Opfers machen den Lehrkräften keine Vorwürfe, weil sich das Mobbing weitgehend in den sozialen Netzwerken abgespielt habe; ihre Tochter sei allerdings auch auf dem Schulhof von 30 Schülern unterschiedlicher Klassen umringt und hin und her gestoßen worden ... Und das soll keine Aufsichtsperson mitbekommen haben? Der Schulleiter, heißt es weiter, habe einige Rädelsführer ermahnt, aber das Mobbing sei weitergegangen. Und schließlich: »Das Mädchen wird derzeit in einer Therapieeinrichtung behandelt.« Aha. In welch groteskem Missverhältnis stehen in diesem Fall die Aktionen der Schuldigen und die Reaktion der Schule! Wie ausgesprochen mitleidlos haben sich die Verantwortlichen hier verhalten!

Nein, Opfer müssen geschützt, und Täter müssen bestraft werden. Unser gemeinsames Ziel muss sein, dass das Leiden aufhört. Was wir bisher ein ums andere Mal erleben, ist, dass Lehrkräfte und Schulleitungen wegschauen oder völlig unzureichend reagieren, dass sie Maßnahmen verschleppen und die Täter schonen. Sie werden ihrer Garantenstellung oft nicht gerecht. Auf diese Weise schüren sie Verzweiflung, Wut und Hass. Menschlich ist eben nicht, beide Augen zuzudrücken, menschlich wäre vielmehr, zur Geltung zu bringen, was recht und gerecht ist. Nichts ist schlimmer als Untätigkeit um des lieben Schulfriedens willen, und zwar für beide, Opfer wie Täter. Damit sich die Verhältnisse ändern, müssten Schulleitungen allerdings zunächst anerkennen, dass sie Probleme haben; die wenigsten jedoch sind bisher zu diesem Schritt bereit, die meisten verfahren nach der Devise: Straftaten gibt es bei uns nicht, höchstens Diebstähle ... Und damit komme ich zur Rolle der Vertrauenslehrkräfte.

Vertrauenslehrer und Vertrauenslehrerinnen sind am nächsten dran. Sie haben am ehesten Kenntnis von dem, was an einer Schule schiefläuft. In meiner ganzen Dienstzeit aber ist es nicht ein einziges Mal vorgekommen, dass sich eine Vertrauensperson an uns gewandt hätte. Vermutlich befürchten sie, in einen Loyalitätskonflikt zu geraten und das Vertrauen der gesamten Schülerschaft zu verlieren, wenn sie mit der Polizei zusammenarbeiten. Vielleicht glauben sie auch, aus datenrechtlichen Gründen zum Schweigen verpflichtet zu sein. Mich allerdings überzeugt weder das eine noch das andere Motiv.

Zunächst einmal ist die vermeintliche Schweigepflicht in Wahrheit ein Schweigerecht, und es kann triftige Gründe geben, von diesem Recht keinen Gebrauch zu machen. Wir begegnen diesem Problem oft, wenn wir im Zuge von Ermittlungen mit Ärzten und Ärztinnen zu tun haben. Viele berufen sich darauf, dass sie die Polizei auch dann nicht informieren dürften, wenn die Verletzungen eines Kindes zum Beispiel auf häusliche Gewalt schließen ließen, weil sie der Schweigepflicht unterlägen. Das ist nicht richtig. Im Bundeskinderschutzgesetz, das seit dem 12.01.2012 in Kraft ist, steht, dass die Ärzteschaft bei Erkenntnissen der Kindeswohlgefährdung erst auf die Personenberechtigten einwirken soll und sie, falls das nicht erfolgreich ist, befugt ist, das Jugendamt zu informieren. Wenn eine schwerwiegende Kindeswohlgefährdung vorliegt und sie nichts zur Abwehr der Gefahr tut, macht sie sich unter Umständen der unterlassenen Hilfeleistung schuldig.

Vertrauenslehrkräfte sind, im Unterschied zu Ärzten, aufgrund ihrer Garantenstellung sogar in besonderem Maße verpflichtet, Straftaten von den ihnen anvertrauten Kindern abzuwehren, sprich: die Polizei über regelrechte Straftaten in Kenntnis zu setzen. Tun sie das nicht, machen sie sich nicht nur der unterlassenen Hilfeleistung schuldig, sondern müssen sich möglicherweise sogar wegen einer Beteiligung an der Tat verantworten.

Eine Vertrauenslehrkraft, die Straftaten der Polizei meldet, wird dadurch nicht weniger vertrauenswürdig. Das Vertrauen, das sie genießt, wird keinen Schaden nehmen, wenn sie mit offenen Karten spielt. Sie muss diese Sachlage nur von vornherein klarmachen, sodass Betroffene wissen, worauf sie sich einlassen. Ich mache es genauso. Wenn mir jemand außerhalb meines Dienstes von einer Straftat berichten will, unterbreche ich ihn sofort und weise darauf hin, dass wir als Polizei einem Strafverfolgungszwang unterliegen. Ich sage: »Wenn Sie mir jetzt etwas erzählen, muss ich unter Umständen tätig werden. Überlegen Sie sich also genau, was Sie mir mitteilen wollen.«

Ähnlich könnte eine Vertrauenslehrperson vorgehen und im Gespräch vorwegschicken, dass gravierende Vorfälle sie zwingen könnten, die Polizei einzuschalten – weil beispielsweise der Runderlass fordert, schwere Straftaten, also Verbrechenstatbestände, schon bei Verdacht anzuzeigen, Schweigepflicht hin oder her. Bei schwerwiegenden Vergehenstatbeständen, zum Beispiel bei Wiederholungen, bei einem längeren Zeitraum, bei besonderer Betroffenheit des Opfers oder Ähnlichem, kann bzw. sollte ebenfalls angezeigt werden.

Und wer weiß – womöglich versprechen sich Opfer dann genau deshalb mehr von einem Gang zum Vertrauenslehrer oder zur -lehrerin als unter den bisherigen Umständen, weil der Nutzen größer ist, weil die Ansprechperson jetzt mehr zu bieten hat als freundliche oder beschwichtigende Worte.

Man darf nicht vergessen, dass sich oftmals gar nicht die Opfer an die Lehrkräfte wenden, sondern Zeugen. Mitschüler und Mitschülerinnen, die etwas mitbekommen haben und nicht länger hilflos zuschauen wollen. Solche Zeugen, wie natürlich die Opfer selbst, legen größten Wert darauf, dass die Lehrkräfte Maßnahmen ergreifen, die über die gängigen Verwarnungen, über das übliche Ins-Gebet-Nehmen hinausgehen, denen liegt an einem wirkungsvollen Schutz. Würden sie sich nicht wohler fühlen, wenn sie wüssten: Die Vertrauensperson hat einen guten Draht zur Polizei?

Mein Eindruck ist, dass Vertrauenslehrern und -lehrerinnen diese Dimension ihres Aufgabengebiets gar nicht klar ist. Sie scheint Lehrkräften überhaupt gänzlich fremd zu sein – als befänden wir uns außerhalb der schulischen Lebenswirklichkeit, wenn wir von kriminellen Handlungen sprechen. Da werden Kinder über Monate, womöglich über Jahre gequält, und solche Vorkommnisse sollen nicht angezeigt werden, weil eine Vertrauenslehrkraft sonst das Vertrauen der Schülerschaft verliert?

Diese Logik leuchtet mir, offen gesagt, nicht ein. Ich habe jedenfalls andere Erfahrungen gemacht. Jugendliche, die ich vernommen habe, haben mir gerade deshalb ihr Vertrauen geschenkt, weil ich ihnen nichts vorgemacht habe. Ich habe sie zu keinem Zeitpunkt im Unklaren darüber gelassen, was sie erwartet, was ihnen blühen kann. Kinder wissen Klarheit zu schätzen. Wer als Vertrauenslehrperson eine klare Linie verfolgt, wer mit einem Hilfesuchenden offen alle Handlungsoptionen durchgeht, wer also alle Karten auf den Tisch legt, der wird sich wohl kaum Vertrauen verscherzen. Aufrichtigkeit und Klarheit sind für

Kinder auf jeden Fall besser zu verkraften als Wischiwaschi, Munkelei und Vertuschung. Was sie den Jugendlichen von vornherein deutlich sagen muss, ist, dass die Möglichkeit besteht, die Polizei einzuschalten – alles andere würde gegen das Gebot der Fairness verstoßen, und ein Vertrauensverlust wäre unabwendbar.

Als Faustregel kann dabei gelten, was aus dem Runderlass der nordrhein-westfälischen Landesregierung hervorgeht und was ich im Zusammenhang mit der Schulleiterkonferenz schon skizziert hatte: Bei leichten »Vergehen« bzw. »Antragsdelikten« mit einer Strafandrohung von unter einem Jahr braucht die Polizei nicht hinzugezogen zu werden, das sollte die Schule allein regeln. Wir als Polizei können gut darauf verzichten, jede kleine Straftat bearbeiten zu müssen. Aber ein Verbrechenstatbestand ist etwas anderes, und zumindest Vertrauenslehrkräfte sollten den Unterschied kennen.

Da auf diesem Gebiet nach wie vor große Unsicherheit herrscht, habe ich im Anhang zu diesem Buch diese Unterschiede und die jeweils notwendigen Schritte noch einmal zusammengefasst. Wie weit aber die Unsicherheit der Lehrkräfte im Alltag reicht und dass man mit ein wenig Information an der richtigen Stelle viel bewirken kann, darauf will ich im folgenden Kapitel näher eingehen.

Zahlenmaterial wäre nicht schlecht. Zum Beispiel Erhebungen, anonym und schulintern, aus denen hervorgeht, wie viele Schüler und Schülerinnen sich mit welchen Problemen an ihre Vertrauenslehrkräfte gewandt haben. Oder, spezieller: zu wie vielen Messerattacken es im Lauf eines Schuljahrs gekommen ist. Auch Schulen müssten ja ein Interesse an solchen Zahlen haben, nicht nur weil man mit ihrer Hilfe bessere Aussichten hat, Geld und Stellen für sozialpädagogische Fachkräfte bewilligt zu bekommen. Grundsätzlich müsste ihnen auch an zuverlässigen Daten über die herrschenden Zustände als Ausgangspunkt für eigene Maßnahmen gelegen sein. Es mag sein, dass diese Zahlen an einigen Schulen tatsächlich erfasst werden, herausgegeben werden sie jedenfalls nicht. Kriminalität im schulischen Bereich ist und bleibt nun mal ein Ekelthema.

Immerhin gibt es neuerdings, zumindest in Nordrhein-Westfalen, eine Regelung, die Schulleitungen verpflichtet, die Anzahl schulischer Ordnungsmaßnahmen in gewissen Abständen ans Innenministerium zu melden. Ich begrüße das im Prinzip, weil das tatsächliche Ausmaß der Vergehen und Delikte an Schulen auf diese Weise öffentlich gemacht werden kann. Und gleichzeitig schrillen bei mir alle Alarmglocken, denn – wer hat ein ernsthaftes Interesse daran? Die Schulleitungen? Wohl kaum. Das Ministerium? Wohl noch weniger. Ich befürchte vielmehr, dass Schulen mit einer hohen Quote an Sanktionen abgemahnt und zu größerer Nachsicht angehalten werden – zur Beruhigung der Bevölkerung. Aber vielleicht sehe ich zu schwarz.

Nehmen wir einmal an, die Politik verbinde mit dieser Maßnahme eine aufklärerische Absicht. In diesem Fall würden sich Entwicklungen und Tendenzen feststellen lassen, und Öffentlichkeit wie Polizei könnten sich endlich ein klares Bild von dem machen, was sich auf unseren Schulhöfen und in unseren Klassenzimmern abspielt. Wir hätten dann immerhin die Chance, dieses Dunkelfeld aufzuhellen.

Wäre es aber nicht noch deutlich effektiver, den direkten Weg einzuschlagen? Also Gesichter statt Zahlen? Informationen aus erster Hand statt Statistiken, deren Kategorien oft ungenau und die zudem politisch manipulierbar sind? Warum nicht gleich mit der engen Zusammenarbeit zwischen Polizei und Schule Ernst machen, den Gedanken- und Erfahrungsaustausch intensivieren und die Jugendkriminalität gemeinsam bekämpfen – so, wie es der bereits mehrfach zitierte Runderlass der nordrhein-westfälischen Landesregierung vorsieht und vorschreibt? Ich meine: Schulen und Polizei brauchen Zahlenmaterial, aber damit allein ist es nicht getan. Hilfreicher wäre es auf jeden Fall, gute, vertrauensvolle Beziehungen zwischen einzelnen Schulen und der jeweiligen Polizeiwache zu knüpfen. Die Polizei erhält ein genaueres Bild – und die Schule konkrete Hilfe.

Nehmen wir einmal den Idealfall an, dass eine Ansprechperson des Bezirksdienstes sich zweimal im Jahr mit einer Vertrauenslehrkraft zusammensetzt, die beiden einen Kaffee trinken und sich eine Stunde Zeit füreinander nehmen. Was hätte der Polizist oder die Polizistin der Schule zu bieten? Nun, zum Beispiel Aufklärung über die Gesetzeslage in allen kritischen Fällen, die eine Schule betreffen können. Juristisches Wissen, über das eine Lehrperson im

Ernstfall verfügen müsste, aber in den seltensten Fällen verfügt. Die Polizei könnte Antworten geben auf Fragen nach dem richtigen Umgang mit Anzeigen, zur Definition bestimmter Straftaten, zur Schweigepflicht von Vertrauenspersonen (von der im letzten Kapitel bereits die Rede war), zum Einbehalt von Schülereigentum, zur Kriminalität Minderjähriger, zur Problematik des Mobbings und Cybermobbings und so weiter. Die Liste juristischer Unsicherheiten ließe sich sicher noch fortsetzen.

Ich will mich einmal an die Stelle dieser Polizeibeamtin im Gespräch versetzen und beispielhaft nur einige Antworten geben (wie gesagt, ein echtes Gespräch über konkrete Fälle halte ich für unabdingbar):

Als Erstes käme meinetwegen die simple Frage, ob eine Schule von sich aus überhaupt Anzeige erstatten darf.

Ja, das ist zulässig. Angesichts der Garantenstellung von Lehrkräften und ihrer Schutzverpflichtung gegenüber der Schülerschaft steht es der Schule sehr wohl frei, bei schweren Delikten Anzeige zu erstatten. Nicht möglich ist es ihr hingegen, einen Strafantrag zu stellen, das bedeutet: Stellt sich im Laufe der Untersuchung heraus, dass eine Straftat als Antragsdelikt zu bewerten ist, werden die Strafverfolgungsbehörden nur dann tätig, wenn jemand einen Strafantrag stellt. (Eine Ausnahme sind Straftaten, die in häuslicher Gewalt begangen werden, die werden immer verfolgt, auch wenn es sich um Antragsdelikte handelt.) Das können nur die Eltern oder das Opfer selbst.

Aber es muss nicht immer gleich eine Anzeige sein. Oftmals wird es reichen, die Polizei lediglich zu informieren; wir können nun einmal erst dann reagieren, wenn wir Kenntnis von einer Straftat erhalten. Erscheint mir der Fall keine Anzeige wert, würde ich – etwa bei einfachem (einmaligem) Diebstahl, Beleidigung oder einfacher Körperverletzung (zum Beispiel einer Ohrfeige) – wahrscheinlich der Lehrkraft empfehlen, gemeinsam mit der Schulleitung schulinterne Maßnahmen zu ergreifen und eventuell Beratungsstellen für Jugendliche und Familien zur Unterstützung heranzuziehen.

Bei schwerwiegenden Vorfällen, also Straftaten wie Erpressung, Raubdelikten, wiederholtem Diebstahl, bei schwerwiegenden Sexualdelikten, die nicht Verbrechen sind, bei gefährlicher Körperverletzung mit schweren Gesundheitsschäden usw. plädiere ich hingegen sogar dafür, selbst strafunmündige Schüler, also Jugendliche unter 14 Jahren, anzuzeigen. Selbst wenn sie nicht mit einem Prozess zu rechnen haben – es dürfte sich immerhin lohnen, ein Auge auf dieses Kind und seine Familie zu haben. Was ist bei ihm zu Hause los? Bahnt sich da etwas an? Muss man vielleicht einschreiten, kann man womöglich etwas verhindern? Ein strafunmündiges Kind anzuzeigen wäre der letzte Schritt, nachdem alle anderen Maßnahmen versagt haben, aber wir müssen heute mit der Möglichkeit rechnen, bei näherem Hinsehen auf Verbindungen zu einem extremistischen Milieu oder zu kriminellen Banden zu stoßen. Außerdem gilt es zu verhindern, dass sich kriminelle Karrieren der Kinder verfestigen.

Was bei Anzeigen allerdings zu berücksichtigen ist: Die Lehrkräfte oder die Schulleitung sollten mit dem Opfer sprechen, bevor sie sich an die Ermittlungsbehörden wenden. Sie sollten klären, ob es überhaupt im Sinne des oder der Geschädigten ist, die Polizei einzuschalten, und nicht einfach über den Kopf des Opfers hinweg handeln. Ist es nicht einverstanden, können sie bei Vergehen abwägen, ob sich eine Anzeige lohnt. Bei Verbrechen müssen sie jedoch die Polizei auch gegen den Willen des Opfers informieren.

Auch ich frage jedes Opfer, ob es mit der Anzeigenerstattung einverstanden war. Auf den ersten Blick mag das absurd erscheinen, denn wir unterliegen ja dem Strafverfolgungszwang, wir sind bei jeder Straftat verpflichtet, in Aktion zu treten (ausgenommen »Antragsdelikte«, über die zuerst die Staatsanwaltschaft entscheidet). Uns könnte es daher egal sein, was das Opfer davon hält. Trotzdem interessiert mich, ob unsere Ermittlungen die Billigung des Opfers finden, weil ich sein Einverständnis bei meiner Arbeit gern voraussetzen würde. Mir kommt es auf seine aktive Mitwirkung an, weil ein Ermittlungsverfahren nur dann funktioniert, wenn alle Beteiligten mitwirken. Fühlt sich das Opfer übergangen, steht es nicht selbst hinter der Anzeige, wird uns womöglich der Erfolg versagt bleiben. Da empfiehlt es sich, das Opfer von vornherein einzubeziehen und als Erstes sein Einverständnis mit dem Ermittlungsverfahren einzuholen. Ganz abgesehen davon, dass wir ihm damit das Gefühl der Selbstbestimmung zurückgeben, das durch die Tat Schaden genommen hat. Als Nächstes kämen im Vieraugengespräch möglicherweise juristische Detailfragen zur Sprache, wie zum Beispiel die Definitionen von Mobbing und Cybermobbing, die ich oben bereits kurz erläutert habe. Oder wann eine »einfache«, wann eine »gefährliche« und wann eine »schwere« Körperverletzung vorliegt. Dann könnte ich erklären, dass eine einfache Körperverletzung durch das »Hervorrufen eines Unwohlseins« definiert ist und dass neben leichten

Körperverletzungen wie zum Beispiel einer Ohrfeige auch das Anspucken oder das Abschneiden der Haare eine einfache Körperverletzung darstellen kann. Dass es sich um eine gefährliche Körperverletzung handelt, wenn Gegenstände eingesetzt werden, die schwerwiegendere Verletzungen hervorrufen können, z. B. Messer, Stock, Schlagring, aber auch Stift (ins Auge), Schuh (wenn man damit zutritt) etc., oder wenn die Tat von mehreren gemeinschaftlich begangen wurde. Und dass eine schwere Körperverletzung bleibende Schäden zur Folge hat, zum Beispiel den Verlust des Augenlichtes, eines Körperteils, entstellende Narben usw.

Oder ich könnte den Unterschied zwischen sexuellem Missbrauch, sexueller Nötigung und Vergewaltigung deutlich machen. Ich würde der Vertrauenslehrkraft dann erklären, dass unter sexuellem Missbrauch sexuelle Handlungen an Kindern unter 14 Jahren verstanden werden, z. B. von Exhibitionismus über das Zeigen pornografischer Darstellungen bis hin zu schwerem sexuellem Missbrauch. Ist Letzterer mit dem Eindringen in den Körper und Gewaltausübung oder Drohung mit Gewalt verbunden, handelt es sich um Vergewaltigung als gesonderten Straftatbestand. Dass eine sexuelle Nötigung vorliegt, wenn sexuelle Handlungen durch Drohungen erzwungen werden. Und dass die Übergänge von einem zum anderen auch hier fließend sein können. Es kann im Schulalltag ja durchaus weiterhelfen, solche Dinge zu wissen.

Und dann könnte man den Verantwortungsbereich der Schule abstecken. Was tun, wenn zum Beispiel das Elternhaus versagt? Meines Erachtens müssen in diesem Fall andere Institutionen an seine Stelle treten, und der Schule käme dabei die Aufgabe zu, das Problem zu erkennen. Zu lösen braucht sie es nicht. Aber eine gut vernetzte Schule, eine wohlinformierte Schulleitung könnte jetzt andere mit ins Boot holen, zunächst die Polizei, aber auch das Jugendamt und zahlreiche Beratungsstellen, die ihrerseits wiederum Verbindungen zu Verbänden und Vereinen haben, den Pfadfindern, den Johannitern, den Jugendtreffs, den Sportvereinen und Kirchengruppen. Auch Vereine können Halt geben, wenn das Elternhaus keinen bietet, doch alle diese Steine kommen erst ins Rollen, wenn an den Schulen eine Mentalität des Hinsehens und die Bereitschaft zur Kooperation eingezogen ist.

Stoff genug also für jene Stunde, die wir – ich als Kontaktbeamtin und meine Ansprechperson an der Schule – uns füreinander Zeit nehmen. Und gäbe es nicht noch mehr zu besprechen, zum Beispiel die juristischen Kalamitäten des gewöhnlichen Schulalltags?

Nehmen wir an: Ein Schüler hat unerlaubte Aufnahmen mit seinem Handy gemacht, einen Lehrer heimlich gefilmt, vielleicht sogar eine Straftat mit seinem Smartphone festgehalten – darf die Schule ihm dann das Handy abnehmen und sicherstellen, dürfen Lehrkräfte oder Schulleitung sich die Aufnahmen ansehen?

Oder: Eine Schülerin vertickt an ihrer Schule Drogen – darf die Schule ihren Rucksack einziehen und untersuchen, darf sie die entdeckten Drogen beschlagnahmen?

Oder: Jeder weiß, dass Messer im Umlauf sind und welche Kinder sie in der Hosentasche oder im Rucksack tragen, darf die Schule die Rucksäcke beschlagnahmen, die Kinder zum Leeren der Hosentaschen zwingen?

Jeder Lehrer, jede Lehrerin kennt solche Situationen

und hat womöglich schon mehrfach lieber die Hände davon gelassen, als mit datenrechtlichen Bestimmungen in Konflikt zu geraten – und eine Anzeige der empörten Eltern zu riskieren. Das wurmt, aber wie sieht die Rechtslage hier denn tatsächlich aus?

Unklar, muss man sagen. Als Lehrperson bewegt man sich in diesem Fall in einer rechtlichen Grauzone. Schlimmstenfalls erstatten die Eltern tatsächlich Anzeige wegen Unterschlagung von Privateigentum, eventuell auch wegen Diebstahl oder Raub, das kann passieren. Ich rate dennoch dazu, bei gravierenden Vorkommnissen einzuschreiten und Handy oder Rucksack sicherzustellen. Sollte sich diese Maßnahme hinterher als unrechtmäßig herausstellen, dürfte die Lehrkraft trotzdem nichts zu befürchten haben; ich kann mir jedenfalls kein Gericht vorstellen, das sie aufgrund dessen verurteilen würde.

Auch hier sollte man also nach dem Grundsatz verfahren: Besser eine Abwägung vornehmen und angemessen handeln als aus Angst vor eventuellen rechtlichen Konsequenzen tatenlos zuschauen. Denn würde der Rucksack nicht beschlagnahmt, bestände die erhebliche Gefahr, dass der Täter fortfährt, seine Mitschüler mit Drogen zu beliefern, und Ähnliches gilt für das Handy – wird ein Video von einer sexuellen Straftat erstellt und verbreitet, und niemand schreitet ein, geht das kriminelle Treiben weiter. Das erklärte Ziel jeder Maßnahme sollte sein, einen unerträglichen Zustand zu beenden. Es muss einfach aufhören mit dem Dealen, dem Mobbing, der sexuellen Belästigung. Jede rechtliche Möglichkeit, diesem Spuk ein Ende zu bereiten, ist allem vorzuziehen, was auf eine Fortsetzung hinausläuft. Davon abgesehen lasten schwere Versäumnisse mit

Sicherheit stärker auf dem Gewissen als kleine Rechtsverstöße – und nicht nur auf dem Gewissen. Bei fortgesetzten Straftaten können sich Lehrpersonen, die trotz ihrer Garantenstellung nicht eingreifen, nicht nur der unterlassenen Hilfeleistung, sondern auch der Beihilfe schuldig machen.

Uns als Polizei geht es ja nicht viel anders, auch wir kennen das Problem. Auf Handys kann wichtiges Beweismaterial gespeichert sein, da möchte man natürlich drankommen, aber in Deutschland gilt für Durchsuchungen aller Art der Richtervorbehalt, das heißt, ein Richter oder eine Richterin muss grünes Licht dafür geben. Aus diesem Grund machen wir es gewöhnlich so: Wenn ein Gegenstand sichergestellt werden soll, der Eigentümer damit aber nicht einverstanden ist, tun wir es trotzdem, müssen aber innerhalb von drei Tagen den Richterentscheid herbeiführen. Dieser verfügt dann entweder die Fortdauer der Beschlagnahme oder die sofortige Rückgabe.

Es spricht nichts dagegen, dass Schulen ähnlich verfahren. Lehrkräfte dürfen Waffen, Drogen, Handys und Rucksäcke zwar sicherstellen, aber Letztere ohne richterlichen Beschluss nicht durchstöbern. Sicherheitshalber könnte man sich als Schulleitung mit der zuständigen Staatsanwaltschaft zusammensetzen, durchaus in Begleitung eines Polizeibeamten, das Problem schildern und gemeinsam nach einem Ausweg aus dieser unbefriedigenden Situation suchen. Winkt die Staatsanwaltschaft dann ab, wäre es sehr enttäuschend; ich könnte mir aber vorstellen, dass ihr selbst an einer Klärung gelegen ist und am Ende eine Regelung stehen wird, die in etwa Folgendes besagt: Sollte ein begründeter Verdacht vorliegen, wird der Gegenstand sichergestellt, als Nächstes die Polizei benachrichtigt und anschließend so und so verfahren ... Man wird ja sehen. Ein guter Draht zur Staatsanwaltschaft ist jedenfalls in dieser Sache überhaupt nicht von Nachteil.

Vermutlich aber wäre es die eleganteste Lösung, das Problem der sichergestellten Handys, Rucksäcke etc. intern zu klären und im Schulvertrag zu regeln. An der Schule meines Sohnes wurde es auf diese Weise gehandhabt, dort bestimmte der Schulvertrag zum Beispiel, dass Handys, die während des Unterrichts benutzt werden, sichergestellt werden dürfen und von den Eltern abgeholt werden müssen. Warum sollte man solche Regelungen nicht auf Fälle ausdehnen, bei denen der Verdacht auf kriminelle Aktivitäten besteht? Bei städtischen Schulen, von denen viele keinen Schulvertrag kennen, bietet sich zu diesem Zweck die Hausordnung an oder ein Katalog von Schulregeln, wie er vielerorts in der 5. Klasse aufgestellt wird. Derartige Regeln tragen die Unterschrift sämtlicher Kinder und Eltern, sind also verbindlich, und die Erfahrung zeigt: Die meisten Kinder halten sich daran. Sollte ein Kind dagegen verstoßen, darf man sicher sein, dass es von seinen eigenen Klassenkameraden zur Ordnung gerufen wird. Voraussetzung ist natürlich, dass sich die Schulleitung dieses Regelwerk genauso zu Herzen nimmt wie die Schülerschaft.

So weit, so gut, könnte man sagen. Und alle vorgeschlagenen Verfahren im gleichen Atemzug anzweifeln, mit dem Argument: Hört sich gut an, geht aber an der Realität vorbei, denn die Schulwirklichkeit sieht anders aus ... Und das stimmt.

Es stimmt aus mehreren Gründen. Einen davon will ich herausgreifen – auf die anderen werde ich später eingehen –, und dieser Grund lautet: Viele Lehrkräfte haben Angst. Sie fürchten sich, Anzeige zu erstatten, sie fürchten sich, überhaupt einzugreifen, weil es schlimme Folgen für sie haben könnte. Weil sie mit gewalttätigen Übergriffen durch Familienangehörige des betreffenden Schülers rechnen müssen, durch Brüder oder Eltern. Es ist nicht von der Hand zu weisen, dass solche Übergriffe gerade bei Tätern aus Familien mit Migrationshintergrund tatsächlich zu befürchten sind. Ich kann die Ängstlichkeit der Lehrkräfte jedenfalls nachvollziehen, weil ich weiß, wie manche Eltern reagieren, wenn Lehrer oder Lehrerinnen Ernst zu machen und konsequent zu handeln drohen – nicht nur bei ausgesprochenen Straftaten, sondern bereits bei der Notengebung. Und damit komme ich zu einem Aspekt, der bisher nur beiläufig in die eine oder andere Fallgeschichte eingeflossen ist, nämlich die Einschüchterung von Lehrkräften durch die Schülerschaft und die Eltern.

Lehrkräfte unter Beschuss

Schülerschaft und Lehrkräfte sind während der Unterrichtsstunden nicht unter sich. Alles, was zwischen diesen beiden Parteien vor sich geht, wird von einem unsichtbaren Dritten aufmerksam beobachtet – den Eltern. In vielen Fällen wird das mit der üblichen Anteilnahme geschehen, die Eltern für die Schulkarriere ihrer Kinder eben aufbringen. Aber es wächst die Zahl derjenigen Eltern, die sich rücksichtslos, teilweise mit Rambomethoden, in den Schulalltag ihrer Kinder einschalten.

Als Polizistin habe ich mit solchen Aktionen, wie ich sie in diesem Kapitel schildern werde, selten direkt zu tun. Sie kommen mir aber immer wieder im Zuge von Ermittlungen zu Ohren, oder ich erfahre davon in privaten Gesprächen, sei es mit Lehrern und Lehrerinnen, sei es mit Müttern oder Vätern aus meinem Bekanntenkreis. Auch wenn es sich dabei in den seltensten Fällen um regelrechte Delikte handelt, berühren sie unser Thema dennoch, weil sie massiv zum Klima der Unsicherheit, der Verängstigung an unseren Schulen beitragen. Es ist nicht zuletzt die Furcht vor rabiaten Elternreaktionen, die Schulleitungen vor konsequenten Maßnahmen und einer engeren Zusammenarbeit mit der Polizei zurückschrecken lässt.

Um mit einem Beispiel zu beginnen, das bei aller scheinbaren Harmlosigkeit doch tief blicken lässt: Am ersten Schultag betreten die Eltern in Begleitung der Lehrerin den Klassenraum, entdecken die Namenskärtchen auf den Tischen und machen sich augenblicklich daran, diese Kärtchen nach eigenem Gutdünken zu vertauschen, weil sie finden, dass ihr Sohn, ihre Tochter, mit diesem oder jenem Tischnachbarn besser bedient wäre. Das heißt, sie arrangieren die Sitzordnung um, ohne sich mit der Lehrerin, ohne sich mit ihren eigenen Kindern abzusprechen – eigenmächtig und in der Absicht, gleich als Erstes die Startchancen ihres Nachwuchses zu verbessern.

Von mir darauf angesprochen, meinte ein Lehrer dieser Schule: »Viele Eltern haben mittlerweile genaueste Vorstellungen davon, was für ihr Kind gut ist. Sie allein wissen, welche Freunde ihre Kinder haben sollten, wie sie ihre Freizeit verbringen sollten, wie sie sich ernähren sollten, was sie tun und was sie lassen sollten. Die Kinder werden gar nicht mehr gefragt; die Eltern bestimmen über ihre Köpfe hinweg, was sie gefälligst unter Glück zu verstehen haben. Mit anderen Worten: Die Meinungen der Kinder, auch ihre Vorlieben und Wünsche, zählen gar nicht mehr; die Eltern wissen es in jedem Fall besser.«

Das mag überspitzt formuliert sein. Aber es bestätigt eine Tendenz, die sich ebenso aus den folgenden Beispielen herauslesen lässt: Eltern sehen sich zunehmend in der Rolle des Managers ihrer Kinder, bisweilen sogar in der Rolle des Bodyguards. Jede Lehrperson muss daher jederzeit damit rechnen, dass der Vorwurf der Ungerechtigkeit laut wird, sobald seine Entscheidung einem Elternteil nicht passt – prompt fühlt sich ein Vater, eine Mutter, zu wütendem Einschreiten berechtigt. Die einen drohen dann mit Gewalt und verbreiten Angst und Schrecken – erinnern wir uns an die beiden 13-jährigen Antreiber bei der Vergewaltigung des Mädchens, vor deren Familie alle Angst hatten –, die anderen nicht selten mit rechtlichen Schritten. Ich weiß von Lehrern, die eine 4 oder eine 5 gegeben haben und daraufhin erst von dem betroffenen Schüler, dann von seinen Eltern massiv unter Druck gesetzt wurden. Nächtliche Telefonanrufe zum Beispiel sind bei empörten Eltern beliebt, und da wird dann mit persönlichen Beleidigungen nicht gespart.

Bisweilen geht es raffinierter zu, wie in diesem Fall aus meiner beruflichen Praxis. Eine Lehrerin gibt an, von Eltern bedroht worden zu sein. Passiert ist Folgendes: Sie hat einem Schüler im Zeugnis eine 5 gegeben, und da er bereits in einem anderen Fach eine 5 hat, ist seine Versetzung gefährdet. Die Eltern verlangen nun von dieser Lehrerin, ihre Notengebung noch einmal zu überdenken, ihr

Sohn müsse unbedingt versetzt werden, und die Mutter beendet das Gespräch mit den Worten: »Wenn Sie die 5 nicht zurücknehmen, kann ich nicht dafür garantieren, dass sich mein Sohn nicht umbringt.«

Eine unmissverständliche Drohung, wenn auch keine Bedrohung im rechtlichen Sinne, sondern eine Nötigung oder, salopp ausgedrückt: Psychoterror. Die Lehrerin blieb standhaft und nahm die Note nicht zurück, der Schüler wurde aber trotzdem versetzt, weil die andere Lehrerin einen Rückzieher machte und eine verdiente 5 in die erwünschte 4 abänderte. Die Eltern hatten mit ihrer Intervention also Erfolg, von Suizid war danach nicht mehr die Rede, aber lange Zeit ging diese Geschichte der unbeugsamen Lehrerin nach. Wenn der Junge sich tatsächlich etwas angetan hätte, wäre es dann meine Schuld gewesen? Diese Frage peinigte sie noch Jahre später.

Derartige Vorfälle dämpfen erklärlicherweise die Lust von Lehrkräften, durchzugreifen oder auch nur angemessene Noten zu erteilen. Man möchte hier von Lehrermobbing durch die Eltern sprechen, und manches deutet darauf hin, dass dieses Mobbing mitunter geradezu systematisch betrieben wird – etwa, wenn Eltern sich stets postwendend darüber beschweren, dass im Unterricht ein bestimmtes Kind gelobt wurde, ihr eigenes aber nicht, und aufgebracht Gleichbehandlung einfordern. Oder wenn die Feststellung des Lehrers, ein Kind habe seine Hausaufgaben nicht gemacht, wütende Proteste seitens der Eltern samt Klageandrohung wegen übler Nachrede auslöst – das müsse dieser Lehrer erst einmal beweisen! Offenbar stehen Lehrer und Lehrerinnen unter ständiger Beobachtung – kein Wunder, dass viele jedem Konflikt aus dem

Weg gehen, sich lieber wegducken und fünfe auch dann gerade sein lassen, wenn die Grenze zur Straftat überschritten ist. Wer würde dieser Zermürbungstaktik auf Dauer standhalten?

Der perfideste Fall, von dem ich weiß, hat sich an einem Gymnasium abgespielt: Zwei überehrgeizige Elternpaare tun sich zusammen, um eine forsche, aber allseits beliebte Lehrerin zu Fall zu bringen. Sie agieren im Dunkeln, wenden sich hinter dem Rücken der Lehrerin an den Direktor, schwärzen sie an, verleumden sie und versuchen sogar ihn, den Direktor, zur Verschwiegenheit zu verpflichten. Sie wollen erreichen, dass ihr die Klasse entzogen wird, dabei hat besagte Lehrerin mit den Kindern dieser Eltern keinerlei Schwierigkeiten. Sie stehen in den Fächern, die die Lehrerin unterrichtet, nicht einmal schlecht. Mit ihrer forschen, unbestechlichen Art ist sie diesen Eltern einfach ein Dorn im Auge, und die fühlen sich ermutigt, weil ihnen das gleiche Manöver schon einmal gelungen ist – mit denselben Methoden haben sie im Jahr zuvor bereits eine andere Lehrerin zur Aufgabe gezwungen.

Es ist ein gezielter Demontageversuch. Zu feige, mit der Lehrerin von Angesicht zu Angesicht zu reden, versuchen sie stattdessen, im Direktor einen Mitverschwörer zu gewinnen. Es ist ein Nervenkrieg. Denn natürlich wird die Lehrerin von ihrem Direktor doch in Kenntnis gesetzt, und jetzt fällt es ihr wahnsinnig schwer, ihren anspruchsvollen Unterrichtsstil beizubehalten. Jede neue Schulstunde bereitet ihr Bauchschmerzen, und wenn sie ihrer Klasse gegenübertritt, ist sie befangen – jedes Wort kann von nun an gegen sie verwendet werden; dazu kommt die Enttäuschung, von Eltern überhaupt so hinterhältig behandelt zu werden. Der Direktor schätzt diese Lehrerin zwar, durchschaut auch die Intrige der Eltern, ist aber zu einem Machtwort nicht zu bewegen, und einen Elternabend zum Thema Verleumdung anzusetzen lehnt er rundweg ab. Die Schule möchte Aufsehen um jeden Preis vermeiden, um in der Öffentlichkeit nicht anschließend »unmöglich gemacht« zu werden – also Feigheit aus Angst vor Imageverlust.

Immerhin, die Klasse stellt sich hinter ihre Lehrerin, darunter auch die beiden Mädchen, die ungefragt von ihren Eltern als Opfer dargestellt worden sind ... Aber ob die Eltern Ruhe geben werden? Ob sie jetzt nicht erst recht, wutentbrannt, zuschlagen werden? Es bleibt mehr als ein übler Nachgeschmack, und wahrscheinlich sinnen diese Helikoptereltern schon auf den nächsten Coup mit dem Ziel, missliebige, also unbestechliche, strenge und effektive Lehrer – solche, die ihren Beruf ernst nehmen – aus dem Weg zu räumen und durch willfährige Lehrer mit Service-Mentalität zu ersetzen.

Damit genug der Beispiele für Lehrermobbing. Ohne entschlossene Rückendeckung durch die Schulleitung und unter den Argusaugen von Eltern, die nach Anzeichen von Benachteiligung des eigenen Nachwuchses mit der Lupe suchen, kann man von Lehrkräften kaum erwarten, ihrer Garantenstellung gerecht zu werden. Denn dazu gehört – außer juristischen Grundkenntnissen – auch eine gehörige Portion Mut, und wie soll der im Klima der Einschüchterung gedeihen? Welcher Lehrer, welche Lehrerin hält, auf sich allein gestellt, Kopf und Karriere hin?

Wer sich unter solchen Umständen ermutigt fühlen muss, sind Schüler und Schülerinnen, die sich der Rückendeckung ihrer Eltern hundertprozentig sicher sein dürfen und daher keinen Grund sehen, ihre Lehrer zu verschonen. Tatsache ist: Lehrkräfte haben heute mit ähnlichen Schikanen und Angriffen zu rechnen, wie sie innerhalb der Schülerschaft vorkommen. Im besten (seltensten) Falle erhalten sie Unterstützung und Rückendeckung von einer mutigen Schulleitung, die es nicht bei Ermahnungen bewenden lässt. Womit sie nicht rechnen dürfen, ist, dass Eltern ihre Kinder zur Rede stellen.

Ob Schüler einen Lehrer durch heimlich gedrehte Filmchen der Lächerlichkeit preisgeben, ob eine Schülerin immer wieder den Parkplatz eines Lehrers mit ihrem Auto blockiert, ob eine Gruppe von Schülern den Neuwagen einer Lehrerin mit Fußtritten bearbeitet, ob ein Schüler Sand auf das ebenfalls nagelneue Auto eines Lehrers kippt und den Lack zerkratzt – die Reaktion der Eltern lautet in aller Regel: »Nun haben Sie sich mal nicht so.« Solche Vorfälle werden fast immer heruntergespielt, auch wenn der Lackzerkratzer zum Beispiel, noch keine 14 Jahre alt, bereits eine ganze Reihe von Straftaten auf dem Kerbholz hat und als Intensivtäter gelten würde, wenn er bereits strafmündig wäre. »Ist doch nur Sachschaden entstanden …« Wirklich? Fällt die Verrohung von Kinderseelen, fallen Ärger, Angst und Wut von Lehrpersonen ebenfalls unter Sachschaden?

Selbst Angriffe auf Leib und Leben werden von den zuständigen Stellen, wie es so schön heißt, »in ihrer Dramatik heruntergestuft«. Soeben – im März 2018 – geht der Fall eines 7-Jährigen durch die Presse, der einer Grundschullehrerin die 9 cm lange Klinge seines Messers in den Bauch gerammt hat. Der Junge war seit Kita-Tagen für seine Aggressivität bekannt, hatte schon in der ersten Klasse seine Mitschüler terrorisiert, galt längst als unberechenbar, und doch nahm niemand die alarmierenden Hinweise aus der Lehrerschaft ernst. Selbst jetzt, nach der Messerattacke auf seine Lehrerin, wiegeln die zuständigen Behörden beflissentlich ab – während die Lehrerin seither unter Panikattacken leidet und sich einstweilen nicht an ihre Schule zurücktraut.

Ich kann gut verstehen, dass Lehrkräfte sich unter solchen Umständen wie Freiwild vorkommen müssen. Es erfordert ja keine besondere Vorstellungskraft, sich auszumalen, was es für ihre Gesundheit, ihre Arbeitsfreude und ihre Motivation bedeutet, von Eltern gemobbt und von Kindern schikaniert zu werden, kaum Sanktionsmöglichkeiten zu haben und jeden Tag mit Bauchschmerzen in die Schule zu gehen. Diese Zustände machen krank; die hohe Ausfallrate bei Lehrkräften an vielen Schulen spricht für sich. Die Möglichkeiten, sich dagegen zu wehren, sind gering, in erster Linie, weil der Rückhalt der Schulleitungen fehlt. In einer idealen Welt gäbe es Schulleitungen, die mit solchen Vorfällen angemessen umgehen, es gäbe entsprechende Programme (Fortbildungen, Supervisionen, Projekte) für die Lehrkräfte und auch, in den schwerwiegenden Fällen, eine Strafanzeige bei der Polizei. Ich wünschte mir, es gäbe klar geregelte Möglichkeiten, rechtlich sauber mit Täterkindern umzugehen. Ein Schulverweis wäre so eine Möglichkeit, denke ich. Ich bekomme aber häufig die Rückmeldung, dass sich die Schulleitungen aus Furcht vor der Bezirksregierung oder dem Schulamt oder dem Ministerium nicht trauen. Außerdem gibt es da das Problem mit der Schulpflicht. Man kann einen Schüler nicht einfach von der Schule werfen, es muss sich eine andere Schule finden, die ihn aufnimmt. Ich frage mich aber vor allem: Was ist eigentlich geschehen, dass nicht einmal mehr Eltern die Spielregeln anerkennen? Dass sie versuchen, das System des schulischen Lernens und Lehrens durch Drohen und Drangsalieren auszuhebeln? Muss man wirklich ausdrücklich erwähnen, dass die Schule kein Selbstbedienungsladen ist? Kein Dienstleistungsbetrieb, für den die Kundenzufriedenheit als oberstes Gebot zu gelten hat, nach dem Motto: Der Schüler ist König?

Ich weiß, dass es viele vernünftige Eltern gibt. Ich bekomme aber auch immer wieder mit, dass Eltern meinen, ein Recht auf den Schulerfolg ihres Kindes zu haben, und sich um dieses Recht betrogen fühlen, wenn ihr Kind den Lohn seiner Faulheit erntet. Die Schule wird damit unter einen Erwartungsdruck gesetzt, dem sie gar nicht nachgeben darf, will sie ihren Bildungsauftrag erfüllen.

Nehmen wir einmal an, der rabiate Teil der Elternschaft – hier habe ich in erster Linie die akademischen Mittelschichtseltern im Blick – würde sich mit seiner Vision von Schule durchsetzen. Die Schule würde sich grundlegend wandeln. Statt Können und Wissen zu vermitteln, hätte sie geeignete Schulnoten und formale Qualifikationen zu liefern, die Berufskarriere jedes einzelnen Schülers immer fest im Blick. Von Bedeutung wäre nicht mehr die nachweislich erbrachte Leistung, sondern der attestierte Erfolg. Jener Erfolg, auf den man als Eltern Einfluss ausüben kann. Es lässt sich unschwer voraussehen, wie aus Helikoptereltern dann Kampfjet-Eltern würden, die ihrem Kind den Weg zum Erfolg freischießen zu müssen glauben, die das Lebensglück ihrer Kinder auch gegen deren Willen erkämpfen, erstreiten, erzwingen wollen und gewissenhafte Lehrkräfte wie Verkehrshindernisse mit allen Mitteln, lauteren und unlauteren, mit Anwälten und Klageandrohungen, aus dem Weg zu räumen versuchen.

Auch aus Sicht der Polizei ist diese tatsächlich zu beobachtende Entwicklung fatal, denn sie vergiftet das Klima an den Schulen und produziert demotivierte und verängstigte Lehrkräfte, sie schwächt aber auch die Schule als Partner, den wir uns als Polizei bei der Bekämpfung der Jugendkriminalität wünschen, den wir zu diesem Zweck unbedingt benötigen.

Wir von der Polizei wollen die Lehrkräfte ermuntern: Schaut hin! Seid mitfühlend! Seid mutig! Informiert euch, holt euch Unterstützung! Doch wir sehen natürlich, dass diese Appelle wohlfeil sind, wenn zugleich die Lehrpersonen von anderen Seiten unter Beschuss geraten: von Schulleitungen, die nicht konsequent handeln aus Angst um den guten Ruf, und von Eltern, die zwar gerne über die Zustände an Schulen klagen, aber selbst am meisten dazu beitragen. Deshalb will ich im nächsten Kapitel aus Sicht der Polizistin noch einmal ausführlicher auf die zentrale Rolle des Elternhauses eingehen.

Die Krise der Autorität beginnt im Elternhaus

Der Verlust von sozialen Regeln und seine Folgen

Das gesellschaftliche Klima verschlechtert sich, habe ich eingangs gesagt. Es ist härter, bösartiger, gnadenloser geworden. Der Respekt hat abgenommen, und er nimmt weiterhin ab. Die Verrohung hat zugenommen, und sie nimmt weiterhin zu. Wie kommt das?

Ich glaube, dass wir auf der Suche nach den Ursachen hier, an der Schnittstelle zwischen Schule und Elternhaus, fündig werden. Also dort, wo jene beiden Institutionen aufeinandertreffen, die eine Gesellschaft prägen: die Schule, indem sie ein Kind dafür trainiert, sich aufgrund seiner Fähigkeiten in der Gesellschaft zu behaupten, oder kurz gesagt: sein Glück zu machen. Und das Elternhaus, indem es ein Kind mit den nötigen Charakterstärken ausstattet, um sein Glück auf eine sozialverträgliche, dem Miteinander verpflichtete Art zu machen. Nennen wir es ruhig: eine kultivierte Art.

Also zwei unterschiedliche Aufträge: Bildung (und Erziehung) als Sache der Schule, Erziehung (und Bildung) als Sache des Elternhauses. Und jetzt stellen wir fest: Die Rollen haben sich vertauscht. Heute sind die Schulen zunehmend für die Grundlagen der sozialen Erziehung zuständig, während die Eltern sich entweder ganz raushalten oder darauf konzentrieren, die Schulkarriere ihrer Kinder zu managen. Die Aufgabenverteilung von Schule und Elternhaus ist durcheinandergeraten – das ist das Fazit zahlloser Gespräche mit Lehrern und Lehrerinnen, das lässt sich auch einer Umfrage des Instituts YouGov im Jahr 2015 entnehmen, nach der sich 75 Prozent aller Deutschen »Benehmen« als Schulfach wünschen.

Ich habe noch die Worte einer Lehrerin im Ohr. »29 Kinder habe ich in meiner Klasse«, sagte sie auf einer Podiumsdiskussion. »Die muss ich unterrichten, und obendrein kommt die Inklusion auf mich zu und die Integration von Flüchtlingskindern, plus die Aufgabe, den Jugendlichen Respekt beizubringen. Denn das geschieht in den meisten Elternhäusern nicht mehr. Eltern sehen Erziehung ganz generell nicht mehr als ihre Aufgabe an.« Mit anderen Worten: Die ureigenste Pflicht von Eltern, die Erziehungspflicht, wird mehr und mehr auf die Lehrer abgeschoben. Früher haben Lehrkräfte vielleicht noch den Feinschliff geleistet, heute müssen sie ganz von vorn anfangen, weil ein Großteil der Kinder unerzogen an die Schulen kommt. Grundlegende soziale Fähigkeiten können nicht mehr vorausgesetzt werden, und das, obwohl viele Kinder vorher einen Kindergarten besucht haben.

Natürlich sind die Schulen damit überfordert. Selbst wenn sie den Eltern die Erziehung abnehmen könnten – der Effekt würde verpuffen, wenn dieses soziale Lernprogramm daheim in den Familien nicht fortgeführt würde; Sozialverhalten beruht nun einmal weniger auf theoretischem Wissen als auf praktischer Einübung. Die Auswirkungen dieses Rollentauschs liegen auf der Hand: Verrohung der Gesellschaft einerseits, massive Beschädigung der Institution Schule andererseits. Mich sollen als Erstes die gesellschaftlichen Folgen interessieren. Also jene Veränderungen, die wir als Polizei zu spüren bekommen.

Immer häufiger habe ich den Eindruck: Wir leben nicht in derselben Wirklichkeit – dieser Mensch, der da gerade in der Vernehmung vor mir sitzt, und ich. In meiner Welt gibt es Täter und Opfer, Schuld und Unschuld, Regeln und Verstöße, Verantwortung und Verantwortungslosigkeit. Es gibt Recht, und es gibt Unrecht. Das ist die Welt, die ich kenne und in der ich als Polizistin eine wichtige Funktion habe. Sie besteht nicht zuletzt darin, immer wieder die Grenze zwischen dem einen und dem anderen zu ziehen, also gewissermaßen Licht und Finsternis zu scheiden, das Recht zur Geltung und das Unrecht zum Bewusstsein (und zur Strafe) zu bringen.

Und vor mir sitzt – wie gesagt: immer häufiger – ein Mensch, der kein Unrechtsbewusstsein und keine Schuldgefühle kennt. Da sitzt ein Jugendlicher, der eine schwere Körperverletzung, deren Folgen womöglich ein Leben lang bleiben werden, begangen hat und sich keiner Schuld bewusst ist. Da sitzt eine Mutter, deren Sohn an seiner Schule gefürchtet ist, auf dessen Konto eine ganze Serie von Gewalttaten geht, und diese Mutter sagt: »Mein Junge macht so etwas nicht.« Kurzum: Wir erleben bei Eltern und Kindern einen fortschreitenden Wirklichkeitsverlust – junge Leute, die gar nicht wissen, was Unrecht ist, und Eltern, die ihren Kindern von vornherein Absolution erteilen. Angemessen und verständlich wäre es, wenn sie ihren Kindern irgendwann verzeihen würden, was sie ausgefressen haben. Aber diese Eltern verzeihen nicht – sie leugnen, dass es überhaupt irgendetwas zu verzeihen gibt. Aus der Unzahl der Fälle will ich einmal zwei besonders krasse herausgreifen. Sie spielen nicht direkt an der Schule, aber es geht jeweils um Schüler.

Wir hatten einen 14-Jährigen festgenommen, der ein Mädchen vergewaltigt haben sollte. Die Mutter wurde von der Festnahme unterrichtet, und als sie vom Vorwurf gegen ihren Sohn erfuhr, erlitt sie einen Nervenzusammenbruch. Nun muss man wissen: In dieser Familie war Gewalt an der Tagesordnung, und der Junge war für seine Gewalttätigkeit polizeibekannt, also seit Jahren kriminell. Seiner Mutter konnte das unmöglich verborgen geblieben sein, trotzdem traf sie der Vorwurf der Vergewaltigung wie ein Blitz aus heiterem Himmel! Sie hielt es für völlig ausgeschlossen. Wir mussten den Rettungswagen für sie rufen.

Offenbar haben wir es hier mit einer weiteren Erscheinungsform der Mentalität des Wegsehens zu tun, der wir an den Schulen begegnet sind. Weil wir bei der Polizei wie kaum eine andere Institution zum Hinsehen verpflichtet sind, haben wir vielleicht ein besonders gutes Auge dafür. Jedenfalls scheint es bei Eltern einen perfekt funktionierenden Abschottungsmechanismus zu geben, der die Wahrheit über ihre Kinder zuverlässig von ihnen fernhält. Insbesondere Mütter bestreiten Vorwürfe gegen die eigenen Kinder sofort und als Erstes vehement, noch bevor sie mit dem beschuldigten Kind überhaupt geredet haben. Der komplette Wirklichkeitsverlust – diese Mütter trauen ihrem eigenen Nachwuchs einfach nichts Böses zu. Der

Schock ist dann umso heftiger, wenn sie plötzlich mit der unverschleierten Realität konfrontiert werden.

Der nächste Fall ist zweifellos extrem, aber ein Ausnahmefall ist auch er nicht: Zwei Brüder, der eine 16, der andere gerade 14 geworden, geraten in der Düsseldorfer Altstadt in eine Schlägerei, ziehen den Kürzeren, sind also schon in Wallung und wollen jetzt die S-Bahn nehmen. Auf dem Bahnsteig nähert sich der 14-Jährige einer jungen Frau und bittet sie um eine Zigarette. Dieser Junge, muss man wissen, tritt sehr höflich auf, legt größten Wert auf Umgangsformen, ist obendrein ein bildhübscher Kerl und wirkt daher harmlos oder sogar sympathisch. Entsprechend freundlich fällt die Antwort der jungen Frau aus – nein, sagt sie lächelnd, sie sei leider Nichtraucherin. Im nächsten Moment presst dieser Junge sie an eine Wand, fährt ihr mit der Hand unter den Rock in den Schlüpfer und dringt in ihre Vagina ein. Damit ist der Tatbestand der Vergewaltigung erfüllt.

Das Erstaunliche ist: Als wäre nichts gewesen, verlassen beide, Täter und Opfer, anschließend gemeinsam den Bahnhof und laufen, einer in der Begleitung des anderen, durch die Straßen. Als sie am Britischen Generalkonsulat vorbeikommen, ergreift die junge Frau die Gelegenheit, wendet sich an den dortigen Polizeiposten und berichtet ihm von dem Vorfall. Und der Junge läuft nicht weg. Er scheint sich keiner Schuld bewusst zu sein. Schon die Vergewaltigung war für ihn kein Grund, anschließend das Weite zu suchen, von einem Moment auf den anderen war er wieder in die Rolle des braven Jungen mit guten Manieren zurückgeschlüpft, und nicht einmal jetzt macht er sich aus dem Staub.

Er wird sofort festgenommen. Anderntags bekomme ich die Anzeige auf den Tisch, und noch bevor ich einen Blick hineinwerfen kann, erhalte ich einen Anruf seiner Mutter – sie sei außer sich, sie wisse gar nicht, was sie machen solle, aber – »Mein Sohn hat mir erzählt, wie es wirklich war.« »Tatsächlich? Was hat er gesagt?« »Dass er mit der Frau nur rauchen wollte. Sonst nichts. Er hat diese Frau nicht einmal berührt!«

Aha. Sie ist von seiner Unschuld überzeugt. Dabei sollte sie ihren Sohn zur Genüge kennen. Denn es stellt sich heraus: Er ist bereits mit 43 Straftaten aufgefallen. Wenn man die Dunkelziffer berücksichtigt, dürfte er geschätzt auf rund 200 Straftaten kommen, quer durchs ganze Gesetzbuch. Seine Brüder sind ebenfalls samt und sonders gewalttätig, und der Vater schlägt seit Jahren seine Frau – eigentlich sollte sie also Bescheid wissen. Aber nein, sie kauft ihrem Jungen dessen Version des Vorfalls auf dem Bahnsteig unbesehen ab, denn – »Mein Sohn macht so etwas nicht.« Später, nach der Vernehmung des Täters, reden wir mit seinem Vater, und da sagt dieser Mann, der für seine Prügelorgien bekannt ist: »Ich bin von meinem Sohn total enttäuscht. Dass er sich Frauen gegenüber so schäbig verhält … Und ich hatte gehofft, dass er nach mir kommt.« Ich bin sprachlos. Er glaubt tatsächlich, sein Junge sei aus der Art geschlagen

Der Prozess endete mit einer 18-monatigen Haftstrafe für den Täter, die er nach dem Jugendstrafrecht voll verbüßen musste. Die junge Frau aber, das Opfer, kam nicht so glimpflich davon. Sie verkraftete diesen plötzlichen Ausbruch von Brutalität auf dem S-Bahnhof seelisch nicht und war zwei Jahre danach noch arbeitsunfähig.

Hier hatten wir also das volle Programm: einen Jungen, der von Schuld und Unrecht buchstäblich nichts weiß, eine Mutter, die nichts wissen, sich aber auch nichts sagen lassen will, und einen Vater, der aus allen Wolken fällt, obwohl er's besser wissen müsste. In meinem Beruf begegne ich solchen Menschen täglich. Wenn sich ihnen die Frage nach der Schuld überhaupt stellt, wird sie grundsätzlich bei anderen gesucht, nie bei sich selbst. Es ist, als gäbe es überhaupt kein gemeinsames ethisches Fundament mehr. Und um dem Eindruck vorzubeugen, moralische Orientierungslosigkeit solchen Ausmaßes sei nur in einem bestimmten Unterschichtenmilieu anzutreffen, hier noch zwei Beispiele aus der gutbürgerlichen Gesellschaft.

An der Grundschule meines Sohns zeigt eine Erzieherin zum Abschluss des vierten Schuljahrs einen ausgesprochen rabiaten Piratenfilm, der erst ab 12 Jahren freigegeben ist, nämlich *Fluch der Karibik 3*. Hinterher hole ich ihn und seinen Freund von der Schule ab, und dieser Freund legt gleich aufgeregt los: »Wir haben einen Film gesehen, in dem ein Kind erhängt wird.« Wie bitte? »Ja, ›Fluch der Karibik‹. Da wird ein Kind aufgeknüpft.« Mein Sohn bleibt still. »Hast du den auch gesehen?«, will ich wissen. »Nein«, sagt er. »Ich bin rausgegangen.«

Später stelle ich die Erzieherin zur Rede. Ihr Verhalten erscheint mir völlig unakzeptabel, und ich erwarte, dass sie sich wenigstens zu einem »Entschuldigung, ich habe nicht drüber nachgedacht« durchringt. Aber nichts da. Sie zeigt sich gänzlich uneinsichtig. »Das gucken die Kinder zu Hause doch auch.« Sie rechtfertigt ihr Verhalten tatsächlich mit einer Unsitte, die hier und da eingerissen sein mag, will von Verantwortungslosigkeit nichts hören und bleibt stur, bis ich damit drohe, zur Polizei zu gehen und Anzeige wegen Gewaltdarstellung (§ 131 StGB) zu erstatten. Hinterher ließ ich mir ihre Argumentation noch einmal durch den Kopf gehen und fand sie erschreckend – meines Erachtens besaß sie keinen wirklichen eigenen moralischen Standpunkt, jedenfalls schienen ihr meine Bedenken gleichgültig zu sein. Was sie für allgemein üblich hielt, war damit auch in Ordnung; sie ließ sich einfach von den herrschenden Zuständen leiten, wie fragwürdig sie für andere auch sein mochten.

Ähnlich unbeeindruckt von meinen moralischen Maßstäben fand ich den Vater, dessen Sohn ein fremdes Auto zerkratzt hatte. Der Kleine hatte schon zuvor ähnliche Straftaten begangen. Wäre er schon 14 und strafmündig gewesen, hätte er Ärger bekommen, so viel hatte er bereits auf dem Kerbholz, doch als ich seinen Vater darauf hinwies, fuhr er sinngemäß aus der Haut: »Unverschämtheit! Wie können Sie so etwas behaupten? Ich habe mich erkundigt, alle halten meinen Sohn für absolut normal.« Kurzum, meine Bemerkung empfand er offenbar als persönliche Beleidigung. Ich kannte solche Kinder gut und konnte die Gefahr einer nicht auszuschließenden kriminellen Karriere als Polizistin wahrscheinlich besser als jeder andere einschätzen – für den Vater Grund genug, sich von mir nichts mehr sagen zu lassen.

Legal, illegal, scheißegal – so lautete eine Parole der Achtundsechziger. Was damals die Auffassung einiger Anarchisten zum Ausdruck brachte, verträgt sich heute bestens mit der verbreiteten Einstellung zu Recht, Gewissen und Verantwortung. Um nicht missverstanden zu werden – sich zunächst schützend vor sein Kind zu stellen ist ein natürlicher Reflex und nicht verwerflich. Auch ich würde meinen Sohn wahrscheinlich erst einmal aus der Schusslinie holen. Aber nach einer Schrecksekunde sollte der Verstand einsetzen, und das Normale wäre jetzt, sein Kind zu fragen: Sag mal, stimmt das? Was sagst du dazu? Um sich anschließend als Mutter zu fragen: Welche Version stimmt? Was spricht für die eine, was für die andere Darstellung des Vorfalls? Andernfalls hätte mein Schutzreflex nämlich nichts mit Mutterliebe, sondern mit einer bewussten, gewollten Blindheit zu tun. Mit Realitätsverweigerung. Und einem totalen Desinteresse an Recht und Unrecht.

Aus Nicht-mehr-wissen-Wollen wird in der nächsten Generation Nicht-mehr-Wissen. Werden Kinder, die tatsächlich nicht wissen, was sie tun, und nicht begreifen, was sie getan haben. Werden Jugendliche, die in ihrem gewissenlosen Treiben nur noch durch die Gerichte zu stoppen sind. Die keine Regeln mehr kennen. Bei denen jeder Versuch, sie bei ihrem Mitgefühl, ihrem Gewissen oder ihrer Ehre zu packen, kläglich scheitert, sodass wir als Ermittlungsbeamte sozusagen ins Leere greifen. Was für diese Jugendliche Maßstäbe setzt, ist kein abstrakter Moralkodex, sondern eine Realität, deren Pegel ständig ins Extreme ausschlägt, eine Wirklichkeit, aus der jede Moral ausgelöscht ist.

Daher die Uneinsichtigkeit, der ich tagtäglich begegne. Ich erinnere mich an Zeiten, in denen man einem jungen Menschen ziemlich schnell klarmachen konnte, dass er zu weit gegangen war. Einfache moralische Prinzipien leuchteten Kindern damals durchaus noch ein. Heute rede ich gegen eine Wand. Was heißt überhaupt: zu weit gegangen?

Was ist gemeint mit: übergriffig? Was bedeutet schon: den anderen verletzen? Und welche Grenze soll zwischen erlaubt und unerlaubt verlaufen? Ich frage dann manchmal nach: »Wie würdest du dich denn fühlen, wenn man dein Fahrrad kaputt machen würde?« Nun, das fänden sie doof – doch in den seltensten Fällen bemerke ich ein Bewusstsein davon, ein Wissen darum, dass man Fahrräder grundsätzlich nicht zerstört. Dass es Handlungen gibt, vor denen man aus guten Gründen zurückschrecken sollte. Da ist kein Gewissen mehr, das sie aufhält, kein innerer Moralkodex mehr, der sie bremst. Achtung, Respekt, Wertschätzung? Fehlanzeige. Fremdes Eigentum? Uninteressant – es genießt den Stellenwert eines Wegwerfartikels. Letztendlich ist nichts vor ihnen sicher, weil nichts mehr als unantastbar gilt, Menschen nicht, deren Eigentum erst recht nicht, und kaum noch eine Ahnung davon vorhanden ist, dass man Gegenstände pfleglich behandeln, vor Beschädigung schützen, in seine Obhut nehmen sollte.

Wenn ich dann einem jungen Menschen in der Vernehmung sage: »Es war nicht in Ordnung, was du getan hast«, versteht er gar nicht, was ich meine. Was heißt denn »nicht in Ordnung«? Welche Ordnung? Welche Regeln? Welche Menschlichkeit? In ihrer Welt sind dies alles leere Worte. Es ist, als würden diese jungen Menschen sich allmählich herauslösen aus dem Geflecht von Beziehungen und Verpflichtungen, das den Einzelnen mit seinen Mitmenschen verbindet. Oft habe ich das Gefühl, dass alle anderen nur noch Widersacher sind, die ausgetrickst gehören oder aus dem Weg geräumt werden müssen. Verliert sich das Bewusstsein, die anderen zu brauchen, das Bewusstsein, auch selbst gebraucht zu werden? Und was ist mit der

Solidarität? Sind wir mit einem Mal nicht mehr verpflichtet, den Schwächeren zu schützen – auch vor Gehässigkeit, Hohn und Häme? Und – müssen wir der zunehmenden Verrohung stumm zusehen?

Hier sind eindeutig die Eltern gefragt. Denn diese Dinge werden im frühen Kindes- und Jugendalter geprägt, wenn die Eltern hier versagen, kann die Schule auch nichts mehr retten.

Die schwierige Verantwortung der Eltern

Die Richtung, in die sich eine Gesellschaft bewegt, lässt sich durch einzelne Akteure nicht ändern. Welche Wertvorstellungen und Verhaltensweisen sich durchsetzen, unterliegt scheinbar Gesetzen, die niemand aufstellt und niemand kontrolliert. Immer sieht es so aus, als sei eine gesellschaftliche Entwicklung unaufhaltsam. Selbst so gewichtige Institutionen wie Schule und Polizei stehen ihr zwar nicht völlig machtlos gegenüber, müssen sich aber aufs Reparieren beschränken. Das heißt: Die Schule badet aus, was an Problemen und Konflikten in der Gesellschaft gärt, und der Polizei bleibt nicht viel anderes übrig, als die Scherben zusammenzufegen. Aber einen Trend aufhalten oder gar umkehren, das steht nicht in ihrer Macht. Müssen wir also den Dingen ihren Lauf lassen? Ist kein Kraut gegen eine bedenkliche gesellschaftliche Entwicklung gewachsen?

Ich störe mich, offen gesagt, an dem Begriff Gesellschaft. Wir sind mit diesem Wort so schnell bei der Hand. Sie ist zum großen Sündenbock geworden. Immer wenn etwas grundsätzlich schiefläuft, ist die Gesellschaft schuld, und es ist auch die Gesellschaft, die sich dann ändern muss. Damit aber verlieren sich Befunde und Lösungsvorschläge im Unverbindlichen. Ein schönes Beispiel dafür liefert ein Interview mit Udo Beckmann, dem Bundesvorsitzenden des Verbands Bildung und Erziehung, über das Manifest »Haltung zählt« des Bayerischen Lehrerverbands aus dem Jahr 2016. In dem Manifest beklagt der BBLV die Verrohung der Schülersprache. Lehrkräften, heißt es dort, schlage immer häufiger ungefilterter Hass vonseiten der Schüler entgegen, die Sprache auf den Schulhöfen werde aggressiver. Beckmann bestätigt im Gespräch mit der Neuen Westfälischen Zeitung vom 8.9.2016, das sei seit Jahren ein schleichender Prozess, in letzter Zeit habe diese Entwicklung aber deutlich zugenommen. Das liege zum Teil an der Integrationsdebatte. Aufschlussreich ist Beckmanns Schlussappell: Dort heißt es: »Es ist Aufgabe der Gesellschaft, dem entgegenzuwirken.« Irgendwie leuchtet diese Schlussfolgerung ja ein, nur – wer genau ist damit gemeint?

Denn die Gesellschaft ist ja nichts Greifbares. Sie ist ein theoretischer Begriff. Alles, was von der Gesellschaft gefordert wird, geht deshalb ins Leere, und ich habe den Verdacht: Immer wenn man keinen Bestimmten mit Forderungen oder Schuldzuweisungen belästigen will, redet man eben von »Gesellschaft«; man darf dann sicher sein, dass keiner sich angesprochen und niemand sich getroffen fühlt. Dass eine Gesellschaft irgendwann klüger wird, darauf kann man jedenfalls lange warten, und deshalb möchte ich hier Klartext sprechen.

Für mich sind es immer noch Menschen aus Fleisch und

Blut, die die Verantwortung tragen, in unserem Fall also die Lehrkräfte, die Schüler und Schülerinnen oder die Polizei, ganz besonders aber die Eltern, denn die Zustände, die ich im letzten Kapitel geschildert habe, sprechen eindeutig für ein Erziehungsversagen. Ich weiß, dass auch anonyme Kräfte auf die gesellschaftliche Entwicklung einwirken, die Eigendynamik des technischen Fortschritts zum Beispiel, aber Verantwortung bleibt eben doch an reale Menschen gebunden. Wenn wir uns also nicht darauf berufen wollen, als Bürger und Bürgerinnen, als Lehrpersonen oder Eltern bloß achselzuckend auf äußere Einflüsse zu reagieren, dann müssen wir im Zusammenhang mit Jugendkriminalität auch über Erziehung sprechen.

Bleiben wir für einen Augenblick noch bei der Verrohung der Sprache. Auch ich als Mutter habe damit meine Probleme, denn mein Sohn beteiligt sich an den abfälligen Reden seiner Altersgenossen. Da wird in einem geradezu bösartigen Ton über Mitmenschen hergezogen, bloß weil sie schwächer oder anders sind. Er erklärt mir dann, er müsse so reden, weil er dazugehören wolle, dies sei nun einmal die Sprache der Jugend. Aber eine Verrohung ist es allemal, auch verbal werden die letzten Grenzen niedergerissen, und die Erklärung meines Sohns irritiert mich eher, als dass sie mich beruhigt.

Dabei bin ich durch meinen Beruf einiges gewöhnt. Trotzdem kann ich nachvollziehen, dass vielen Menschen die Abgebrühtheit dieser Jugend unheimlich ist. Eine Kommunalpolitikerin schrieb mir einmal: »Wenn sich mein 16-jähriger Sohn mit zwei Freunden auf der Straße unterhält und alle drei laut lachen, rufen die Anwohner die

Polizei.« Eine völlig überzogene Reaktion, zweifellos, aber ich verstehe, dass diese Aura von Unberechenbarkeit ältere Menschen ängstigt.

Den meisten dürfte es ähnlich gehen – sie reagieren irritiert. Worüber soll man als Erwachsener hinwegsehen, was darf man auf keinen Fall durchgehen lassen? Gibt es da überhaupt verbindliche Regeln? Ein Oberstudienrat beschrieb die Lage im Gespräch mit mir so: »Viele Lehrer sind verunsichert. Die Eltern sowieso. Welches Verhalten ist noch hinnehmbar, und welches verlangt nach einem Einschreiten von Lehrern oder Eltern? Im Schulalltag beobachte ich zwei gegensätzliche Tendenzen: Einerseits lässt die zunehmende Gewaltbereitschaft von Kindern viele Eltern kalt. Und andererseits ist unter Eltern eine hysterische Angst verbreitet, die überall Gewalt wittert, mit dem Erfolg, dass Jungs schon an der Grundschule zu pathologischen Gewalttätern gestempelt werden, bloß weil sie jemanden angerempelt haben. Das gesunde Gefühl für die normale Entwicklung von Kindern scheint vollständig verloren gegangen zu sein.«

Was dieser Oberstudienrat sagt, entspricht meiner Erfahrung, dass das Pendel immer mehr zu den Extremen hin ausschlägt, auch bei den Eltern. Ich könnte zahllose Beispiele dafür nennen, wie weit die Ansichten über Erziehung auseinandergehen. Da spricht eine Mutter schon aufgebracht von Kinderpornografie, wenn ihre Tochter sich dabei fotografieren lässt, wie sie lasziv in eine Banane beißt. Und dann wiederum folgende Situation: Wir stehen im Garten meines Vaters zusammen, und mein Sohn, damals noch kleiner, nimmt von mir etwas mit einem vernehmlichen »danke schön« entgegen. Das bekommt eine

Passantin mit, und über den Gehweg hinweg zischt sie mir zu: »Wie, Sie dressieren Ihr Kind? Das ist ja allerhand.«

Man muss also tatsächlich mit allem rechnen, von extremer Schreckhaftigkeit bis hin zu völliger Gleichgültigkeit gegenüber dem seelischen Gedeihen eines Kindes. Verlassen kann man sich auf nichts. Verbindliche Regeln und Grenzen scheinen der Vergangenheit anzugehören, und alles kann pädagogischen Argwohn auslösen, ein »Dankeschön« genauso wie der Biss einer 13-Jährigen in eine Banane.

Das Ergebnis ist eine tiefe Verunsicherung. Das Selbstverständliche ist nicht mehr selbstverständlich. Die Gesellschaft steht sozusagen auf zunehmend wackligen Füßen. Ich bin keine Soziologin, ich bin auch keine Moralphilosophin, es gibt sicherlich Berufenere als mich, wenn es darum geht, die Ursachen zu benennen, aber ich will es trotzdem aus meiner Sicht und aus der Erfahrung einer Kriminalbeamtin heraus versuchen.

Viele Eltern scheinen sich in einer Dauerverkrampfung zu befinden. Sie wirken auf mich, als hätten sie das Zutrauen zu sich selbst verloren. Und es prasselt ja auch so vieles auf Eltern und Kinder ein, dass man beinahe verstehen kann, warum jeder bloß noch den Kopf einzieht. Da ist der Leistungsdruck, der Kinder wie Eltern betrifft. Dann die Hilflosigkeit der Eltern gegenüber dem Einfluss, den das Internet auf ihre Kinder ausübt. Und dazu das Gefühl der Orientierungslosigkeit, das sich allgemein breitmacht. Ganz zweifellos – Erziehung ist ein schwieriges Geschäft geworden, viel schwieriger als in der Vergangenheit, und ich befürchte: Selbst Eltern, die noch an ihre Autorität, ihre Zuständigkeit glauben, fühlen sich oft überfordert.

Ich sehe darin zunächst einmal kein persönliches Versagen. Es gibt dafür objektive Gründe, und insbesondere einen: Erziehung ist Einführung in eine bestimmte Kultur und Lebensweise. Solange beides vorgegeben ist, kann es wenig Zweifel über die Grundzüge der Erziehung geben – jeder weiß ja, welche Eigenschaften später einmal gefordert sind, welche Werte von allen anerkannt sind und deshalb für alle gelten.

Im Zeitalter der digitalen Globalisierung aber löst sich diese Gewissheit auf. Unser Horizont umfasst mittlerweile die ganze Welt, unsere Kommunikation löst sich von Raum und Zeit, jeder ahnt, dass alles mit allem zusammenhängt, aber keiner weiß mehr, wie und warum. Wissen und Gewissheiten zerfallen, Kultur und Lebensweise verlieren ihre fest umrissene Kontur, alles Herkömmliche büßt mit zunehmender Geschwindigkeit an Überzeugungskraft ein. Religiöse und moralische Normen, Umgangsformen und Persönlichkeitsideale existieren zwar noch, sind aber nicht mehr verbindlich. Wie aus dem Tante-Emma-Laden der Supermarkt und aus dem Supermarkt der Discounter geworden ist, so sind aus einer überschaubaren Menge handfester Regeln und Normen des Zusammenlebens beliebig viele geworden, beliebig zusammenstellbar, beliebig anwendbar, beliebig austauschbar – und damit im Einzelnen auch verzichtbar. Kurzum: Der kulturelle Rahmen, in dem Erziehung stattfindet, ist gesprengt worden. Die Frage, wofür, wozu, nach welchen Regeln und Werten ich Kinder erziehe, lässt sich heute nicht mehr ohne Weiteres beantworten. Werte, die früher allgemein anerkannt waren, verlieren ihre prägende Kraft. Sie verstehen sich nicht mehr von selbst. Tugendideale wie Höflichkeit, Ehrlichkeit oder

Solidarität mit Schwächeren verblassen, wenn sie nicht von Kindheit an gelernt werden – was meiner Meinung nach am besten durch Vorbilder geschieht. Entweder sie sind noch Bestandteile einer festen Überzeugung, oder aber sie werden auf dem freien Markt der Meinungen gehandelt wie jeder menschenverachtende Blödsinn, den sich eine extremistische Gruppierung etwa einfallen lässt. An persönliche Werte muss man glauben, sonst verkümmern sie zur reinen Geschmacks- oder Ansichtssache. Über die gesellschaftlichen Werte kann (und sollte) man diskutieren, besonders im Hinblick auf die Prioritäten: Was ist uns wichtig? Wofür geben wir Geld aus? Wie wollen wir als Gemeinschaft leben?

Mit den Werten verfallen die moralischen Instanzen. Früher waren es die Kirchen, die ethische und moralische Standards setzten und unters Volk brachten, aber die Kirchen haben ihren Einfluss weitgehend eingebüßt. Wer käme sonst infrage? Alle, die in der Öffentlichkeit stehen, Politiker vor allem, aber um deren Glaubwürdigkeit ist es schlecht bestellt, und moralische Leuchtfeuer sucht man unter ihnen vergebens. Popstars und Sportler kommen als Vorbilder genauso wenig infrage, Lehrkräfte haben mit dem gewöhnlichen Schulalltag schon genug zu kämpfen, viele Familien zerfallen, und am Ende verstehen sich Eltern eben nur noch als Agenten und Anwälte der Interessen ihrer Kinder. Wer also soll die Werte unserer Kultur verteidigen und durchsetzen? Ich bin eine große Freundin von Vorbildern, weil Kinder vor allem von Vorbildern lernen, aber ich sehe keine.

Es ist mithin nicht verwunderlich, dass Eltern eingeschüchtert und ihrer Sache nicht mehr sicher sind. Selbst beim besten Willen werden sie ihre liebe Mühe haben, Grenzen zu ziehen und Regeln aufzustellen, denn – wer will definitiv sagen, welche Grenzen? Welche Regeln? Darüber besteht ja längst keine Einigkeit mehr. Als Eltern müsste man heute seine Erziehungsprinzipien weitgehend auf die eigene Kappe nehmen, aber wer traut sich das zu? Wer ist von seiner Autorität so felsenfest überzeugt, dass zum Beispiel der Vorwurf, sein Kind zu »dressieren«, an ihm abtropft?

Und darin liegt das Problem. Hier haben wir, meines Erachtens, die Ursache des Erziehungsversagens. Denn die Verantwortung bleibt. Jedes Kind hat ein Anrecht auf Eltern, die ihrer Verantwortung gerecht werden. Die vor der Unübersichtlichkeit der Welt nicht kapitulieren, die ihren eigenen Weg durch das Gestrüpp der widersprüchlichen Meinungen und Weltanschauungen suchen und ihr Kind auf diesem Weg mitnehmen. Das erfordert Mut. Das erfordert ein enormes Selbstvertrauen, und wahrscheinlich liegt es daran, dass viele den deutlich leichteren Weg wählen und mit ihren Kindern stattdessen – debattieren. Und zwar endlos debattieren, da kaum jemand die Autorität für sich beansprucht, die Debatte zu beenden.

Und so kommt es zu jenen Szenen, die man laufend auf der Straße oder im Supermarkt erlebt: Mütter oder Väter reden endlos auf kleinste Kinder ein, in einem bemüht vernünftigen Ton, als müsste Überzeugungsarbeit geleistet werden, wo es um simple Aufforderungen oder Anweisungen geht. Entsprechend lange dauert es, bis sich ein Kind bequemt, solchen Anweisungen Folge zu leisten. Und dieses Prozedere wird auch dort beibehalten, wo es gefährlich ist, im Straßenverkehr zum Beispiel.

Wie aber soll ich mein Kind schützen, wenn es nicht gelernt hat, auf mich zu hören? Wenn es meine unablässigen freundlichen Ermahnungen gar nicht mehr ernst nimmt? Wenn es auf die heiße Herdplatte fasst, weil es gar nicht daran denkt, mir zu gehorchen? Ich gefährde mein Kind doch, wenn ich ihm allen Grund gebe, mich nicht ernst zu nehmen. Aber genau dieser Effekt tritt durch das endlose Debattieren ein: Eltern verspielen ihre Autorität. Sie entkräften ihre eigenen Worte, sie machen sich in den Augen ihrer Kinder lächerlich, und am Ende wird es diese Kinder überhaupt nicht mehr interessieren, was ihre Eltern sagen.

Ich wage die Behauptung: Unsere Gesellschaft leidet an der Unwilligkeit von Eltern, sich durchzusetzen. Im harmlosesten Fall führt dieser Verzicht auf Autorität dazu, dass es Kindern später als Jugendlichen schwerfällt, Anordnungen Folge zu leisten. Genauer gesagt: Sie reagieren dann auf Anweisungen, als hätte man ihnen einen Vorschlag unterbreitet. Dazu ein Beispiel aus meinem Arbeitsbereich.

Junge Kollegen von der Schutzpolizei sind irgendwo in der Stadt unterwegs, müssen eingreifen und erkundigen sich nun bei mir über Telefon nach den kriminalpolizeilichen Maßnahmen, die sie treffen sollen. So weit, so gut, denn das ist in unübersichtlichen Situationen Vorschrift – sie informieren uns über die Lage vor Ort, und wir in der Kriminalwache treffen die Entscheidung, wie's weitergehen soll. Ich antworte also, ich entscheide mich für eine Maßnahme, wie sie die Situation aus meiner Sicht erfordert – und der junge Kollege am anderen Ende will mit mir darüber diskutieren! Ein Unding. Denn entweder, er weiß es besser; dann kann er sich seinen Anruf sparen und entscheidet selbst – oder er bittet mich um eine Anweisung und akzeptiert meine Entscheidung. Jede Diskussion in dieser Lage erübrigt sich; wenn es schnell gehen muss, kostet das fruchtlose Geplänkel womöglich wertvolle Zeit.

Ich habe den Eindruck, junge Leute kennen es gar nicht mehr anders. Der Widerspruch ist ihnen in Fleisch und Blut übergegangen, er erfolgt quasi automatisch und ohne Rücksicht auf die Situation. Jede Entscheidung eines Erwachsenen scheint in den Elternhäusern eine unabsehbare Diskussion nach sich zu ziehen, ja, schlimmer noch: Eine Weigerung scheint keinerlei Konsequenz mehr zu haben.

Lassen Sie mich klar und deutlich sagen: Der Widerwille von Eltern, sich durchzusetzen, überfordert das Kind. Und der Versuch, mit der Entscheidung auch die Verantwortung auf das Kind abzuwälzen, geschieht aus reiner Verzagtheit. Ein Kind kann Situationen nicht einschätzen, es kann sich kein Urteil bilden, und schon deshalb ist es Unsinn, seine Ansicht zu erfragen oder sein Einverständnis zu erbetteln. Kinder sind keine kleinen Erwachsenen, und es gehört nun einmal nicht zu ihren Stärken, die Rationalität von Argumentationsketten zu bewerten oder komplexe Situationen zu erfassen. Was aus Sicht der Eltern vernünftig ist, soll gemacht werden, weil das, was vernünftig ist, eingeübt werden muss – im Kern geht es in der Erziehung darum.

Um auf meinen Ausgangspunkt zurückzukommen: Ja, Erziehung ist schwieriger geworden. Aber der Werteverfall darf doch niemals als Entschuldigung dafür herhalten, auf Erziehung ganz zu verzichten. Ob sie nun an ihre

Autorität glauben oder nicht – Eltern tragen die Verantwortung. Sie stehen bei jedem Kind erneut vor der Aufgabe, es bei der Hand zu nehmen und in die Welt einzuführen. Das heißt, sie müssen entscheiden – und dann zu ihren Entscheidungen stehen. Keine Globalisierung kann uns davon entbinden.

Im Bespucktwerden waren wir Vorreiter – die Krise der Autorität

Mein Sohn war mit einer Mutter geschlagen, die mit Leib und Seele Polizistin war (und immer noch ist). Die sich selbst als Straßenkind bezeichnete (und das immer noch tut). Die nicht auf der Wache herumsitzen und darauf warten wollte, was an Einsätzen hereinkam, sondern selbst rausfahren, mit Menschen zu tun haben, Kontakt mit der nackten, rauen Wirklichkeit haben musste – Spezialgebiet: häusliche Gewalt. Und außerdem mit einer alleinerziehenden Mutter, denn zur Trennung von meinem Mann kam es, als der Kleine gerade mal neun Monate alt war. Es gab schwierige und stürmische Zeiten, aber wenn ich heute an unsere gemeinsamen Jahre denke, finde ich, dass mein Sohn mit dieser Mutter trotzdem nicht schlecht bedient war.

Über Sinn und Zweck von Erziehung habe ich nicht lange nachdenken müssen. Ich wollte, dass mein Kind zu einem durchsetzungsfähigen und selbstständigen Menschen heranwächst. Im Stillen habe ich gehofft, ihm selbst ein Beispiel für mutiges, selbstbewusstes Auftreten zu liefern. Allerdings habe ich versäumt, ihm klarzumachen, dass seine Mutter tabu ist, und mehr als ein Mal hat er mich mit meinen eigenen Waffen geschlagen. Er war acht, als ich ihn zwingen wollte, zum Friseur zu gehen, und er mit einer unverblümten Drohung dagegenhielt. »Wenn du das machst«, sagte er, »zeige ich dich wegen Körperverletzung an.« Nun ja, ich wollte es so, und er hat an mir geübt.

Es muss für ihn ein ordentliches Stück Arbeit gewesen sein, sich gegen mich durchzusetzen, denn ich war entschieden in meinen Ansichten und konsequent in meinem Verhalten. Fruchtlose Diskussionen waren nie mein Fall. Ich erwartete von ihm auch, seine Streitigkeiten mit anderen selbst auszufechten oder einfach auszuhalten, was der Schulalltag zum Beispiel an Ärger mit sich brachte. Natürlich kam er, wie alle Kinder, mit Klagen über unfähige, unfaire und ungerechte Lehrer zu mir, und natürlich war er sauer, wenn er bloß zu hören bekam: Blöde Lehrer gab es immer, die wird es immer geben, also gewöhn dich dran … Genauso wenig bin ich in die Schule gelaufen, um zu protestieren, wenn er nachsitzen musste. Offenbar kannte er das von anderen Eltern und warf mir Illoyalität vor, doch solange nichts außergewöhnlich Dramatisches vorfiel, musste er seine Angelegenheiten allein regeln. »Es war aber ungerecht …« Ja, tut mir leid, so ist das Leben bisweilen – auch später wird man noch manche ungerechte Entscheidung von Vorgesetzten schlucken müssen. Wie gesagt, es ging hier um Bagatellen. Anders hätte ich natürlich gehandelt, wenn er zum Beispiel von einer Lehrkraft beleidigt worden wäre; da wäre ich die Erste gewesen, die um ein Gespräch gebeten hätte.

Die Bestätigung dafür, dass wir auf dem richtigen Weg waren, kam eines Tages von ihm selbst. Nach einem Fernsehbeitrag über Drogensucht trat er zu mir in die Küche und sagte:

»Mama, die Gefahr, dass ich süchtig werde, ist relativ gering.«

»Da bin ich froh. Wie kommst du darauf?«

»Mein Selbstwertgefühl ist einfach zu groß.« Aha. Die Feststellung klang etwas vollmundig, aber falsch war sie sicherlich nicht.

Was ich mir zugutehalte und meinem Sohn hoch anrechne, ist, dass er nie respektlos war, zu keiner Zeit, auch nicht im Streit. Wenn mir im Dienst die Eltern eines beschuldigten Jugendlichen gelegentlich erzählen, wie ausfällig ihr Junge gegen sie wird, wie unflätig er seine Mutter beleidigt, dass er sogar handgreiflich wird, dann erinnere ich mich beinahe amüsiert an die schlimmste Grobheit, die sich mein Sohn mir gegenüber geleistet hat. »Die Alte fuckt mich ab …« – bei diesem Satz – in einem Telefonat mit einem Freund – hat er's belassen, und an diesem Punkt, beim Thema Respektlosigkeit, kommt bei mir die Polizistin ins Spiel. Es hat nämlich vor allem einen beruflichen Grund, weshalb ich Respektlosigkeit satthabe, weshalb ich auf Unhöflichkeit allergisch reagiere, weshalb ich auf Umgangsformen immer größeren Wert lege. Im Folgenden möchte ich also einmal von uns sprechen, von meinen Kolleginnen und Kollegen und mir, von Menschen, deren Arbeitsplatz die Straße ist, oder sagen wir, der öffentliche Raum, den wir bei unseren Einsätzen zunehmend als Hexenkessel erleben – eine weitere Folge des Respektverlusts bei Kindern, Jugendlichen und Erwachsenen. In mancher Hinsicht durchleben wir Ähnliches wie die Lehrkräfte an der Schule, die sich viel gefallen lassen müssen, ohne dass ihnen jemand den Rücken stärkt, und die dennoch Mut und Mitgefühl aufbringen sollen. Nur ist es »auf der Straße« sicher extremer.

Der Respekt gegenüber der Polizei hat in den letzten zwei Jahrzehnten drastisch abgenommen. Mittlerweile werden selbst Rettungskräfte, Feuerwehrleute, Sanitäter und Notärzte angegriffen und an ihrer Arbeit gehindert, etwa durch Schaulustige, die um Tote und Verletzte herumtanzen, um an »geile Fotos« zu kommen, als würde die Zahl der Menschen rapide zunehmen, die ihre sadistischen Triebe nicht mehr zügeln können. Seit ich begann, dieses Buch zu schreiben, lese ich in der Presse fast täglich von Vorkommnissen der abstoßendsten Art – so wurden in Frankfurt beispielsweise im Sommer 2017 Sanitäter von einem Mob aus 60 Menschen daran gehindert, einen Bewusstlosen zu reanimieren. In Baden-Baden feuerten Schaulustige einen Suizidgefährdeten zum Sprung in die Tiefe an; Gaffer filmten derweil die Szene. Eine besonders schockierende Nachricht ging im Mai 2016 durch die Presse: Auf dem Parkplatz einer nicht genannten Stadt hält ein junger Vater seine 3-jährige Tochter direkt über ein blutendes Unfallopfer; als man ihn verscheuchen will, wird er ausfällig. Diese ekelhafte Gier nach Blut, Leiden und Tod ist ein relativ neues Phänomen – uns als Polizei hingegen schlägt bei Einsätzen schon seit Längerem die nackte Wut, der blanke Hass entgegen, und im Bespucktwerden waren wir Vorreiter.

Als ich noch Streifendienst machte, hatte ich es einmal

mit zwei Männern zu tun. Der eine pöbelte mich an, und der andere wies ihn zurecht: »Spricht man so mit einer Frau?« Darauf der erste: »Die ist keine Frau, die ist eine Polizistin.« Das ist 25 Jahre her. Heute kommt mir dieser Vorfall geradezu niedlich vor. Heutzutage geht es schon damit los, dass man uns regelmäßig erklären zu müssen glaubt, wie wir unsere Arbeit zu machen haben. Jeder scheint besser zu wissen als wir, wie Polizeiarbeit auszusehen hat, und in den gehobeneren Kreisen kennt man sich auch in den Paragrafen besser aus als wir. »Ich bin Rechtsanwalt«, heißt es dann (und bei Nachfragen stellt sich oft heraus: Der Betreffende ist Jurastudent im ersten oder zweiten Semester …).

Das ist die harmloseste Stufe der Respektlosigkeit, und sie macht uns das Leben schon schwer genug. Kaum jemand geht noch stillschweigend davon aus, dass wir unsere Arbeit gut und richtig machen. Fast jeder weiß es besser, und die meisten haben einen Vater oder wenigstens einen Onkel, der Rechtsanwalt ist. Diese ständigen Einmischungen sind vielleicht nur lästig, womöglich aber haben andere darunter zu leiden. Denn wenn wir zwanzigmal am Tag unsere Maßnahmen rechtfertigen müssen, schlägt sich das irgendwann auf unsere Stimmung nieder – wahrscheinlich die beste Erklärung dafür, dass man als Bürger oder Bürgerin gelegentlich einem entnervten Polizeiteam begegnet.

Von Schulleitungen werden wir selten »belehrt«, hier stoßen wir bei unserer Arbeit auf andere Behinderungen: Die Kooperation ist oft mühsam, und bisweilen erhalten wir nicht alle Informationen, aus Angst, dass die Schule in Misskredit gerät oder dass Lehrkräfte das Vertrauen der

Schülerschaft verlieren. Auch das ist für unsere Arbeit im Sinne des Opferschutzes mehr als frustrierend.

Dazu kommen – dies nun weniger an Schulen, sondern im täglichen Einsatz auf der Straße – die Beleidigungen, die tätlichen Angriffe; deutschlandweit wurden 2017 sage und schreibe 16 710 solcher Vorfälle registriert, eine Steigerung um 20 Prozent gegenüber 2016, ein neuer Höchststand. Aus meiner Erfahrung kann ich diese Tendenz nur bestätigen. In Problemrevieren wie der Düsseldorfer Altstadt ist es längst zu einer Art Sport geworden, Polizeibeamte anzupöbeln, zu belästigen und zu attackieren. Da schreitet die Polizei wegen eines Sexualdelikts auf offener Straße ein, einer Nötigung oder Belästigung, und die Umstehenden feuern den Täter an, gehen womöglich dazwischen und kommen dem Täter zu Hilfe. Was meine Kolleginnen dann häufig erleben: Während sie den Delinquenten im Auto zur Wache fahren, sind sie einem Schwall unflätiger Beleidigungen ausgesetzt. »Du Schlampe, du solltest mal richtig gefickt werden« – solche Sätze gehören noch zu den dezenteren Beschimpfungen; wirklichkeitsnäher wäre: »Du Fotze …«

Das heißt: Meine Kolleginnen müssen sich täglich Dinge gefallen lassen, die keine andere Frau sich bieten lassen würde. Der Polizei gegenüber scheint alles erlaubt, da gibt es keine Hemmungen mehr, da erlegt man sich nicht die geringste Zurückhaltung mehr auf, da gilt nicht einmal mehr das, was zum Minimalkonsens einer zivilisierten Gesellschaft gehören sollte. Und als würde das nicht reichen, müssen diese verunglimpften, gedemütigten Kollegen und Kolleginnen die Erfahrung machen: Für die Täter folgt daraus nichts. Sie müssen nicht mit Strafe rechnen. Sie kommen ungeschoren davon, sie haben nichts zu befürchten. Denn wenn ein Polizist einen Strafantrag stellt …

Man sollte meinen, dass sich der Polizeipräsident diesem Strafantrag anschließen würde. Man sollte glauben, dass auch die Justiz dergleichen nicht durchgehen lassen könnte – schließlich sind wir ausführende Organe des Staates, die Anspruch auf besonderen Schutz erheben dürfen. Doch weit gefehlt. Ich selbst habe vor einigen Jahren Folgendes erlebt:

Ich werde im Dienst als »Fotze« beschimpft, stelle daraufhin einen Strafantrag, und das Verfahren wird eingestellt – mit der Begründung: Wer den Polizeiberuf ergreife, müsse mit Verbalattacken rechnen und Beleidigungen klaglos hinnehmen. Demnach würden massive Beleidigungen bei der Polizei zum normalen Berufsrisiko gehören? Wären Teil der Job-Beschreibung? Des Berufsbildes? Aber wieso sollte ausgerechnet im Verkehr zwischen Bürgern und Polizei ein Umgangston erlaubt sein, den sich jeder normale Mensch verbitten würde? Ich habe jedenfalls nie unterschrieben, dass ich als Polizistin auf meine Grundrechte verzichte. Ich habe nicht damit gerechnet, bespuckt zu werden, als ich mich für diesen Beruf entschied, und ich will auch heute nicht damit rechnen müssen. Aber ich muss, nach Lage der Dinge.

Folglich bildet die Polizei wohl die einzige Personengruppe in Deutschland, die ungestraft massiv verunglimpft werden darf. Aus Sicht der Täter kann das nur heißen: Wer die Polizei nach Strich und Faden beleidigt, macht lediglich von seinem guten Recht Gebrauch. Solche Gerichtsurteile lassen mich befürchten: Es fehlt nicht mehr viel, und die Polizei wird in der Öffentlichkeit unwidersprochen als Freiwild wahrgenommen.

»Mein« Polizeipräsident muss sich doch schützend vor seine Leute stellen. Als Polizistin muss ich mich auf meinen obersten Dienstherren verlassen können. Es ist nicht einzusehen, wieso die Beleidigung von Richterinnen und Richtern mit einer Geldstrafe bis in einen fünfstelligen Bereich hinein geahndet wird und Polizistenbeleidigung gratis ist. Wenn wir uns schon zwanzigmal am Tag als »Schlampe« oder Schlimmeres titulieren lassen müssen, wenn wir uns schon bei jedem zweiten Einsatz darüber belehren lassen müssen, wie wir unsere Arbeit zu machen haben, wenn wir darüber hinaus jederzeit mit körperlichen Angriffen rechnen müssen, dann müssten wir zumindest den gleichen Schutz wie die Richterschaft genießen. Und, um noch etwas weiter auszuholen: Auch vonseiten der Politik dürfte der Rückhalt stärker ausfallen.

Ich will dieses Thema nur streifen und wenigstens ein besonders krasses Beispiel erwähnen: 2016 kam es bei Würzburg zu einem Attentat mit einer Axt auf Zugfahrgäste. Die Polizei erschoss den Attentäter, nachdem er fünf Menschen zum Teil schwer verletzt hatte, und prompt gab es Kritik – in diesem Fall von der Grünenpolitikerin Renate Künast, die es lieber gesehen hätte, wenn der Beamte den Angreifer ins Bein geschossen hätte. Die simple Antwort darauf lautet: Wer Menschen mit einer Axt angreift, muss damit rechnen, erschossen zu werden – erst recht, wenn er bis zu diesem Zeitpunkt bereits auf fünf Menschen eingehackt hat. Aber derartige Kritik an der Arbeit der Polizei erfolgt aus der Politik reflexartig. Es ist eben verführerisch, der Polizei Fehler zu unterstellen, weil sich alle auf diesen Sündenbock schnell einigen können – es kostet nichts, und mit Gegenwehr braucht man kaum zu rechnen. Auch aus diesem Grund wäre interner Rückhalt äußerst wünschenswert.

Kurzum: Die Situation der Polizei ist in vieler Hinsicht immer prekärer geworden. Einerseits setzen die Kollegen und Kolleginnen tagtäglich ihr Leben aufs Spiel, andererseits müssen sie mittlerweile in der ständigen Angst leben, von Bürgerinnen und Bürgern beschimpft, bespuckt und behindert, von der eigenen Führung womöglich im Stich gelassen und von der Politik obendrein gedeckelt zu werden. Für mich stellen sich in diesem Zusammenhang nicht zuletzt moralische Fragen. Wie weit ist es mit dem Mut zur Solidarität her? Was besagt es über die Verfassung der Gesellschaft, wenn eine zunehmende Zahl von Menschen nichts dabei findet, Polizistinnen und Polizisten wie den letzten Dreck zu behandeln?

Und wer soll denn, bitte, dieser Entwicklung Einhalt gebieten, wenn nicht diejenigen, die für die Erziehung der Gesellschaft von morgen zuständig sind – die Eltern, die Familien, eben die Erziehungsberechtigten? Gibt es noch eine andere gesellschaftliche Institution, die Kindern beizeiten die einfachsten Grundregeln des menschlichen Umgangs beibringen könnte – gegenüber anderen Kindern, Lehrkräften, Autoritätspersonen? Ich befürchte: Es gibt sie nicht. Also lassen Sie uns noch einmal über Erziehung reden.

Respekt! Wie man verhindert, dass Kinder zu Tätern oder Opfern werden

Anfangs, nach der Geburt meines Sohns, habe ich den Fehler gemacht, Erziehungsbücher zu lesen. Bücher mit Titeln wie *Jedes Kind kann schlafen lernen*. Heute rate ich jungen Kolleginnen, die ein Kind erwarten oder bekommen haben, davon ab, nur Ratgebern dieser Art zu vertrauen, sondern empfehle ihnen, sich vor allem auf ihr Gefühl zu verlassen.

Als Eltern besitzen wir nämlich etwas, das man als Instinkt oder Intuition bezeichnen kann, und es ist ganz erstaunlich, wie viel wir über Kinder wissen, ohne dass es uns bewusst ist. Traut euch dieses Wissen zu, sage ich, verlasst euch auf die Stimme eurer intuitiven Vernunft. Ihr werdet dann immer noch manches falsch machen, aber ihr werdet nicht in Panik verfallen, ihr werdet von der Dauerverkrampfung verschont bleiben.

Eltern lernen aus ihren Fehlern eher, wenn sie sich nicht durch Bücherwissen irritieren lassen, sondern unbeeinflusst von Expertenmeinungen die nötigen Schlussfolgerungen aus ihren Erfahrungen ziehen. Vertraut euch selbst! Auch bei der Erziehung.

Kinder wollen erzogen werden. Sie wünschen sich Regeln und konsequente Eltern, bei denen eine Linie zu erkennen ist, eine Haltung und ein Ernst in den entscheidenden Fragen des Zusammenlebens. Und Eltern schulden ihren Kindern Erziehung. Es reicht nicht, es seinen Kindern allzeit schön und recht zu machen. Die Grundlagen des Schuld- und Unschuldsbewusstseins, des Rechts- und Unrechtsempfindens müssen in den Familien gelegt werden. Die prägende Phase im Leben eines Menschen sind nun einmal die ersten vier, fünf Jahre; später wird es, wenn überhaupt, nur noch unter größten Mühen gelingen, Achtlosigkeit und Geringschätzung in Respekt zu verwandeln. Was von den Eltern versäumt wurde, lässt sich in der Schule kaum noch nachholen – wo sollte man auch ansetzen, wenn sich bis zum Eintritt ins Grundschulalter kein moralisches Gerüst entwickelt hat? Das, was früher Gewissen genannt wurde, kann jedenfalls kein Lehrer beibringen; allenfalls der vereinten Anstrengung von Polizei und Justiz könnte dieses Wunder gelingen.

Ich sage damit ja nichts Neues. Eigentlich sollte jedem klar sein: Kinder sind Neulinge auf der Welt, wir sind die alten Hasen, und von denen darf man erwarten, dass sie die Neuankömmlinge bei der Hand nehmen und teilhaben lassen an ihrem Wissen, ihren Erfahrungen: So läuft es hier auf Erden, mein liebes Kind, das und das lege ich dir besonders ans Herz, auf diese Weise kommen wir alle gut miteinander aus, und jetzt üben wir das.

Denn Leben bedeutet zusammenleben. Nur biologisch gesehen führen wir ein Einzelleben. Kulturell gesehen aber ist unser Dasein ein Zusammenleben, weil jeder einer unter vielen und jeder auf den anderen angewiesen ist. Es gibt ja gemeinsame Interessen. Zum Beispiel an einer freundlichen Umwelt, in der wir in Frieden unseren Geschäften nachgehen können, also lernen und lieben, feiern und arbeiten können. In der wir das Glück erfahren, von anderen verstanden und gemocht und anerkannt zu werden, und dieses Glück zurückgeben, indem wir andere verstehen, mögen und anerkennen. Zusammenleben beruht auf Gegenseitigkeit, das leuchtet ein, nur: Es versteht sich trotzdem nicht von selbst. Die Fähigkeit, sich in der Gemeinschaft zu bewähren und zu behaupten, ohne andere vor den Kopf zu stoßen, ist nämlich nicht naturgegeben. Jedes Zusammenleben ist eine kulturelle Errungenschaft, es basiert auf Regeln, es erfordert das Respektieren von Grenzen, es erzwingt eine Einschränkung der eigenen Freiheit. Naturgegeben ist etwas ganz anderes, nämlich der Drang, Grenzen zu überschreiten und Regeln zu ignorieren.

Dass Grenzen und Regeln in den seltensten Fällen auf Gegenliebe treffen, können wir als Polizei nur bestätigen. Es ist unsere tagtägliche Erfahrung. Auf die Begrenzung ihrer Freiheit und ihrer Macht reagieren die meisten Menschen beleidigt und erbost; am liebsten wäre ihnen, wir würden den gröbsten Unfug mit dem Satz absegnen: Tu, was du willst, dir ist alles erlaubt ... Kindern geht es nicht anders. Es kostet also einige Mühe, ihnen Regeln beizubringen und Grenzen zu setzen, aber es geht kein Weg daran vorbei. Ein Kind muss lernen, wissen und üben, wie weit es gehen darf – in seinem ureigenen Interesse, aber auch im Interesse der Allgemeinheit.

Es muss darüber hinaus lernen und wissen, welche Folgen es hat, Grenzen zu überschreiten. Kinder, denen ihre Eltern alles durchgehen lassen, sind irgendwann nicht mehr aufzuhalten. Die werden sich ihr Leben lang blutige Nasen holen, weil sie unentwegt Grenzen austesten müssen, weil sie immer wieder zu weit gehen, um herauszufinden, wie weit sie gehen dürfen. Am Ende ist es oft genug die letzte Instanz, also Gerichte und Polizei, die solche Kinder über ihre Grenzen belehren muss, dann aber nicht auf die sanfte, sondern auf die schmerzhafte Tour. Glücklich werden diese Kinder jedenfalls nicht. Sie irren orientierungslos durch das unwegsame Gelände ihrer grenzenlosen Freiheit, verrennen sich und laufen früher oder später ins Verderben. Solche Kinder treten in der Schule oft als »Täter« in Erscheinung – mit den verschiedensten Delikten, die Grenzen anderer verletzen: Körperverletzung, Sachbeschädigung, Diebstahl, Nötigung …

Haben wir es also doch mit Dressur zu tun, wie ein populärer Vorwurf gegen jegliche Erziehung heute lautet? Weil Widerstand überwunden werden muss, weil Zimmer-Aufräumen nicht zu den Lieblingsbeschäftigungen von Kindern gehört und die wenigsten auf den ersten Wink ihrer Eltern gleich ins Bett verschwinden?

Tatsache ist: Regeln können nerven. Erstaunlicherweise wollen Kinder trotzdem wissen, was für sie gilt. Sie wollen die Regeln trotzdem kennen. Sie brennen vor Neugier darauf zu lernen, wie die Welt funktioniert, wie sie selbst da hineinpassen, und setzen ihre ganze Hoffnung auf ihre Eltern. Solange sie noch keine eigenen, begründeten Meinungen haben, sind es Vater und Mutter, die für sie die Weltordnung und das Gewissen verkörpern – die einzige moralische Instanz, der sie vertrauen, und ihre wichtigste Informationsquelle. Sie wünschen sich nämlich nichts sehnlicher als Orientierung, und sei es, um die Probe aufs Exempel zu machen und versuchsweise gegen die Regeln zu verstoßen – anfangs klammheimlich, wenn die Mutter gerade nicht hinschaut, später als bewusste Provokation. Aber wissen, wo's langgeht oder zumindest langgehen sollte, das wollen sie unbedingt, denn nichts hassen Kinder mehr als unklare Verhältnisse. Die Geborgenheit des Elternhauses beruht nicht zuletzt auf der Sicherheit, dass dort Regeln gelten, die allen bekannt sind und die von allen befolgt werden.

Kurzum, Erziehung ist das Gegenteil von Dressur. Dressur produziert willenlose Automaten, während das Resultat von Erziehung der reife, selbstsichere und verantwortungsbewusste Mensch ist. Und dafür müssen sich Kinder an ihren Eltern auch reiben können. Dafür muss es in den Elternhäusern Raum für Auseinandersetzung, für Gespräch und Streitgespräch, für Kritik und Widerworte geben (wohlgemerkt, das ist etwas anderes als das sinnlose Debattieren über aufgestellte Regeln). Eltern sind ja nicht unfehlbar, und der Widerstand der Kinder kann durchaus produktiv sein. So stellen sie bisweilen ganz bewusst provokante Thesen auf, in der Absicht, ihre Eltern aus der Reserve ihrer schwammigen Formulierungen zu locken, um sie zu Klartext und eindeutigen Standpunkten zu zwingen. Für Jugendliche ist es später sogar ungemein reizvoll, zu den Andersdenkenden zu gehören – wenn sie aber nie erfahren, wie ihre Eltern denken, verlegen sie sich irgendwann auf sinnlose Opposition. Früher oder später sitzen sie mir dann gegenüber und wissen nicht, was sie getan haben, geschweige denn, warum sie es getan haben.

Das Ideal wäre also eine Erziehung, die Verständnis und Wertschätzung mit Strenge und Konsequenz verbindet. Eltern müssen Grenzen setzen, damit ihr Kind die Regeln des kultivierten Zusammenlebens erlernen kann. Dafür müssen sie Standpunkt beziehen. Sie müssen sich auf ihre Autorität verlassen.

Das Schlüsselwort einer solchen Erziehung lautet Respekt, weil der Respekt nicht danach fragt, ob jemand nett oder unsympathisch ist – er ist eine Grundeinstellung, die gegenüber jedem gilt, auch Lehrkräften, ja sogar der Polizei. Respekt ist das Fundament der Gesellschaft. Und wenn sich Eltern jetzt noch klarmachen, dass Grüßen genauso wenig angeboren ist wie »Bitte« und »Danke« sagen ... Dass die Hemmung, ungefragt an anderer Leute Kühlschränke zu gehen, genauso wenig angeboren ist wie das Austragen von Konflikten, ohne in ein Shitstorm-Vokabular zu verfallen ... Dass Kinder nicht mit der kompletten Ausrüstung fürs Zusammenleben auf die Welt kommen, sondern ein Gerüst brauchen, an dem sie sich bei ihrer Kletterpartie durchs Leben entlanghangeln können ... Dass Kinder zunächst auf die Stärke und Sicherheit einer Autorität angewiesen sind, um es irgendwann mit dieser großen, fremden, fürchterlich komplizierten und anfangs völlig undurchschaubaren Welt allein aufnehmen zu können ..., dann wird die Zahl der skrupel- und gewissenlosen Einzelkämpfer im jugendlichen Alter höchstwahrscheinlich allmählich zurückgehen.

Ich weiß, das setzt ein Umdenken großen Stils voraus. Einen massenhaften Sinneswandel sozusagen. Mit Appellen, Rezepten oder Programmen wird es nicht getan sein ... Aber, wie gesagt, wir bei der Polizei sind oft Weltverbesserer. Mit den Dienstjahren wird man dann bescheidener, und auch ich habe inzwischen gelernt, dass ich die Welt nicht retten kann – allerdings glaube ich immer noch, mein direktes Umfeld beeinflussen zu können, wenn ich meinen Wertvorstellungen treu bleibe.

Davon abgesehen aber stimmt mich auch eine Beobachtung optimistisch: Wenn man Kinder selbst machen lässt, sind sie oft strenger als Erwachsene. Zum Beispiel wenn es darum geht, Schulregeln aufzustellen – sobald Kinder sie entwerfen, fallen sie rigoroser aus als solche, die Lehrpersonen oder Eltern aufstellen würden. Der Grund dafür ist einfach der, dass Kinder sich in einem geschützten Raum mit klaren Spielregeln bewegen wollen. Sie empfinden Autorität als wohltuend, weil sie sich davon Sicherheit und Gerechtigkeit versprechen, und beides genießt bei Kindern oberste Priorität.

Es wird Ihnen längst aufgefallen sein, dass ich nicht für eine autoritäre Erziehung plädiere, sondern für eine konsequente. Konsequent heißt nun aber nicht, über den Kopf eines Kindes hinweg zu bestimmen, in der irrigen Annahme, dass Eltern alles besser wüssten, oder Vorschriften zu machen, die seine Neigungen und Vorlieben außer Acht lassen. Natürlich müssen Eltern unterscheiden lernen: Wo hat ein Kind seine Gründe, und wo hat es bloß seine Launen? – aber manchmal gebietet der Respekt, ihm sogar seine Launen durchgehen zu lassen, weil diese Launen unter Umständen vernünftiger als die Gründe der Eltern sind. So habe ich meinen Sohn einmal nach einem Streit in sein Zimmer verbannt. Er war damals drei oder vier Jahre alt, und gleich setzte bei mir das schlechte Gewissen ein – du hast dein Kind verstoßen! Ich ging also wieder hinein, um ihn freizulassen, und was machte er? Scheuchte mich raus und schlug die Tür hinter mir zu – nach allem, was vorgefallen war, wollte er jetzt in seinem Zimmer bleiben und in Ruhe schmollen. Hauptsache, klare Verhältnisse. Denn Kinder brauchen nicht nur Regeln und Grenzen, sie müssen auch erfahren, dass sie selbst entscheiden dürfen, dass ihre Meinung gehört wird, ja, dass sie selbst auch Grenzen setzen dürfen. Ein Kind, das gelernt hat, dass seine eigenen Wünsche Gewicht haben, dass es eigene Grenzen setzen und verteidigen kann, ist selbstbewusster und wird weniger leicht Opfer von Mobbing und Nötigung werden.

Meine Einstellung war immer: Mein Sohn soll seinen eigenen Kopf haben dürfen. Ich lasse ihm die Freiheit der Wahl, solange keine Regeln des Zusammenlebens verletzt werden.

Wenn das Ergebnis dann so aussah, dass er stundenlang am PC rumhing, war ich darüber keineswegs erfreut, aber ich musste es ertragen. Vielleicht brauchte er nach sechs bis acht Stunden Schule einfach mal eine Denkpause. Mir geht es ja ähnlich. Wenn ich nach einem anstrengenden Tag nach Hause komme, schalte ich den Fernseher ein und bin dankbar für leichte Kost. Hauptsache, er wusste: Ich darf meinen eigenen Kopf haben.

Bei der konsequenten Erziehung geht es nicht um Bevormundung, sondern darum, die seelischen Widerstandskräfte der Kinder zu stärken und stabile Persönlichkeiten aus ihnen zu machen. Dazu noch eine Begebenheit aus meinem polizeilichen Alltag.

Auf der Grundschule meines Sohns gingen eines Tages Schauergeschichten um von einem schwarzen Mann im Gebüsch, der Kinder entführen will. Solche Gerüchte stellen für uns ein großes Problem dar, weil sich jede eingebildete Gefahr durch die sozialen Medien im Handumdrehen zu einer realen Bedrohung auswächst. Der schwarze Mann, der Kinder in sein Auto zieht, existiert in den seltensten Fällen, wird aber durch Facebook usw. zum Schreckgespenst aufgebläht, mit dem Ergebnis, dass eine Hysterie ausbricht – bis hin zur Identifizierung vermeintlicher Täter und Gewaltanwendung gegen sie. Meine frühere Chefin verfolgte in solchen Fällen die Strategie: Sobald ein solches Gespenst im Internet auftaucht, treten wir an die Schulen heran und erklären den Eltern, dass es keinen Grund zur Panik gibt. Damit es nicht zur Eskalation kommt.

In diesem Fall übernahm ich diese Aufgabe. Mein Sohn war zwar nicht direkt betroffen, aber die Mär war an seiner Schule aufgekommen, die Elternschaft hatte verschreckt bis panisch reagiert, und ich bot der Schule einen Informationsabend an. Dazu kam es auch, und im Lauf dieser Veranstaltung machte ich die Eltern unter anderem auf folgenden Aspekt aufmerksam: Man kann in den Familien Verhaltensweisen einüben, die verhindern, dass Kinder allzu leicht zu Opfern werden. Eltern, sagte ich, sollten ihren Kindern ihre Wahrnehmungen nicht ausreden. Sie sollten vielmehr ihre Unmutsäußerungen und Abwehrreaktionen ernst nehmen, sie gewissermaßen zu Widerspenstigkeit ermuntern, soweit ihre Empfindungen betroffen sind – sie also zum Beispiel nicht dazu zwingen, allen möglichen Leuten Küsschen zu geben oder sich von Hinz und Kunz küssen zu lassen, wenn ihnen das widerstrebt.

Man kennt das ja: Ein Erwachsener reißt ein Kind zur Begrüßung an sich und gibt ihm einen Kuss, obwohl es sich sträubt, woraufhin sich dieses Kind auch noch für seine Widerborstigkeit von der eigenen Mutter beschimpfen lassen muss. Das ist falsch. Es ist falsch, weil Kinderschänder ähnlich vorgehen: Hab dich nicht so, das gefällt dir doch, du findest das doch eigentlich gut ... So oder ähnlich versuchen sie, einem Kind seinen Widerwillen auszureden.

Und Kinder empfinden in diesen Fällen Widerwillen. Alle, die ich im Zusammenhang mit Missbrauchsfällen befragt habe, auch die ganz jungen, waren abgestoßen, hatten aber trotzdem mitgemacht. Mein Rat an diesem Abend lautete deshalb, die seelischen Widerstandskräfte eines Kindes zu stärken und ihren ehrlichen Widerwillen zu respektieren. Kinder haben ihren eigenen Kopf, und das ist gut so. Als Eltern sollte man darauf achten, nicht ihre Selbstwahrnehmung durcheinanderzubringen.

Anschließend meldete sich eine Mutter. »Ich bin Lesemutter«, sagte sie. »Ich habe die Angewohnheit, ein Kind zu streicheln, ihm mit der Hand über den Arm oder über den Kopf zu fahren, wenn ich es loben will. Darf ich das nicht mehr?« Meine Antwort löste größtes Erstaunen aus: »Fragen Sie das Kind doch einfach.« Keiner der Anwesenden wäre darauf gekommen. Ein Kind fragen ...? Wie abwegig ist das denn? Als wären die Regungen eines Kindes unerheblich. Als wäre es völlig absurd, die Meinung eines Kindes in Betracht zu ziehen.

Aber, um es klar und deutlich zu sagen: Ein Kind ist kein Spielzeug für Erwachsene. Es sollte nicht den Eindruck haben, als Kuscheltier auf die Welt gekommen zu sein. Wir sollten es vielmehr in seinem natürlichen Recht bestärken, eigene Gefühle und eigene Meinungen zu haben. Jedenfalls ist es uns Erwachsenen nicht gestattet, über seine Empfindungen einfach hinwegzugehen. Ich habe meinen Sohn zu solchen Dingen immer wieder befragt – und war so ziemlich die einzige Mutter, die vor der

Abfahrt ins Schullandheim vor versammelter Mannschaft noch einen Abschiedskuss bekam. Hinterher kamen die Mütter der anderen Jungs zu mir und wollten wissen, wie ich das mache. Ganz einfach, habe ich gesagt: Ich frage ihn – und akzeptiere auch, wenn er Nein sagt.

Ist eine konsequente Erziehung wirklich so schwierig? Doch selbst wenn sie immer schwieriger werden sollte – es geht kein Weg daran vorbei, wenn wir keine Gesellschaft haben wollen, die nur noch Sieger und Verlierer kennt.

Kinder wollen nun einmal nicht nur Sicherheit vor äußeren Gefahren, sie wollen vor allem Orientierung und sind deshalb dankbar für erkennbare Grenzen, verbindliche Regeln und klare Verhältnisse. In diesem Sinne müssen Eltern und Schulen zusammenarbeiten.

Schwierig wird es jedoch, wenn die Eltern nicht nur mangels eigener Überzeugungen und Autorität bei der Erziehung versagen – sondern wenn die Familien durchaus Werte vertreten, jedoch ganz andere als die, auf die wir uns in Deutschland zumindest per Gesetz noch einigen können. Damit komme ich zu einem Kapitel, das in einem Buch über Kriminalität an Schulen nicht fehlen darf, weil es seit einigen Jahren zahlreiche Lehrkräfte und oft genug die Polizei beschäftigt.

»Ich rede mit dir, wie man mit einer Frau redet«

Auf dem Schulhof einer kirchlichen Gesamtschule geht ein 12-jähriger Junge aus Syrien während der Pause auf einen Mitschüler los. Die Prügelei wird von einem anderen Jungen im selben Alter beobachtet, der will schlichten, geht dazwischen und versucht, die beiden zu trennen. Da packt der Angreifer dessen Kopf, reißt ihn mit Wucht nach unten und stößt ihm sein Knie ins Gesicht. Der Helfer geht angeschlagen zu Boden.

Keine ganz ungewöhnliche Situation. Auch die Tatsache, dass sich der syrische Junge schon häufiger durch Gewalttätigkeit hervorgetan hat, macht ihn nicht zu einem besonderen Fall, und bis hierhin tut die Herkunft des Angreifers nichts zur Sache. Für den weiteren Verlauf aber schon.

Denn der Fall kommt vor den Rektor. Der ruft die Mutter des Opfers an und erreicht sie auch; die Eltern des Täters aber sind zunächst unauffindbar. Als sie irgendwann doch an der Schule auftauchen, stellt sich heraus: Die beiden sprechen so gut wie kein Deutsch. Ein Gespräch über ihren Sohn ist mit ihnen unmöglich. Aus Erfahrung weiß der Rektor, dass es heikel ist, Geschwister des Täters zum Übersetzen heranzuziehen, weil er sie damit in einen Loyalitätskonflikt brächte und die Kinder womöglich größten Ärger mit ihrem Vater bekämen. Also muss er einen Dolmetscher einschalten, über den nun alle Gespräche laufen, auch die mit der Polizei, denn die Mutter des Opfers hat den syrischen Jungen angezeigt.

Die Sache verläuft also äußerst umständlich und zeitraubend, und angesichts der Überlastung von Lehrkräften und Polizei ist dieser Aufwand eigentlich eine Zumutung. Doch auch diese Zumutung ist durchaus nichts Ungewöhnliches. Lehrer und Lehrerinnen kennen das – in Nordrhein-Westfalen liegt der Anteil von Kindern mit Migrationshintergrund in manchen Klassen bei über 50 Prozent, in Städten wie Berlin kann er bis zu 90 Prozent betragen, und das Deutsch dieser Kinder reicht selten für ein vernünftiges Unterrichtsgespräch. Dass die Lehrer in solchen Fällen keinen Draht zu den Eltern entwickeln können, kommt erschwerend hinzu. Wir von der Polizei kennen das – in allen größeren Städten haben sich Parallelgesellschaften gebildet, überall gibt es Stadtteile, wo man nur noch mit Türkisch oder Arabisch durchkommt, und mir ist es zum Beispiel äußerst unangenehm, eine Todesnachricht zu überbringen, wenn die marokkanische Witwe kein Wort Deutsch versteht. Ganz abgesehen davon, dass Sprachschwierigkeiten Ermittlungsverfahren erheblich behindern.

Das sind unhaltbare Zustände, und in diesem Fall liegen als Erstes die Forderungen an die Politik auf der Hand: Wir brauchen vor allem Lehrkräfte, die Deutsch als Fremdsprache unterrichten. Wir brauchen verpflichtenden Deutschunterricht für Vorschulkinder und Erwachsene mit Migrationshintergrund. Und wir müssen von diesen Menschen erwarten, alle Anstrengungen zu unternehmen, sich die deutsche Sprache in Wort und Schrift anzueignen, damit sich nicht im großen Maßstab wiederholt, was sich bei den sogenannten Gastarbeitern gezeigt hat: Viele von ihnen sind seit 40 Jahren in Deutschland, sprechen aber immer noch ein kümmerliches Behelfsdeutsch.

Wenn ich daran denke, dass eine so selbstverständliche Forderung wie diese lange Zeit in linken Kreisen nicht mehrheitsfähig war … Und auch heute noch riskiert man, als rassistisch oder als Nazi beschimpft zu werden, wenn man die Probleme ausspricht, die wir in gewissen Vierteln mit Menschen aus gewissen Kulturkreisen haben. Ich ziehe es vor, offen darüber zu reden, denn mit Wirklichkeitsverleugnung ist niemandem geholfen. Alle Wahrheit beginnt damit, dass man die Augen offen hält und das Beobachtete beim Namen nennt, ohne vorher unliebsame Fakten aus ideologischen Gründen herauszufiltern. Auf Dauer lässt sich die offene Aussprache sowieso nicht unterdrücken, und schon jetzt machen sich Unmut und Überforderung in verzweifelten Befreiungsschlägen Luft. Dazu zähle ich den gemeinsamen Brief von immerhin 85 Schulleitungen, Konrektoren und Konrektorinnen an den hessischen Kultusminister zum Jahresbeginn 2018.

Ein guter Unterricht, heißt es dort, sei kaum noch möglich in Klassen, in denen viele Schüler kaum Deutsch sprächen und nun auch Kinder mit Behinderung zu betreuen seien. Tatsache ist: In Deutschland haben laut Bundeszentrale für politische Bildung gut 37 Prozent aller Kinder unter zehn Jahren einen Migrationshintergrund, und die meisten von ihnen sprechen zu Hause wohl kein Deutsch; darüber hinaus steht zu befürchten, dass sie daheim weder zum Lernen angehalten werden noch zum Respekt vor dem pädagogischen Personal von Schulen.

Für die Lehrerschaft bedeutet das eine permanente Überlastung. Statt einer Wochenarbeitszeit von circa 40 Stunden, wie sie eigentlich für Beamte gilt, sind viele Lehrkräfte 55 Stunden und mehr im Einsatz, und von einer Trennung zwischen Arbeitszeit und Privatleben kann kaum noch die Rede sein. Ständig kommen neue Aufgaben zum normalen

Unterrichtsprogramm hinzu, und mittlerweile führen die Schulen einen Mehrfrontenkampf, der für sie gar nicht zu gewinnen ist: Außer der Wissensvermittlung sollen sie die Integration von geflüchteten und immigrierten Kindern bewerkstelligen, die Inklusion von Kindern mit Behinderung, die Extremismusprävention, den Kampf gegen mangelnde Disziplin, Mobbing und Gewalt, den gestiegenen Erziehungsaufwand und die oft schwierige Zusammenarbeit mit den Eltern. Und das ist nicht einmal alles. Zusätzlich müssen sie sich als Experten auf dem schwierigen Feld der interkulturellen Kompetenz und obendrein als Psychotherapeuten bewähren.

Denn bei Kindern, die aus Kriegsgebieten kommen, ist damit zu rechnen, dass sie traumatisiert sind. Sie haben miterlebt, wie der Onkel getötet, wie die Mutter vergewaltigt wurde, sie sind Zeugen schrecklichster Gräueltaten geworden und entsprechend verstört. Eine Lehrerin erzählte mir, dass ein 14-jähriges Mädchen in ihrem Unterricht heftig zu weinen anfing, weil eine zufällige Bemerkung sie an ihre Vergewaltigung unterwegs auf der Flucht erinnert hatte …

Abgesehen davon sind viele auf die gesellschaftlichen Zustände, die sie in Deutschland antreffen, nicht vorbereitet. Sie lehnen sie womöglich ab, verhalten sich jedenfalls weiterhin nach kulturellen Mustern, die sich in mancher Hinsicht gravierend von unseren unterscheiden, und vor allem bei muslimischen Einwandererkindern kommt es zu erheblichen Differenzen im Hinblick auf die Wertschätzung der Frau, die Ächtung des Antisemitismus, den Wert einer Schulausbildung oder den Einsatz körperlicher Gewalt.

Hier ist es schwierig, auf die Unterstützung der Elternhäuser zu zählen, im Gegenteil.

Mit vielen Lehrkräften teile ich zum Beispiel die Erfahrung, dass man bei Jungen und jungen Männern aus islamischen Ländern nicht dieselbe Hemmschwelle erwarten darf, die man bei unseren Jugendlichen voraussetzen kann. Immer wieder erleben wir, dass sie ihr Selbstverteidigungsrecht großzügig auslegen und, ohne zu zögern, ausüben. Mir scheint sogar, dass die Errungenschaften der Frauenpolitik gerade verspielt werden, die Stärkung der Frau in Familie und Gesellschaft etwa oder ganz simpel die Ebenbürtigkeit der Geschlechter. Vor allem an den Grundschulen, wo die Lehrkräfte mit wenigen Ausnahmen weiblich sind, aber auch an weiterführenden Schulen müssen sich Lehrerinnen jedenfalls die unflätigsten Beleidigungen gefallen – und anschließend sagen lassen: »Ich rede mit dir, wie man mit einer Frau redet.« Dem feindseligen Vokabular nach zu schließen, das sich an unseren Schulen breitmacht, scheinen viele Muslime kein positives Bild von der deutschen Gesellschaft zu haben, um es vorsichtig auszudrücken.

Mit einem Integrationskurs wird es da nicht getan sein. Eigentlich fällt hier den Organisationen und Vereinen, die ihre Landsleute aufgebaut haben – also diejenigen, die schon länger in unserem Land leben –, eine wichtige Aufgabe zu, nur besteht der nicht unbegründete Verdacht, dass diese Einrichtungen weniger zur Integration als zur Radikalisierung beitragen.

Vielleicht wäre aber schon einiges gewonnen, wenn wir unsererseits aufhören würden, uns an lieb gewordene Illusionen zu klammern. Wenn wir einen Realismus walten lassen würden, der auch Unangenehmes und Irritierendes zur Kenntnis nimmt und darauf reagiert. Als Beispiel will ich hier nur die verhängnisvolle Rolle herausgreifen, die viele muslimische Frauen – Mütter und Ehefrauen – für die Integration spielen.

Wir machen ja gern die Männer mit ihrem Rollenverständnis des dominierenden Mannes, der weitgehend eigenmächtig entscheidet, für die Gewalt im muslimischen Milieu verantwortlich. Das stimmt aber so nicht. Die Frauen sind als Triebkraft für Gewaltausbrüche nicht zu unterschätzen. Erstmals fiel mir das auf, als ich in dem merkwürdigen Fall eines verhinderten Ehrenmords ermitteln musste, der sich unter türkischen Einwanderern zugetragen hatte. Hier die Geschichte:

Eine türkische Ehefrau geht mit ihrem Nachbarn fremd. Irgendwann kommt ihr Mann dahinter, bringt aber erstaunlicherweise Verständnis für das Verhältnis der beiden auf und lässt sie gewähren. Wer hingegen kein Verständnis aufbringt, ist seine eigene Familie, die nun von ihm verlangt, seine Frau zu töten.

Der betrogene Ehemann denkt gar nicht daran. Als er zu mir kommt, ist er mit den Nerven am Ende. Er hat sich sogar in eine Klinik einweisen lassen, weil er dem Druck seiner Familie nicht mehr gewachsen ist. Unter anderem hat man ihm das leuchtende Beispiel eines Cousins vorgehalten, der es sehr wohl über sich gebracht hatte, seine Frau aus demselben Grund zu töten. Und mit besonderem Nachdruck hat sich die Mutter des Mannes dafür eingesetzt, den Fehltritt der Frau durch Mord zu sühnen.

Kein Einzelfall, wie sich bei dieser Gelegenheit herausstellte. Sowohl bei Zwangsverheiratungen als auch bei

Ehrenmorden scheinen vielfach die Mütter die treibende Kraft zu sein. Im Zusammenhang mit Islamisierung, Gewalt und Terrorismus müssen wir also auch den Einfluss der Frauen in Betracht ziehen – was sich wiederum mit der Beobachtung von Lehrkräften deckt, dass muslimische Frauen sich in erster Linie als Verteidigerinnen herkömmlicher Denk- und Verhaltensmuster verstehen.

Ob es sich um Vernehmungen oder um Elterngespräche an der Schule dreht, es sind die Frauen, es sind die Mütter, die für die Vermittlung überlieferter Werte und Verhaltensweisen in der Familie zuständig sind. Und diese Bollwerke der Tradition sind kaum zu erschüttern, weil man gar nicht an sie herankommt – diese Frauen sprechen in vielen Fällen kein Deutsch, sie können und sie wollen vielleicht auch nichts verstehen. Bei meinen Gesprächen, die ich im Rahmen des interreligiösen Dialogs mit muslimischen Frauen geführt habe, sagte mir eine Mutter: »Wir wollen nicht, dass unsere Kinder mit deutschen spielen, weil Deutsche Alkohol trinken und frech zu ihren Müttern sind.« Es spricht also manches dafür, dass diese Frauen das gesellschaftliche Umfeld ihrer neuen Heimat vor allem als bedrohlich wahrnehmen.

Kurzum: Die Frauen garantieren die Abschottung von der Gesellschaft, in der sie mit ihren Familien leben – ein großes Problem, auch für die Schulen. Es zeigt sich noch einmal, wie wichtig gute Deutschkenntnisse sind, auch weil damit die Hoffnung verbunden ist, dass mit der Sprache Grundelemente unserer Kultur zum Bewusstsein kommen. Aber noch etwas anderes müsste hinzukommen, nämlich eine grundsätzliche Achtung vor den Spielregeln der deutschen Gesellschaft.

Bis vor wenigen Jahren war ich der Meinung: Integration ist Landessprache plus Grundgesetz. Wenn also jeder, der nach Deutschland flüchtet oder immigriert, unsere Sprache erlernen und sich an unsere Rechtsvorschriften halten würde, wären die Grundvoraussetzungen für Integration erfüllt. Wobei man natürlich von keinem verlangen kann, die Paragrafen des Bürgerlichen Gesetzbuchs auswendig zu lernen. Es würde ausreichen, einigermaßen mit dem Grundgesetz vertraut zu sein, denn das sind die Zehn Gebote unserer deutschen Weltordnung – jede Lebenssituation ist damit abgedeckt, und obendrein ist es das einzige deutsche Gesetzeswerk, das in einer verständlichen Sprache abgefasst ist. Kurz und gut: Sprache plus Grundgesetz – das war für mich die Formel, die jeden Streit über Integration, Kopftuch und Koran überflüssig machen sollte.

Neuerdings sehe ich mich gezwungen, diese Kurzformel für Integration um die ungeschriebenen Gesetze zu ergänzen. Denn die staatlichen Gesetze erfassen und regeln nicht die gesamte gesellschaftliche Wirklichkeit; die wird vielmehr durch eine Alltagskultur aus Sitten und Gewohnheiten bestimmt, eben dem, was in einer Gesellschaft als hinnehmbar bzw. nicht hinnehmbar gilt. Das heißt, im Alltag vertrauen wir darauf, dass bestimmte Verhaltensweisen normal und selbstverständlich sind und jeder mehr oder weniger weiß, womit er rechnen muss, worauf er sich verlassen darf.

So mögen wir es in Deutschland beispielsweise etwas leiser als andere Leute in anderen Ländern. Ob das vernünftig ist oder nicht, sei dahingestellt, aber es ist einfach so: Bei uns ist man lärmempfindlicher als anderswo. Ist es unzumutbar, von Neuankömmlingen zu verlangen, auf solche Eigenheiten Rücksicht zu nehmen? Wohl kaum. Einen gewissen Spielraum für Toleranz gibt es immer, aber grundsätzlich darf von ihnen Anpassungsbereitschaft erwartet werden – die wir unsererseits schon deshalb nicht leisten können, weil uns die kulturelle Vielfalt von Menschen aus unterschiedlichsten Ländern hoffnungslos überfordern würde.

Mit anderen Worten: Es gibt ungeschriebene Regeln, die für das einträchtige Zusammenleben ebenso bedeutsam sind wie die geschriebenen. Alle, die zu uns kommen, sollten daher der deutschen Alltagskultur zumindest Respekt entgegenbringen. Die Achtung vor den eingespielten Umgangsformen hat für den gesellschaftlichen Konsens mithin den gleichen Stellenwert wie die Befolgung der Gesetze und die Beherrschung der deutschen Sprache. Bei Kindern und Jugendlichen kommt diese Aufgabe den Schulen zu. Vielleicht wäre so etwas mithilfe eines neuen Schulfachs »Wertekunde« für alle Kinder zu leisten, wobei sich natürlich die Frage nach den Lerninhalten stellt und wer diese festlegt. Schneller zu realisieren wäre wahrscheinlich ein praxisorientierter Ethikunterricht, der Umgangsformen und Werte stärker in den Fokus nimmt. Hier ist es für die Schulen natürlich wichtig – wenngleich nicht unproblematisch –, Kooperationspartner zur Unterstützung zu holen, zum Beispiel in muslimischen, griechischen oder jüdischen Gemeinden. Darüber hinaus glaube ich immer noch, dass Kinder von einer multikulturellen Gesellschaft und der multikulturell integrierten Bildung profitieren. Aber auch hier steht und fällt es natürlich mit den Deutschkenntnissen.

Verpflichtende Deutschkurse für die Eltern, insbesondere für die Mütter, die wahrscheinlich hauptsächlich für die Erziehung der Kinder zuständig sind, sind daher weiterhin ein zentrales Anliegen.

Natürlich müssen auch wir dazulernen. Auch die Polizei muss sich umstellen, muss sich auf ungewohnte Mentalitäten und unerwartete Reaktionen einstellen. Und da wir mit allen nur möglichen Milieus in Berührung kommen, lernen wir auch ständig dazu. So erinnere ich mich an ein Vergewaltigungsopfer aus Kasachstan, das während der ganzen Vernehmung vornübergebeugt und mit verschränkten Armen zitternd vor mir saß. Das Verhalten der Frau war mir unbegreiflich, aber nach und nach kam heraus: Sie hatte bis dahin nur mit der Polizei in Kasachstan Bekanntschaft gemacht und rechnete bei uns daher mit dem Schlimmsten – genauso übrigens wie der Täter, ihr Stiefvater. »Auf der Polizei«, hatte er ihr prophezeit, »wirst du bloß ein weiteres Mal vergewaltigt werden.«

Polizei ist nicht gleich Polizei, so lautet eine der Lektionen aus jüngerer Zeit. Vor allem in außereuropäischen Ländern fasst die Polizei ihre Arbeit nicht selten erheblich anders auf als wir. Dass wir tatsächlich helfen wollen, können viele neu Angekommene einfach nicht glauben. Polizei ist für sie nur ein anderes Wort für Korruption und Gewalt, und das größte Misstrauen erleben wir bei Menschen aus Schwarzafrika – wie jener Toilettenfrau, die ich als Zeugin geladen hatte. Nach einer Razzia in ihrem Lokal hatte ich sie gebeten, anderntags zur Vernehmung zu erscheinen, und die Frau hatte mit panischem Schrecken reagiert; man musste glauben, sie hätte Todesangst. Sie kam dann zwar, war aber nicht davon zu überzeugen, dass sie nichts zu befürchten hatte. Von sich aus werden sich solche Menschen gewiss niemals an die Polizei wenden und Streitfälle eher unter sich regeln.

Immerhin tun wir einiges, um die kulturelle Kluft zu überwinden, der wir täglich begegnen. So haben wir zum Beispiel Kolleginnen und Kollegen mit Migrationshintergrund, die wegen ihrer Sprachkenntnisse Gold wert sind. Gerade im Außendienst, bei der ersten Befragung am Tatort, können sie ausgesprochen hilfreich sein. Gegen die eigenen Landsleute allerdings haben sie bisweilen einen schweren Stand, weil sie bei denen nicht selten als Verräter gelten – und dann noch weniger respektiert werden als einheimische Polizeibeamte.

Letztendlich habe ich im Umgang mit immigrierten Menschen die besten Erfahrungen mit strikter Höflichkeit gemacht. Das ist keine umwerfend neue Entdeckung, denn Höflichkeit ist seit jeher die globale Sprache schlechthin; sie wird von wirklich allen Menschen aus wirklich allen Kulturkreisen verstanden.

Beinahe das Schönste und Wichtigste an der Polizeiarbeit ist für mich, mir das Vertrauen desjenigen zu erwerben, mit dem ich es gerade zu tun habe, und sein Vertrauen zu spüren – das Vertrauen der Opfer, aber auch das der Täterinnen und Täter, seien es nun Jugendliche oder Erwachsene. Mit einem Mal kann man nämlich offen miteinander reden, auch über Unangenehmes und Peinliches, Privates und Intimes. Man kann mit Menschen anderer Kulturkreise über ihre Anschauungen und ihre Religion reden, man erlebt sogar, dass ein Täter einem sein Herz öffnet, und damit hat das Versteckspiel ein Ende, das Lügen und auch diese verzweifelte Abwehrhaltung, mit der viele Menschen aus dem islamischen Raum auf die Kultur ihrer neuen Heimat reagieren.

Wir sollten uns hin und wieder daran erinnern, dass unser ganzes Leben auf Vertrauen beruht, das private wie das politische. Ohne Vertrauen keine Demokratie, kein Rechtsstaat, auch keine Integration. Das Vertrauen zu Polizei und Justiz ist fundamental für die staatliche Ordnung, das Vertrauen zu der gesellschaftlichen Ordnung ist fundamental für die Integration. Niemand integriert sich in eine Gesellschaft, deren Werten er misstraut und die er deswegen ablehnt. Insofern können wir als Polizei die Integration um einiges erleichtern, wenn wir es schaffen, unter immigrierten Menschen als vertrauenswürdig zu gelten, und der sicherste Weg zu diesem Grundvertrauen führt über die Höflichkeit.

Dabei muss man berücksichtigen, dass diese Menschen unter Höflichkeit etwas anderes verstehen als die paar freundlichen Floskeln, bei denen wir es gewöhnlich belassen. In vielen Ländern gehört dazu, einander erst einmal behutsam verbal abzutasten, also bestimmte Rituale einzuhalten. Ich werde mich also nach der Begrüßung zunächst nach der Familie erkundigen und vielleicht noch nach den Gründen und Umständen, die zur Flucht oder Auswanderung geführt haben, bevor ich schließlich zur Sache komme. Ich schicke, mit anderen Worten, jedem Gespräch und jeder Vernehmung eine Deklaration meines Interesses und meines Respekts voraus.

Das Verfahren erfordert einige Geduld, zahlt sich aber aus, denn auf diese Weise bereite ich einen Boden für unser Gespräch, auf dem sich mein Gegenüber sicher fühlt. Ohne diese Präliminarien würde ich von ihm wahrscheinlich nicht viel erfahren; ist die freundliche Gesprächsatmosphäre aber erst einmal hergestellt, schwindet das Misstrauen, lassen sich Missverständnisse ohne umständliche Erklärungen ausräumen, und selbst einem Beschuldigten fällt es dann leichter, etwas zu erzählen, was er nur ungern zugibt.

Menschen, die zu uns auf die Wache kommen, sind ja in aller Regel angespannt, egal ob als Geschädigte oder Täter oder Zeugen, auch unabhängig von ihrer Herkunft. Ich habe mir deshalb angewöhnt, zunächst für Entspannung zu sorgen und als Erstes die Sorge zu zerstreuen, man könnte bei der Polizei grob angefasst werden. Ich versuche, jedem gegenüber höflich zu sein. Höflichkeit schafft eben Vertrauen, Respekt erzeugt Respekt. Insbesondere bei Kindern und Jugendlichen ist das ein zentraler Punkt für die Zusammenarbeit – unabhängig von der Herkunft.

Anzeigen und Strafen – die beste Lösung?

Der Respekt vor dem Opfer verlangt nach einer Anzeige

Eltern stellen sich häufig die Frage, und Lehrkräfte dürften das auch tun: Ist es richtig, Anzeige zu erstatten, ja oder nein?

Dazu kann ich nur sagen: Es kommt natürlich auf den Einzelfall an. Wie bereits in diesem Buch mehrfach angesprochen, gibt es zum einen die (eingeschränkt) hilfreiche Unterscheidung zwischen »Vergehens-« und »Verbrechenstatbeständen«. Schwere Verbrechen wie Vergewaltigung, Raub etc. müssen laut Runderlass generell – unabhängig von der Zustimmung des Opfers – angezeigt werden. Ist der Täter oder die Täterin strafmündig, also über 14 Jahre alt, führt eine Anzeige zur Strafverfolgung. Sind die Kinder jünger, kann es sich dennoch lohnen, die Tat bei der Polizei anzuzeigen – aus pädagogischen Gründen und um das Augenmerk der Polizei auf die Familie zu legen. Anzeigen können die Opfer selber, ihre Eltern, Lehrkräfte oder die Schulleitung. Bei Vergehen bzw. »Antragsdelikten« ist die Entscheidung schwieriger. Da ist es sicher oft sinnvoll, erst ein Gespräch mit der Schulleitung zu führen, die konsequente Maßnahmen ergreifen sollte, um das Leid des Opfers zu beenden und den Täter zu bestrafen. Es kann auch sinnvoll sein, sich hier externe Beratung durch das Jugendamt oder andere Beratungsstellen für Familien zu suchen. Erst im letzten Schritt würde der Gang zur Polizei erwogen. Doch gleich, ob Verbrechen oder Vergehen, viele Eltern und Schulleitungen zögern meiner Meinung nach zu oft, Anzeige zu erstatten. Sie fragen sich: Wenn wir es tun – was erwartet einen jungen Menschen dann auf der Polizei? Wird ein Kind die ganze Prozedur einer Anhörung als Opfer oder Zeuge überhaupt durchstehen, können wir ihm das zumuten, wird die seelische Belastung einer Vernehmung am Ende nicht alles noch schlimmer machen?

Solche Sorgen sind verständlich. Sie sind aber nicht begründet. Aus zwei Gründen: erstens, weil der Anzeige ja vermutlich keine Lappalie vorausgegangen ist. Gängige Beschimpfungen wie »du Schwuler, du Schlappschwanz, du Opfer« werden kaum zu einer Anzeige führen, ganz abgesehen davon, dass sie von vielen Jugendlichen gar nicht mehr als Beleidigung aufgefasst werden. Es muss also schon etwas Einschneidendes vorgefallen sein, eine Körperverletzung, eine Vergewaltigung oder Mobbing, das beim Opfer zu deutlichen Anzeichen von Verzweiflung oder ständiger Niedergeschlagenheit geführt hat. Eine Vernehmung durch die Polizei wird daher kaum an den Stress heranreichen, den die Tat selbst verursacht hat.

In Wirklichkeit tritt sogar in der Vernehmung das genaue Gegenteil einer zusätzlichen Belastung ein, und damit komme ich zum zweiten Grund, der für eine Anzeige spricht: Kindern und Jugendlichen tut es gut, von der Polizei befragt zu werden. Sicherlich, die Ermittlungsarbeiten sind für Betroffene immer anstrengend. Und natürlich sagt ein Kind in der Regel erst einmal Nein, wenn es gefragt wird, ob es bei der Polizei aussagen will, weil es unsicher ist, weil es Schiss hat, weil ihm die ganze Sache unheimlich ist. Wenn wir dann aber so mit ihm reden, wie es seinem Alter und seiner geistigen Reife angemessen ist, reagiert es erleichtert. Meist lasse ich nach der Anhörung eines Kindes einen Tag verstreichen, bevor ich die Eltern anrufe und mich nach seinem Befinden erkundige, und was ich dann gesagt bekomme, hört sich durchweg so an: Mein Kind war anschließend erschöpft, aber – es ist froh, dass es reden durfte, es ist erleichtert, es ist zufrieden. Eine Mutter sagte: »Mein Kind ist seither wie ausgewechselt. Es hat meinem Sohn gutgetan, mit Polizisten zu sprechen.« Ich übertreibe nicht, wenn ich feststelle: Noch kein Kind, kein Jugendlicher hat es bereut, zu mir gekommen zu sein. Wirklich jeder, der diesen Schritt gewagt hat, fühlte sich hinterher wie befreit. Warum?

Ich will es am Beispiel einer Vergewaltigung erklären, weil hier der Effekt besonders deutlich hervortritt. Sexualdelikte, aber auch andere Gewaltverbrechen, zeichnen sich durch tief gehende Ohnmachtsgefühle seitens des Opfers aus. Der Täter kommt in den Genuss seiner Macht, oftmals der Grund für seine Tat, und das Opfer macht eine Erfahrung seiner Ohnmacht, die in seinem Selbstverständnis nicht vorgesehen ist und deshalb anhaltend verstörend wirkt. Sobald man nun dem Opfer das Recht und die Möglichkeit einräumt, zum Tathergang Stellung zu nehmen, gibt man ihm etwas von dem zurück, was es durch die Tat verloren hat, nämlich die Macht, erneut Einfluss auf den Gang der Dinge zu nehmen. Es kehrt als handelnder

Mensch auf die Bühne zurück. Erwachsene Frauen erleben diese wiedergewonnene Kompetenz häufig als Entscheidungskompetenz, das heißt, sie werden sich ihrer rechtlichen Möglichkeiten bewusst und bestimmen, wie weit sie mit ihrer Aussage gehen möchten. Kinder wiederum sind glücklich, endlich auf Interesse gestoßen zu sein und Gehör gefunden zu haben.

Und noch etwas: Es ist das Perfide, das Zerstörerische an der Erfahrung, Opfer einer Gewalttat geworden zu sein, dass die Erinnerung einen nicht loslässt. Das Gefühl der Entwürdigung bleibt lebendig, und aus der Falle seiner Erinnerung kommt man kaum je wieder heraus. Manche leiden ihr ganzes Leben unter diesem einen Erlebnis, sie gewinnen die alte Selbstverständlichkeit, mit der sie vorher durchs Leben gegangen sind, nie mehr zurück – es sei denn, sie nutzen die Chance, die der Rechtsstaat ihnen bietet.

Die Verarbeitung jener Erfahrung, die einen Menschen in die Rolle des Opfers gezwungen hat, fällt nämlich umso leichter, je eher sich der oder die Betroffene der Hilfe von Polizei und Justiz versichert. Jedes Ermittlungsverfahren weist dem Opfer die Rolle eines Protagonisten zu und erlaubt ihm so, das lähmende Gefühl der Hilflosigkeit zu überwinden. Eine Anzeige wäre somit der erste Schritt, um aus seinem eigenen Horrorfilm herauszutreten. Dasselbe trifft natürlich auf Kinder und Jugendliche zu. Bei uns erleben sie, dass man ihnen zuhört, dass man sie ernst nimmt, verbunden mit der Hoffnung, dass sich etwas ändert.

Selbst das anstrengendste Ermittlungsverfahren ist immer noch besser, als nichts zu unternehmen. Die Verletzung, die Kränkung, die Wut, vielleicht auch die Rachegefühle auf sich beruhen zu lassen und später, sehr viel später vielleicht zu merken: Es lässt mir keine Ruhe. Die Erinnerungen rumoren weiter, und die Frage lässt sich nicht verscheuchen: Was wäre, wenn ich damals anders entschieden und die Polizei doch eingeschaltet hätte? Ich glaube, für die Verarbeitung schlimmer Erfahrungen wäre es auf jeden Fall besser gewesen, die Polizei hinzuzuziehen. Ich habe dafür keine Belege, wissenschaftliche Studien zu diesem Thema gibt es meines Wissens nicht, aber ich selbst habe es oft genug so erlebt, meine ganze Erfahrung aus zahlreichen Fällen spricht dafür.

Zu leicht darf man sich die Sache allerdings nicht vorstellen. Was ist zum Beispiel, wenn der Täter am Ende trotz gründlichster Vorarbeit der Polizei ungeschoren davonkommt? Ist das nicht ein zweiter Schlag für das Selbstvertrauen, eine doppelte Niederlage für das Opfer?

Ja, auch über die Erwartungen, die Eltern oder Kinder mit einem Ermittlungsverfahren verbinden, muss man sprechen. Wer davon ausgeht, dass der Täter umgehend festgenommen, schnellstens verknackt und für lange Zeit ins Gefängnis gesperrt wird, wird todsicher enttäuscht werden. Das passiert so gut wie nie. Mein Eindruck ist allerdings, dass es den meisten Opfern auf eine Verurteilung gar nicht so sehr ankommt. Viel wichtiger ist ihnen zu verhindern, dass sich der Mantel des Schweigens und Vergessens über ihren Fall breitet, viel eher liegt ihnen daran, dass ihr Schicksal von anderen als solches gewürdigt wird. Ich kann das an einem Fall aus der eigenen Polizeipraxis illustrieren.

Eine Frau, Ende zwanzig vielleicht, brachte eine alte Geschichte vor. Als Kind war sie vom Lebensgefährten ihrer Großmutter missbraucht worden, und jetzt erst, kurz vor Ablauf der Verjährungsfrist, die bei sexuellem Missbrauch 10 Jahre (bei Vergewaltigung 20 Jahre) nach Vollendung des 18. Lebensjahres liegt, kam sie damit zu mir. Wie ich erfuhr, hatte sie sich ihrer Mutter damals zwar anvertraut, man hatte den Täter auch umgehend zur Rede gestellt, der war sogar gleich geständig gewesen und hatte alles, was ihm vorgeworfen wurde, eingeräumt – aber bei dieser Aussprache war es geblieben. Die Polizei wurde nicht benachrichtigt, die Sache wurde innerhalb der Familie fortan überspielt, und nun schilderte mir die Frau, wie stark diese unaufgelöste Situation sie beinahe zwanzig Jahre lang beschäftigt und gequält hatte. »Wer bestraft wurde, war ich«, sagte sie. »Ich habe mich danach von allen Familienfeiern ferngehalten, er aber tauchte in diesem Kreis weiterhin auf, als hätte er sich nichts zuschulden kommen lassen. Ich war die Einzige, für die das normale Leben nicht weiterging, weil ich seinen Anblick einfach nicht mehr ertrug.«

Das Opfer, zum Ausschluss aus der Gemeinschaft verdammt – wir kennen dieses Verfahren aus dem schulischen Bereich vom Umgang mit Mobbingopfern. Nun gut, der Gang zur Polizei war schon lange fällig, jetzt endlich hatte sie sich dazu durchgerungen, und ich fragte sie, wie ich jeden frage, was sie sich von einem Ermittlungsverfahren verspreche. »Dass der Lebensgefährte der Großmutter zu einer langen Haftstrafe verurteilt wird?« Nein, darum ging es ihr nicht. »Ich will«, sagte sie, »dass dieser Mann, dass meine ganze Familie sich endlich der Tatsache stellt, dass sie damals alle versagt haben, oder zumindest einen Fehler gemacht haben.«

Dieser Erfolg war ihr vergönnt. Ich lud die Mutter vor, ich redete mit ihr, und siehe da – sie war bereit, die Ereignisse von damals mit den Augen ihrer Tochter zu sehen, sogar bereit, ihre Schuld einzugestehen. Wie man sich denken kann, war ihr die Angelegenheit maßlos peinlich, aber was ich ihr hoch anrechne: Sie hat nicht gekniffen, nicht abgewiegelt, nicht auf stur geschaltet, sondern Einsehen gezeigt.

Und das meine ich. Deshalb rate ich, in gravierenden Fällen unbedingt die Polizei zu informieren. Dort finden nämlich wichtige Entscheidungsprozesse, Klärungsprozesse, Aufarbeitungsprozesse statt, hier wird auch Jugendlichen das Gefühl vermittelt: Wir lassen nichts unversucht, um euch zu helfen, euch zu schützen, euch gerecht zu werden. Und ich kann aus Erfahrung sagen, dass in vielen Fällen eine demütigende Ohnmachtserfahrung durch ein Ermittlungsverfahren erträglicher wird, wenn die Strafverfolgungsbehörden angemessen und einfühlsam mit den Betroffenen umgehen.

Mit anderen Worten: Der Respekt vor dem Opfer verlangt nach einer Anzeige. Sie erlaubt ihm, seine Wahrnehmung, seine Wahrheit zu schildern und in den Genuss der entlastenden, tröstlichen Wirkung einer Aussage zu kommen. Der Prozessausgang ändert nichts daran, dass einem Opfer der lange Prozess, mit dem Erlebten fertigzuwerden, durch die Zusammenarbeit mit der Polizei erleichtert wird. Nichtstun ist in jedem Fall schlimmer, als eine womöglich erfolglose Anzeige zu erstatten, weil dem Opfer so wenigstens das Gefühl völliger Ohnmacht erspart bleibt.

Damit ist noch nichts darüber gesagt, wie eine Anhörung

von Kindern und Jugendlichen durch die Polizei konkret abläuft. Für Eltern wie Lehrkräfte dürfte das nicht uninteressant sein, deshalb mehr dazu im nächsten Kapitel.

Was Jugendliche auf der Polizei erwartet

Ganz zu Beginn meiner Arbeit beim Kriminalkommissariat 12 wurde mir ein Fall von Exhibitionismus zugewiesen. Ein Mann hatte sich vor einem Kind entblößt – ein Tatbestand, der unter sexuellen Missbrauch fällt –, und die Anhörung des Opfers lief gut, obwohl ich noch keine Routine in der Anhörung von Kindern besaß. Damals wurde mir zum ersten Mal bewusst, wie gern ich mit Kindern arbeite.

Gewiss, sich mit der Tat selbst auseinanderzusetzen ist die eine Sache und weder erfreulich noch erbaulich. Dankbar war ich für diesen Fall trotzdem, weil er mir die Gelegenheit bot, mich des Opfers anzunehmen, ihm seine Angst zu nehmen und neues Vertrauen einzuflößen. Diesen Aspekt liebe ich an meiner Arbeit, und abgesehen davon finde ich Kinder einfach klasse. Sie können ganz genau zwischen gut und böse unterscheiden, sie wissen sehr gut, was sie mögen und was sie stört oder abstößt, und die ganze Kunst besteht in der Anhörung darin, auf sie einzugehen. Das heißt in allererster Linie, vernünftig mit ihnen zu reden.

Daran scheitert es nämlich häufig, im Elternhaus wie in der Schule: Man redet mit Kindern nicht vernünftig. Man interessiert sich nicht wirklich für sie. Man traut ihnen nicht zu, eindeutige Gefühle und ernst zu nehmende Meinungen zu haben. Man unterschätzt sie und stellt deswegen nicht die richtigen Fragen. Aber wie macht man es richtig?

Vorweg sei angemerkt, weil ich häufig danach gefragt werde: Eine ausgebildete Psychologin bin ich nicht. Das nötige Rüstzeug für die Befragung von Kindern habe ich mir auf einem speziellen Seminar angeeignet. An solchen Erfahrungen liegt es, dass ich Lehrgänge und Fortbildungsmaßnahmen leidenschaftlich befürworte. Das vorausgeschickt, lassen Sie mich die ganze Prozedur einer Anhörung einmal von Anfang an schildern.

Eine Anzeige wird erstattet. Eltern kommen zu uns und erklären: Das und das ist mit meinem Kind passiert. Wir vom Fachkommissariat bekommen diese Anzeige dann auf den Tisch, und als Erstes überprüfe ich die Personalien, sehe nach, ob der Anzeigenerstatter uns schon bekannt ist, und überlege mir, welche Straftat infrage käme – gerade im Bereich der Sexualdelikte gibt es ja feine Abgrenzungen, weil die Übergänge, etwa zwischen sexuellem Missbrauch, sexueller Nötigung und Vergewaltigung, wie oben bereits gesagt fließend sind. Dann lade ich das Opfer vor und höre es in meinem Büro unter vier Augen an. Zwar haben die Eltern das Recht, dabei zu sein – grundsätzlich hat jeder das Recht, von einer Person seines Vertrauens begleitet zu werden –, aber ich ziehe es bei Weitem vor, die Anhörung unter vier Augen vorzunehmen, weil Kinder leicht zu beeinflussen sind. Ungestört überlassen sie sich ihren Erinnerungen nur, wenn sie nicht unter Beobachtung stehen.

Kinder wollen ihren Eltern ja gefallen. Vor allem, wenn es sich um hochemotionale Vorfälle handelt, sind sie außerdem bestrebt, ihre Eltern zu schützen und ihnen Fakten zu ersparen, die sie für unzumutbar halten. Mit ihrem fein ausgebildeten Gespür für die Reaktion ihrer Eltern registrieren sie, was für diese noch erträglich und was unerträglich ist, und verschweigen lieber Wesentliches, als ihren Eltern Kummer zu machen, erzählen den Tathergang jedenfalls nicht so, wie er ihnen im Gedächtnis geblieben ist. Aus diesem Grund erkläre ich Eltern immer, dass ich es vorziehe, die Anhörung ohne sie durchzuführen.

Gut, die Unbefangenheit ist jetzt gewährleistet. Als Nächstes brauche ich eine möglichst klare Aussage. Voraussetzung dafür ist eine Sprache, die dem Kind ohne weitere Erläuterung signalisiert: Wir unterhalten uns jetzt vertrauensvoll und ernsthaft miteinander. Folglich scheidet eine kindliche Sprache aus. Selbstverständlich werde ich mich auf den Verständnishorizont des Kindes einlassen, zum Beispiel bestimmte Begriffe erklären, aber ansonsten mit ihm so reden, wie ich es mit einem Erwachsenen tun würde, nämlich sachlich und vernünftig. Manchmal beobachte ich, dass Kollegen oder Kolleginnen die Stimmlage ändern und dieses anbiedernde Kinderdeutsch sprechen – ich kann davor nur warnen. Damit macht man sich lächerlich, das sollte man tunlichst vermeiden.

Damit kommen wir zur Aussage. Man kann sich vorstellen, dass der Vorfall, um den es dabei geht, im Kopf eines traumatisierten Kindes nicht unbedingt in chronologisch geordneter Form vorliegt, und je höher der Traumatisierungsgrad, desto größer das Bedürfnis, alles auf einmal zu erzählen. Ich muss den Erzählschwall also bremsen, und dabei kommt mir die Vernehmungsniederschrift zugute.

Gewöhnliche Vernehmungen schreibe ich wörtlich auf dem PC mit, aber bei Kindern habe ich anfangs lediglich Stichworte handschriftlich notiert, um sie anschließend in den PC zu übertragen. Später habe ich die Kinder gefragt, ob ich nicht doch gleich den PC benutzen dürfe, was einen unbezahlbaren Vorteil hat: Es fallen dann nämlich immer wieder Pausen an. Ich schreibe zwar schnell, aber ich komme dem Erzählfluss nicht immer hinterher, ich muss das Gespräch deshalb von Zeit zu Zeit unterbrechen, und so ergeben sich Augenblicke der Stille, in denen ich mich aufs Schreiben und das Kind sich auf seine Aussage konzentrieren kann. Jede Gesprächspause hilft meinem Gegenüber, in sich zu gehen, sich zu erinnern, sich noch einmal zu überlegen, was genau es zu Protokoll geben will. Der Klarheit einer Aussage ist diese Verzögerungstaktik ungemein dienlich.

Was man nun in der Anhörung von Kindern unbedingt vermeiden muss, ist, sie in eine festgelegte Richtung zu befragen. Also bloß keine Suggestivfragen stellen, sondern offene Fragen formulieren. Wobei ich mir im Anfangsstadium der Vernehmung Zurückhaltung auferlege, weil das Kind erst einmal alles loswerden muss, was es bedrückt, das heißt: Ich lasse erzählen und unterbreche den Erzählfluss möglichst selten durch Fragen. Ihren eigenen Erinnerungen überlassen, halten sich Kinder weitgehend an die Fakten. Zwischenfragen jedoch können leicht zu einem Filmriss führen, denn Schulkinder, aber auch bereits Vorschulkinder, empfinden jedes ernsthafte Gespräch mit Erwachsenen als Prüfungssituation. Sie glauben: Jetzt wird von mir die richtige Antwort erwartet, da muss ich mich vorsehen, da darf ich nichts Falsches sagen … Kinder reagieren dann schnell gehemmt, oder sie antworten, um dem Erwachsenen zu gefallen, als gäbe es nur eine einzige richtige Antwort. Auch Kindern liegt eben viel an Anerkennung, deshalb sollte in der Vernehmung die freie, ununterbrochene Schilderung am Anfang stehen – bei Erwachsenen übrigens genauso.

Erst danach gehe ich zur sogenannten trichterförmigen Befragung über. Nach jeder Schilderung stellen sich natürlich Fragen, ich habe es noch nie anders erlebt, und diese Fragen sollten zunächst möglichst allgemein gehalten werden, also zum Beispiel so lauten: »Ich habe die Situation auf dem Schulhof noch nicht ganz verstanden; was genau hat sich da abgespielt?« Im weiteren Verlauf des Gesprächs nähert man sich dann der Tat, kreist sie ein, stellt Auswahlfragen. Um auch hier ein Beispiel zu nennen: In der Anhörung sprach ein 12-jähriges Mädchen davon, »unten« angefasst worden zu sein. »Was meinst du mit unten?«, habe ich es gefragt. »Den großen Zeh? Das Knie? Den Bauch?« »Nee«, lachte es, »die Muschi.«

Einem Kind muss die Möglichkeit bleiben zu wählen. Frage ich: War der Pullover grün oder blau?, wird es entweder »grün« oder »blau« antworten, selbst wenn er rot war. Kinder gehen eben davon aus: Wenn ich nur diese zwei Möglichkeiten habe, muss eine davon die richtige sein, obwohl der Pullover in meiner Erinnerung weder grün noch blau war. Auswahlfragen führen also nur dann weiter, wenn die richtige Antwort bloß unausgesprochen mitschwingt. Sollte ich danach immer noch keine ausreichende Klarheit gewonnen haben, stelle ich konkrete, gezielte Fragen, was in einer Gerichtsverhandlung allerdings nicht gut ankommt. Den größeren Beweiswert haben immer Angaben, die spontan gekommen sind.

Bleibt die Frage, wie es ganz grundsätzlich um die Glaubwürdigkeit von Kindern bestellt ist. Taugen sie überhaupt zu Zeugen, oder fantasieren sie sich doch allerhand zusammen?

Natürlich belehren wir Kinder hinsichtlich der Wahrheitspflicht wie erwachsene Zeugen auch. Aber ich gehe bei ihnen noch mehr ins Detail, denn in der Anhörung wie in der Vernehmung kann schon als Lüge gewertet werden, Wichtiges zu verschweigen oder zu übertreiben, wie es Kinder in der Tat gern machen. Davon abgesehen aber habe ich die Erfahrung gemacht, dass Kinder sehr wohl zwischen Wahrheit und Unwahrheit zu unterscheiden wissen. Dieser Unterschied ist ihnen durchaus bewusst. Dass sie aus ihrer subjektiv gefärbten Sicht sprechen, ist selbstverständlich, das trifft auf Zeugen jeden Alters zu, das muss man sowieso immer einkalkulieren und wissen: Wenn alte Leute von einem jungen Mann sprechen, kann er um die 40 gewesen sein, und umgekehrt ist für Kinder schon ein 30-Jähriger ein alter Mensch.

Sie haben aber nicht nur ein feines Gespür für Wahres und Unwahres, sie sind auch scharfe Beobachter. Sie bemerken Dinge, die Erwachsenen gewöhnlich entgehen. Einmal musste ich einen Raubüberfall auf offener Straße bearbeiten, den ein 10-jähriger Junge mit angesehen hatte, und staunte, was ihm alles aufgefallen war. Aus der Erinnerung heraus konnte er mir genau den Ohrring des Täters beschreiben, hatte auch gleich die Marke seiner Schuhe parat und nannte uns genauso routiniert den Hersteller der übrigen Kleidung.

Also, Kinder haben schon in frühen Jahren einen Begriff von Wahrheit. Dazu kommt, dass sie es in den seltensten Fällen über sich bringen, die Polizei anzulügen. Ich stelle sogar bei Jugendlichen, die bereits einschlägige Erfahrungen mit der Polizei gesammelt haben, fest: Die Polizei zu belügen kostet Überwindung. Den Profis fällt es sicherlich leichter, vor allem dann, wenn sie bislang um Strafen herumgekommen sind; dennoch ist es für junge Leute etwas anderes, die Polizei hinters Licht zu führen, als die eigenen Eltern zu bescheißen. Da wirkt sich Autorität anscheinend immer noch disziplinierend aus.

Allerdings, so gut sie den Unterschied zwischen Wahrheit und Unwahrheit kennen, so absonderlich ist ihr Gefühl für Gerechtigkeit und Ungerechtigkeit ausgeprägt. Einerseits nämlich urteilen Jugendliche in diesem Punkt kompromissloser als Erwachsene, und mit dem Wort »ungerecht« sind sie schnell bei der Hand. Der Satz: »Ich fühle mich ungerecht behandelt ...« kommt ihnen leicht über die Lippen, und an ihrem Anspruch auf gerechte Behandlung lassen sie nicht den geringsten Zweifel. Andererseits jedoch beobachte ich: Jugendliche haben die Gerechtigkeit für sich gepachtet. So empfindlich sie im Hinblick auf die eigene Person sind, so gleichgültig sind ihnen andere und deren Eigentum. Egal wie roh, fahrlässig und achtlos sie sich anderen gegenüber verhalten haben – die Frage gerecht oder ungerecht kommt ihnen dabei gar nicht in den Sinn. Ihr Gerechtigkeitsempfinden schließt den Rest der Welt offenbar aus.

Um aber noch einmal auf das eigentliche Prozedere

einer Vernehmung einzugehen: Ein Kind ernst zu nehmen bedeutet auch, es vor einer Anhörung über seine Rechte zu belehren, denn schon kleine Kinder haben Rechte, zum Beispiel das Zeugnisverweigerungsrecht. Es mag ein wenig weltfremd klingen, aber – selbst bei häuslicher Gewalt, wenn ich als Polizistin zu einer Familie komme, in der es Streit gegeben hat, in der eben noch die Fetzen geflogen sind, darf ich die Kinder nicht eher befragen, als bis ich sie belehrt habe. Unterlasse ich das, dürften die Aussagen der Kinder in der Hauptverhandlung streng genommen nicht berücksichtigt werden, auch wenn für die Gerichtspraxis gelten mag: Was einmal in der Akte drinsteht, das steht drin. Ich selbst lege trotzdem großen Wert auf die Belehrung. Ich will aber nicht verschweigen, dass man sich mit einer so strikten Auslegung des Gesetzes Ärger einhandeln kann; das folgende Beispiel ist in dieser Hinsicht sehr aufschlussreich:

Ein Mädchen war von seinem Vater missbraucht worden. Es durfte also die Aussage verweigern, und irgendwann meinte es: »Wenn der Papa ins Gefängnis kommt, klaue ich den Schlüssel und hole ihn wieder raus.« Offensichtlich wollte es nicht, dass sein Vater bestraft wird, und ich brach die Anhörung ab. Für mich stand fest: Auf seine Art hatte das Kind von seinem Zeugnisverweigerungsrecht Gebrauch gemacht.

Dass der Täter unter diesen Umständen möglicherweise nicht bestraft werden kann, ist natürlich ein hoher Preis für konsequente Rechtsstaatlichkeit. Mancher fand mein Verhalten in diesem Fall schwer nachvollziehbar, ich habe viel Kritik einstecken müssen. Aber wenn der Gesetzgeber die familiären Beziehungen unter einen besonderen

Schutz stellt, wird er sich etwas dabei gedacht haben … Und gleichzeitig gebe ich zu: Bisweilen könnte ich mich schwarzärgern. Denn auch wenn eine 16-Jährige vor mir sitzt und beharrlich schweigt, obwohl wir genau wissen, dass sie von ihrem Vater vergewaltigt wurde, muss ich das zähneknirschend akzeptieren.

Um es salopp auszudrücken: Bei der Polizei geht es mit rechten Dingen zu. Wir haben gutes Personal. Wer im Bereich Jugendkriminalität arbeitet, kennt sich in den entsprechenden Vernehmungstechniken aus, der weiß, welche Fragen wann und wie gestellt werden sollten. Und für die Anhörung von Kindern gibt es, wie gesagt, einen besonderen Lehrgang, der vor allem auf die Gefahr der Suggestion in der Vernehmung eingeht.

Dass eine Anzeige immer im Sinne der Opfer ist und im Zweifelsfall das Mittel der Wahl, ist, wie ich hoffe, deutlich geworden. Im Idealfall nun sollte diese Anzeige nicht folgenlos bleiben, sondern möglichst unmittelbar auch eine angemessene Strafe für die Täterinnen und Täter nach sich ziehen. Denn Strafe muss sein – im Sinne aller Beteiligten.

Strafe muss sein

Das Begriffspaar Gut und Böse wirkt ja heute beinahe antiquiert. So eindeutig bewertend redet man jedenfalls in der Öffentlichkeit nur noch ungern, da wird lieber von auffälligem oder unauffälligem Verhalten gesprochen. Aber mit solchen verharmlosenden Wendungen kommen wir bei der Polizei nicht weiter. In unserem Beruf haben wir täglich Anlass, uns über das Böse Gedanken zu machen, denn zu unseren Aufgaben gehört es, jede einzelne Tat zu bewerten. Auch wenn es dort in erster Linie um die juristische Beurteilung geht, kommen wir um die Frage nach dem Bösen nicht herum. Es ist eine Frage, die einen nie loslässt.

Einerseits kommt mir das Wort »böse« im Alltagsgeschäft immer seltener in den Sinn. Je genauer man nämlich bei einer Straftat, auch bei der schrecklichsten, hinschaut, desto mehr löst sich das Böse auf, und es treten Motive, Antriebskräfte und Schicksale zutage, die keine Spur einer bösen Absicht mehr aufweisen. Deshalb unterscheiden wir gewöhnlich zwischen dem Täter bzw. der Täterin und der Tat, sodass nicht mehr der Mensch, wohl aber die Tat im Licht des Bösen erscheint. Aber ist uns damit gedient?

Ich kann diesen Ansatz nachvollziehen, tue mich aber trotzdem schwer damit. Müssen wir dann nicht auch darauf verzichten, einen Menschen, der viel Gutes tut, als »guten Menschen« zu bezeichnen? Gibt es also weder gute noch böse Menschen? Verkleinern und verschweigen wir damit nicht, wozu Menschen im Guten wie im Bösen fähig sind? Tatsache ist: Bei manchen Tätern, Männern oder Frauen, habe ich sehr wohl das Gefühl, einen bösen, nämlich gefährlichen und gewissenlosen Menschen vor mir zu haben – und nicht selten sehe ich mich dazu gezwungen, schon junge, nicht einmal strafmündige Menschen dazuzurechnen.

Wie muss es wohl auf einen Serientäter wirken, wenn

man ihm versichert, er sei nicht böse? Kann man die Tat wirklich so radikal vom Menschen trennen? Und wie soll man diesem dann noch plausibel machen, dass er die Verantwortung für seine Tat trägt?

Anders als Lehrpersonen und Eltern sind wir bei der Polizei ja dazu verpflichtet, um nicht zu sagen: verurteilt, sehr genau hinzusehen. Realitätsverweigerung können wir uns nicht leisten, und gerade bei scheußlichen Gewalttaten versuche ich, hinter das Motiv zu kommen, also der Tat – und auch dem Menschen, der sie begangen hat – auf den Grund zu gehen. Wie war es möglich, dass dieser Mensch alle inneren Hemmungen im Augenblick der Tat mit Leichtigkeit überwinden konnte? Oft finde ich am Ende meiner Ermittlungen eine Tat zumindest nachvollziehbar und muss mir sogar eingestehen: Auch du wärst dazu fähig gewesen. Ausschließen möchte ich jedenfalls nicht, dass ich unter dem Druck einer extremen Situation genauso gehandelt hätte. Das ist beunruhigend. Es hat nämlich unter anderem zur Folge, dass ich inzwischen jedem Menschen wirklich alles zutraue, und ich befürchte: Wir müssen davon ausgehen, dass jeder von uns das Vermögen zum Bösen grundsätzlich in sich trägt. Mein Sohn macht so etwas nicht …? Da ist womöglich eine gehörige Portion Selbsttäuschung mit im Spiel.

Das Böse wirft also Fragen auf, die sich vielleicht nie abschließend beantworten lassen. Fest steht nur: Niemand kann sich in diesem Punkt seiner Sache sicher sein. Wäre das ein guter Grund, Schuld generell infrage zu stellen und den Sinn von Strafe in Zweifel zu ziehen? Mit dem Argument, dass eine Straftat doch immer den Umständen geschuldet und damit schicksalhaft sei, dem Menschen folglich gar nicht anzurechnen ist? Nein, ich glaube das nicht. Die Strafe behält ihren Sinn trotzdem, und zwar aus einer ganzen Reihe von Gründen.

Psychologisch betrachtet beendet die Strafe ein Unrecht, das sonst im Bewusstsein endlos fortbestehen würde. Sie setzt einen Schlusspunkt hinter die böse Tat, sie schafft wieder klare Verhältnisse und ermöglicht einen unbelasteten neuen Anfang, übrigens für beide, Opfer wie Täter. Mit anderen Worten: Auch wenn die Strafe die Tat nicht ungeschehen machen kann, bringt sie wenigstens die Welt für alle Beteiligten wieder ins Lot.

Und auch praktisch betrachtet setzt die Strafe dem Verhängnis ein Ende. Es gibt nämlich eine Dynamik des Bösen: Einmal in Gang gesetzt, kommt es nicht mehr zur Ruhe. Eine Straftat zieht die nächste nach sich oder, wie es Friedrich Schiller in seinem Drama »Wallenstein« formuliert: »Das eben ist der Fluch der bösen Tat, dass sie, fortzeugend, immer Böses muss gebären.« Anders gesagt: Der Mensch muss die Folgen seiner Tat zu spüren kriegen, sonst macht er weiter.

Aber – die Strafe muss einigermaßen angemessen ausfallen. Über die Gerechtigkeit von Strafen kann man streiten, aber eines gilt immer, gleich ob es um eine schulinterne Maßnahme oder ein Prozessurteil geht: Lächerliche Strafen oder harmlose Disziplinarmaßnahmen bestätigen dem Täter nur: Es lohnt sich. Ich treffe auf keinen nennenswerten Widerstand der Gesellschaft, also wage ich mich als Nächstes an ausgewachsene Gaunerstückchen heran und am Ende an Gewaltverbrechen. Wer aber soll diesem kriminellen Menschen Einhalt gebieten, wenn die zuständigen Personen oder Stellen – Eltern, Schulleitungen,

Polizei, Justiz – auf ihre Autorität verzichten, wenn sie keine Zähne mehr zeigen? Nur angemessene Strafen erfüllen den Zweck, die böse Tat zu beenden. Es wirkt nämlich fort – als Leiden beim Opfer, als Triumph beim Täter –, wenn die Strafe so geringfügig ausfällt, dass man schon Zweifel an der Verwerflichkeit der Tat haben kann.

Noch ein letztes Argument für die Bestrafung derjenigen, die eine Straftat begangen haben: Die Strafe zwingt den Menschen, sich seiner Tat zu stellen. Solange nichts geschieht, bleibt ihm erspart, seiner eigenen Wahrheit ins Gesicht zu sehen. Es kann ihm aber nichts Besseres widerfahren, als sich mit seiner Tat auseinanderzusetzen und seine Schuld zu akzeptieren, weil darin seine einzige Chance liegt, seinen Frieden mit der Welt und mit sich selbst zu machen.

Doch ich möchte den Blick noch einmal auf die andere Seite der Tat richten. Denn es ist das Opfer, das ein Anrecht auf Bestrafung des Täters hat. Wir müssen Täter und Täterinnen konsequent bestrafen, weil wir Opfer schützen müssen. Ganz allgemein haben wir in Deutschland in der Rechtsprechung, aber auch in der öffentlichen Debatte, hauptsächlich den kriminell gewordenen Menschen im Blick, versuchen, ihm gerecht zu werden, und bringen enorm viel Verständnis für ihn auf. Das ist nicht grundsätzlich falsch, aber gleichzeitig findet sich das Opfer dabei oft in einer beschämenden Nebenrolle wieder. Bisweilen muss es sich regelrecht verhöhnt vorkommen, weil die Strafe oder das Strafmaß seine Leiden in keiner Weise würdigt. Der Zweck, einen Schlusspunkt hinter die Tat zu setzen, wird durch eine milde Strafe jedenfalls nicht erreicht.

Die Perspektive des Opfers zur Geltung bringen – daran liegt mir als Opferschützerin besonders. Man muss sich klarmachen: Wenn Jugendliche über längere Zeit Gewalt ausgesetzt sind oder die Erfahrung der Ohnmacht und Hilflosigkeit machen, ist es sehr fraglich, ob sie je darüber hinwegkommen. Ich sehe die Gefahr, dass solche Menschen nachhaltig beeinträchtigt, verstört und zerstört werden. In vielen Fällen wird dann der Satz von Richard Oetker, der als 25-Jähriger Opfer einer Entführung wurde, zutreffen: »Die Opfer bekommen lebenslänglich.«

Deshalb müssen wir – Eltern, Vertrauenslehrkräfte, Schulleitungen, Polizei und Justiz – angemessen und konsequent reagieren. Wir müssen Kindern und Jugendlichen klar signalisieren: Wir nehmen euch ernst, wir beschützen euch, wir ergreifen die richtigen Maßnahmen, wir lassen euch mit eurem Problem nicht allein. Das bedeutet auch, dass kriminelle Jugendliche die Folgen ihrer Tat zu spüren bekommen, dass die böse Tat nicht ungestraft bleibt. Nur so gewinnen junge Leute das Vertrauen zur Welt, in der sie leben, zurück und erleiden keine bleibenden Schäden.

Doch selbst wenn es schließlich nicht zu einer deutlichen Verurteilung reichen sollte … Ich weiß ja, wie dann geredet wird: Du hast das Verfahren verloren, weil der andere nicht bestraft worden ist. Auch von desillusionierten Kolleginnen und Kollegen kenne ich diese Einstellung. »Ein Ermittlungsverfahren bringt sowieso nichts«, heißt es manchmal, »weil wir damit keine Verurteilung erreichen.« Aber das stimmt nicht so ganz, denn den Versuch ist es allemal wert.

Es muss nämlich nicht immer eine Haftstrafe sein. Auch eine Bewährungsstrafe, auch eine Geldstrafe, ja, auch ein

Antiaggressionstraining wird von den Verurteilten als Bestrafung verstanden. Und selbst wenn das Ermittlungsverfahren im Sande verlaufen sollte, wirkt es sich immer noch wohltuend auf die Psyche der Geschädigten aus, weil sie merken: Man hat es wenigstens versucht. Da gibt es Menschen, Institutionen, Staatsorgane, die ihre Arbeit machen, die mein Leid zur Kenntnis nehmen, die zumindest versuchen, mir Gerechtigkeit widerfahren zu lassen.

Ich kann mich nur wiederholen: Jedes Verfahren bei schwerwiegenden, belastenden Vorfällen ist besser als kein Verfahren, weil es das Opfer wenigstens vom guten Willen der zuständigen Behörden überzeugt. Und ein Kind, ein Jugendlicher macht die Erfahrung: Ich habe Verbündete auf dieser Welt. Ich stehe nicht auf verlorenem Posten, es hat sich nicht alles gegen mich verschworen, ich bin nicht allein.

Eine zentrale Rolle spielt dabei, sobald wir uns im Bereich von Strafanzeigen bewegen, natürlich die Justiz.

Justiz mit Beißhemmung

Ohne die Justiz würde alles ins Leere laufen, unsere Arbeit genauso wie sämtliche Formen der Kooperation, die ich mit diesem Buch anregen möchte. Wir als Polizei arbeiten der Justiz zu, und sie wendet das Recht an, indem sie kriminelle Menschen bestraft und den Rest der Gesellschaft schützt. Kein Wunder, dass wir als Staatsbürgerinnen und Staatsbürger ein besonderes Vertrauen in die Justiz setzen, denn sie verkörpert den Rechtsstaat in letzter und höchster Instanz, sie garantiert die Gerechtigkeit im Land. Von diesem Vertrauen wiederum lebt die Demokratie, weshalb wir von jedem Prozess und jedem Gerichtsurteil erwarten dürfen, dass sie dieses Vertrauen rechtfertigen.

Doch leider ist dem nicht immer so. Seit Jahren erleben wir, dass dieses Vertrauenskapital nach und nach verspielt wird, und ich gestehe: Manchmal betrachte ich die Verhältnisse im Ausland mit einem neidischen Blick. Zum Beispiel, wenn ich in der Tageszeitung von einem Mobbingfall mit Suizidfolge lese, der sich 2010 an einer Schule in New Jersey/USA ereignet hat. Ein Student hatte seinen homosexuellen Mitbewohner heimlich beim Sex gefilmt und diese Filme anderen gezeigt. Der Fall war vor Gericht gelandet, und der Richter hatte den Täter – laut *Spiegel Online* vom 21.5.2012 – zu 30 Tagen Gefängnis und danach zu drei Jahren auf Bewährung, 300 Stunden gemeinnütziger Arbeit sowie 10 000 Dollar Geldstrafe verurteilt.

Das nenne ich eine fühlbare Strafe, eine konsequente Reaktion. Ein solches Urteil rechtfertigt das Vertrauen der Bürger in die Justiz. Mein neidischer Blick erklärt sich aus dem Vergleich mit der deutschen Justiz, die in puncto Konsequenz der amerikanischen leider weit hinterherhinkt. Für die Haltung deutscher Gerichte ist eher folgender Fall bezeichnend:

Demonstranten sollen zwei Polizisten angegriffen und einen verletzt haben. Während der Aussage der Polizisten vor Gericht randalieren etwa zwei Dutzend Sympathisanten der Angeklagten und beschimpfen die Beamten lauthals als »Lügner« und »Schweine«, ohne dass die Richterin eine Ordnungsstrafe verhängt oder die Unruhestifter des

Saals verweist. Sie selbst nennt es »deeskalierende Verhandlungsführung«. Am Ende beläuft sich das Strafmaß für die Täter auf 50 Stunden Sozialarbeit. Die Erniedrigung der Polizeibeamten ist, wie üblich, keine Erwähnung wert.

Oder folgender: Ein 17-jähriger Schüler erstellt im Internet eine pornografische Fotomontage mit dem Bild eines seiner Lehrer und verschickt sie an Mitschüler. Der Lehrer erstattet Anzeige wegen Verleumdung, es kommt zur Verhandlung, und die Richterin sieht von jeder Strafe ab, verzichtet auf jegliche Auflage und belässt es bei einer Ermahnung des Täters.

Oder folgender: Ein Erzieher steht wegen sexuellen Missbrauchs vor Gericht. Ihm wird vorgeworfen, einen Jungen seit dessen zwölftem Lebensjahr 30-mal missbraucht zu haben. Das Gericht befindet ihn für schuldig, doch der Mann kommt mit zwei Jahren Haft auf Bewährung und 1000 Euro Geldstrafe davon; die Richterin verhängt nicht einmal ein Kontaktverbot, das ihm die Arbeit mit Kindern untersagt. Die gesetzliche Höchststrafe hätte in diesem Fall zehn Jahre betragen.

Oder, aus meinem eigenen Arbeitsbereich: Ein Richter verweigert den Haftbefehl für einen 14-Jährigen, der bereits mehr als 40 Straftaten auf dem Kerbholz hat, darunter Drogenhandel, Raub und schwere Körperverletzung … Ein anderer Richter verurteilt einen Vater, der seinen Sohn über einen langen Zeitraum hinweg missbraucht hat und wegen 144 Taten angeklagt ist, zu einer Bewährungsstrafe …

Egal, welches Beispiel wir nehmen – eine derartige Rechtsprechung ist für mich nicht nachvollziehbar. Da ist keinerlei Konsequenz zu beobachten. Unter diesen Umständen muss ein Angeklagter glauben, vom Gesetz eher geschützt als bestraft zu werden – und für die Opfer ist hier die Grenze zur Verhöhnung erreicht. Ich habe oben gesagt, dass selbst erfolglose Prozesse und Strafen auf Bewährung besser als keine sind. Daran halte ich weiterhin fest. Aber dennoch möchte ich hier vehement dafür plädieren, Strafen vonseiten der Justiz nicht so gering zu halten, dass die Opfer sie als Schlag ins Gesicht verstehen müssen.

Wie kommt es, dass der Eindruck entstehen konnte, die deutsche Richterschaft würde Verbrechen tolerieren? Woran liegt es, dass Strafen oft lächerlich gering ausfallen? Warum erleben wir so oft, dass Richterinnen und Richter Vergewaltiger zu genau jener zweijährigen Haftstrafe verurteilen, die es ihnen erlaubt, die Strafe auf Bewährung auszusetzen?

Denn eigentlich sind Gerichte ja keine Orte, an denen Kriminelle in erster Linie auf Nachsicht treffen und mit Nachsicht rechnen dürfen. Unsere Gesetze sehen durchaus einen angemessenen Strafrahmen vor, und außerdem sind die Rechtsprechenden grundsätzlich frei. Sie unterliegen keinen Zwängen, sie müssen keine Rücksicht auf Vorgesetzte nehmen; es läge also sehr wohl in ihrer Macht, drastischere Strafen zu verhängen. Wenn der Strafrahmen trotzdem nicht ausgeschöpft wird, wenn Richter und Richterinnen in vielen Fällen trotzdem zögern, die Höchststrafe auszusprechen, muss es andere Gründe haben.

Einer wird sein, dass sich die Richterschaft häufig vom Resozialisierungsgedanken leiten lässt. Dass Ersttäter milde behandelt werden, dass sie zunächst einmal mit einem Denkzettel davonkommen, verstehe ich auch. Aber aus meiner Sicht fallen spätestens beim zweiten Mal diese

Gründe für eine milde Strafe weg. Da muss der oder die Beschuldigte merken, dass der Staat es ernst meint, da muss auch die Frage erlaubt sein, wieso Resozialisierung eher durch Inkonsequenz und Nachgiebigkeit als durch den heilsamen Schock einer Strafe gelingen soll. Kriminell handelnde Menschen, die sich durch staatliche Organe bestätigt fühlen müssen, werden doch wohl kaum reumütig von ihrem unsozialen Tun ablassen – warum sollten sie? Was spräche dafür? Was hätten sie davon?

Ein zweiter Grund ist die Überlastung der Gerichte, die Personalknappheit, die Zeitnot. Bei vielen milden Urteilen dürfte die Angst vor einem zeitraubenden Revisionsverfahren mitschwingen. Der Personalmangel hat aber einen noch weit dramatischeren Effekt: Verfahren wurden und werden reihenweise eingestellt, 2015 in mehr als 1,5 Millionen Fällen. Das heißt: Straftaten werden gewichtet und kommen nur dann noch zur Verhandlung, wenn sie entsprechend gravierend sind, oder anders gesagt: Weil Mobbing nicht mit Raub und Mord mithalten kann und bei Sexualdelikten die Beweislast oft schwierig ist, lässt es die Staatsanwaltschaft gar nicht erst zur Anklage kommen, und so bleibt die Gerechtigkeit in diesen Fällen komplett auf der Strecke – und damit der Glaube an den Rechtsstaat.

Dazu gesellt sich ein dritter Grund: Unser strafrechtliches System ist generell auf die Angeklagten und ihre Rechte fixiert, befasst sich deshalb kaum mit den Opfern und schert sich wenig um ihr Schicksal. Richter- und Staatsanwaltschaft scheinen oft gar nicht zu erfassen, was es heißt, Opfer einer Straftat geworden zu sein, welchen Einschnitt es für die Betroffenen bedeutet, welche seelische

Erschütterung es auslöst – zum Beispiel bei Schülern, die gemobbt werden, zum Beispiel bei Lehrerinnen, die körperlich oder auch nur verbal von ihren Schülern angegriffen werden. Als wäre die Seelenpein der Opfer unerheblich, als würde sie für die Bewertung einer Straftat nicht zählen …

Ich wünschte mir, dass sich Richter und Richterinnen gelegentlich für das Opfer eines Verbrechens ein paar Tage Zeit nähmen. Für ein Opfer sexueller Übergriffe in der Kindheit zum Beispiel, um zu verstehen, dass solche Erfahrungen noch zwanzig Jahre später nachwirken. Oder für ein Stalkingopfer, das aus Angst vor seinem Verfolger nicht mehr aus dem Haus geht, weil dieser Verfolger nämlich nicht »nur so da steht und gar nichts macht«, wie es manchmal heißt, sondern ihm nach dem Leben trachtet. Auf diesem Gebiet fehlt so manchem in Gericht und Staatsanwaltschaft einfach die Praxiserfahrung, die Empathie, das Einfühlungsvermögen.

Allerdings liegt die Täterfixierung der Justiz, wie man einräumen muss, auch in der Natur der Sache. Denn in der Geschichte, die ein Gericht mit jedem neuen Verfahren immer wieder neu als Tathergang rekonstruiert, hat das Opfer genau genommen nichts zu suchen. Es trägt zu dieser Geschichte nichts bei, es ist in die Sache gewissermaßen nur hineingeschlittert, es hätte auch einen anderen treffen können; umso mehr aber erzählt das Verbrechen über die Beschuldigten. Bei ihnen gibt es Relevantes herauszufinden, eine Lebensgeschichte, eine Vorgeschichte, einen Tathergang, ein Motiv, und all dies gibt Rätsel auf – entsprechend ausführlich befasst man sich mit ihnen und ihrer Tat. Die Opfer, die irgendein Zufall, irgendeine unglückliche Konstellation ihnen zugeführt hat, geraten dabei aus dem Blick. Mit anderen Worten: Die rechtsprechenden Personen kommen im Lauf eines Verfahrens zwar den Beschuldigten näher, aber nicht den Opfern.

Verbrechen werden deshalb oft sehr einseitig betrachtet, nämlich aus der Täterperspektive, und sehr einseitig untersucht, nämlich im Hinblick auf die Rolle der Angeklagten. Das ist grundsätzlich zwar richtig und unvermeidbar, trotzdem muss unter allen Umständen verhindert werden, dass das Opfer an den Rand des Dramas gedrängt und übersehen wird. Das, wonach es die Geschädigten am meisten verlangt, nämlich Gerechtigkeit, können ihnen nur Polizei und Justiz geben.

Deshalb müssten diese Institutionen eigentlich mehr tun, als einen Fall korrekt abzuwickeln. Sie müssten sich gewissermaßen von ihrer menschlichen Seite zeigen und so tatkräftig wie möglich Partei für das Opfer ergreifen – innerhalb des gesetzlichen Rahmens selbstverständlich.

Um aber Missverständnissen vorzubeugen: Den meisten Opfern geht es nicht um drakonische Strafen. Was sie vor allem wünschen, ist, dass Ermittlungen überhaupt stattfinden und es dann zu einem Gerichtsverfahren kommt, in dem die Schuld des Täters eindeutig festgestellt wird. Sie wollen, dass die Frage von Schuld und Unschuld unmissverständlich geklärt wird – schon deshalb, weil sie sich allzu oft mit Selbstvorwürfen quälen und sich fragen, ob ein Teil der Schuld nicht sie selbst trifft. Wenn das Gericht dann mehr Verständnis für die Angeklagten als für die Opfer aufbringt, wenn es nach einem belastenden Prozess ein extrem mildes Urteil fällt, verwischt sich die Grenze zwischen Schuld und Unschuld gänzlich – die

Folgen für den Seelenfrieden des Opfers kann man sich ausmalen. In diesem Fall ist es ein schwacher Trost, dass man es wenigstens versucht hat. Die Strafe sollte deshalb zumindest den Effekt haben, das Opfer von Mitschuld freizusprechen. Ganz abgesehen davon kann ein Verfahren für ein Opfer ja auch teuer werden– ein Gesichtspunkt, den ich als letzten ins Feld führen möchte: Da gibt jemand viel Geld aus, um zu seinem Recht zu kommen, und dann verkündet das Gericht ein Urteil, das jedem Rechtsempfinden Hohn spricht ... Auch so gesehen ist die Nachsichtigkeit unserer Justiz ein Unding, ein Anschlag auf das Vertrauen aller Bürgerinnen und Bürger in den Rechtsstaat.

Aus allen diesen Gründen plädiere ich eindringlich für eine Rechtsprechung, die nicht nur dem Täter, sondern auch dem Opfer Gerechtigkeit widerfahren lässt. Ich hoffe auf Urteile, die man nicht nur vor den Schuldigen, sondern auch vor den Opfern vertreten kann. Ich wünsche mir, dass sich auch Richter- und Staatsanwaltschaft als Opferschützer verstehen. Täter und Täterinnen, nicht ihre Opfer, sollten etwas zu befürchten haben. Und nicht nur sie, sondern auch die Opfer haben Anspruch darauf, von der Justiz verstanden zu werden. Wenn der Staat auf seine Autorität verzichtet, wenn er keine Zähne zeigt, weil er keine mehr hat oder es für unfein hält, sie zu zeigen – wer soll dann kriminell handelnden Menschen Einhalt gebieten? Der harmlose Staat ist eine Einladung zum Verbrechen.

Zum Glück ist neuerdings zu beobachten, dass die Gerichte umdenken. Ich habe den Eindruck, dass das romantische Rechtsverständnis einer antiautoritären Generation auf dem Rückzug ist und junge Richterinnen und Richter strenger urteilen als jene, die durch die Achtundsechziger geprägt wurden. Das lässt hoffen. Vielleicht erleben wir noch eine Zeit, in der nicht einmal mehr die Polizei von anderen staatlichen Organen im Regen stehen gelassen wird.

Wir wollen doch alle, dass es aufhört!

Wir müssen kooperieren! Ein Appell an die Schulen

Wir haben Glück. Uns in Deutschland sagt das Kürzel AR-15 nichts. In den USA wüsste jeder, was gemeint ist: ein halbautomatisches Sturmgewehr, ursprünglich für den Kampfeinsatz entwickelt, heute in den Händen von einer Million Amerikanern, schon von 15-Jährigen problemlos zu erwerben. Die meisten der 15 549 Waffentoten der USA des Jahres 2017, darunter zahlreiche an Schulen, gehen auf das Konto dieses Gewehrs. Gottlob haben wir strengere Waffengesetze. Aber angenommen, Schusswaffen wären bei uns genauso leicht zu haben wie in den USA, müssten wir uns dann ebenfalls auf regelmäßige Nachrichten von Schulmassakern einstellen?

Man kann es nicht ausschließen. Da beschreiben Lehrkräfte einer Saarbrücker Brennpunktschule im Juni 2017 in einem dramatisch klingenden Brief an das saarländische Bildungsministerium den alltäglichen Terror an ihrer Schule so: permanente Verhöhnung der weiblichen Lehrpersonen im vulgärsten Gossenjargon, Bedrohung von Lehrkräften und Angriffe auf Lehrerinnen und Lehrer durch einen entfesselten Schülermob … Der Deutsche

Lehrerverband bestätigt: An Hunderten der insgesamt 40 000 Schulen unseres Landes geht es ähnlich chaotisch zu. An den meisten Schulen etwas weniger. Aber an vielen ist die Lage nicht wesentlich besser. Und angemessene Sanktionen? Überall Fehlanzeige. Täter und Täterinnen gehen straffrei aus. Und aus rechtsfreien Räumen werden Orte der Angst.

Schulen, die von Kriminalität verschont bleiben, gibt es nicht. Die strafrechtlich relevanten Vorfälle reichen von Reizgasattacken über Diebstahl, Bandenbildung, sexuelle Übergriffe, Körperverletzung, Vandalismus und Drogen bis zu fortgesetztem Mobbing, vor allem Cybermobbing. Auch Lehrkräfte werden von Schülern verbal oder körperlich angegriffen.

Im Grunde haben wir an vielen Schulen dasselbe Problem wie in den Elternhäusern: Für Recht und Unrecht, Grenzen und Regeln fühlt sich kaum jemand zuständig. Die wenigen Sanktionsmöglichkeiten werden von eingeschüchterten Lehrern, von überängstlichen, übervorsichtigen Schulleitungen, nachsichtig bis zur Schmerzgrenze, nur äußerst zögerlich angewendet. Man will es sich mit keinem verderben und stößt dadurch alle Beteiligten vor den Kopf – mit Ausnahme der Täter und Täterinnen. Dieses Blinde-Kuh-Spielen wirkt sich an der Schule genauso katastrophal wie in der Erziehung aus, mithin müsste sich auch hier einiges grundlegend ändern. Im Folgenden möchte ich deshalb ein paar Vorschläge dazu, wie man das Problem der Verrohung an unseren Schulen in den Griff bekommen könnte, zusammenfassen.

Ich bin, wie gesagt, nicht dafür, mit Kanonen auf Spatzen zu schießen. Die Polizei muss nicht bei jedem »Arschloch«-Ruf eingreifen, und auch attackierte Lehrkräfte sollten sich zunächst an die Schulleitung wenden, so wie für bedrängte Schüler und Schülerinnen zunächst die Vertrauenslehrkraft zuständig ist. Die meisten kleineren Vorfälle sollten sich schulintern lösen lassen.

Aber was ich erwarte, ist, dass Schulleitungen bei größeren Delikten konsequent vorgehen und auch die Polizei unterrichten. Wenn sie sich – wie der stellvertretende Schulleiter, den ich anfangs zitiert habe – auf den Standpunkt stellen: Natürlich kommen bei uns Diebstähle vor, aber das interessiert mich nicht, da könnten wir ja jeden Tag die Polizei rufen ... Ja, was soll ein Dieb daraus lernen? Gut, er wird vielleicht verwarnt, erhält schlimmstenfalls eine Disziplinarstrafe, wird möglicherweise nach Hause geschickt, allenfalls werden die Eltern informiert. Aber wird er sich dann nicht sagen: Prima, gut gelaufen? Und wenn ein Kind seine kriminellen Energien schon früher bewiesen hat, wenn es sich schon mehrfach an fremdem Eigentum vergriffen hat, dann sollte man sich dieses Kind gründlicher ansehen. Gibt es da im Hintergrund vielleicht eine Bande? Gerade strafunmündige Kinder werden gern zum Klauen ausgeschickt, weil die Drahtzieher wissen, dass diese nicht zur Rechenschaft gezogen werden können. Wie will man ein solches Kind mit Verwarnungen beeindrucken? Und wenn die Schule, der nutzlosen Maßnahmen müde, den Dieb künftig einfach gewähren lässt ... Wie käme so viel Nachsicht bei ihm wohl an? Als Freibrief vermutlich.

Kinder und Jugendliche lernen durch Erfolg und Misserfolg. Wenn Kleinkriminelle mit ihren Taten durchkommen, steht der Karriere zum Großkriminellen nichts im Wege. Das disziplinarische Instrumentarium von Schulen geht an solchen Jugendlichen jedenfalls spurlos vorbei – eine Nacht im Polizeigewahrsam hingegen ist eine eindrucksvolle Erfahrung. Die Sache klingt relativ harmlos, aber wenn mir jemand vorgeführt wird, der zum ersten Mal eine Nacht in einer Zelle verbracht hat, frage ich schon mal, wie's war, und bekomme ausnahmslos zur Antwort: »Ganz fürchterlich!« Diese Zellen sind tatsächlich ungastlich, doch allein schon das Erlebnis, alles verschlossen und versperrt zu finden, schlägt aufs Gemüt – und gerät kaum wieder in Vergessenheit.

Diesen Abschreckungseffekt wünsche ich mir, wenn ich von spürbaren Konsequenzen spreche. Es geht ja darum, dass es aufhört – nämlich das Leiden der Opfer, zu denen heute Lehrkräfte genauso wie Schülerinnen und Schüler gehören, wenn wir nicht überhaupt das ganze Schulwesen zu den Leidtragenden rechnen wollen. Damit es aufhört, sollten die, die Straftaten begehen, an Schulen etwas zu befürchten haben. Um das aber zu erreichen, ist eine Kooperation zwischen Schule und Polizei unabdingbar.

Ein Beispiel für gelungene Kooperation habe ich oben bereits erwähnt: Nach der Vergewaltigung der 14-Jährigen hatten sich die Lehrerinnen, die in der Klasse der Täter unterrichteten, durch meine Vermittlung mit Mitarbeiterinnen der Düsseldorfer Beratungsstelle »ProMädchen« auf ein Theaterprojekt verständigt. Es hatte Anfangsschwierigkeiten gegeben, Vorbehalte der Schulleitung gegen unseren Polizeieinsatz, aber schließlich hatten wir gemeinsam einen Ausweg aus Sprachlosigkeit und Verwirrung gefunden – ein vorzeigbares Ergebnis.

Schon dieser eine Fall zeigt, was man sich von einer Zusammenarbeit zwischen Schule und Polizei versprechen darf, wie wünschenswert Arbeitsgruppen wären, die einen Informationsaustausch auf kürzestem Weg erlauben, wie effektiv die Polizei zur Klärung unklarer Verhältnisse an Schulen beitragen könnte – wenn ein Vertrauensverhältnis bestände.

Andere Formen von Kooperation haben sich in Düsseldorf bereits bewährt. Da gibt es den Kriminalpräventiven Rat, eine kommunale Einrichtung zur Verhütung von Verbrechen, in der ein hochrangiger Vertreter der Kriminalpolizei mitarbeitet. In weiteren Arbeitsgemeinschaften treffen sich Mitglieder der Polizei und Rechtsbeistände mit Fachleuten aus Krankenhäusern und Beratungsstellen, um sich über Fragen der Kriminalitätsbekämpfung und des Opferschutzes auszutauschen.

Mir selbst liegen präventive Maßnahmen besonders am Herzen. Prävention heißt ganz einfach, Schlimmeres zu verhindern, also kriminelle Karrieren im Ansatz zu erkennen, offene Worte dafür zu finden und schnell und konsequent zu reagieren, und ich kann sagen, dass wir auf diesem Gebiet in Düsseldorf erhebliche Fortschritte gemacht haben – zum Beispiel mit dem Programm »Gelbe Karte«. Unter der »Gelben Karte« versteht man ein beschleunigtes Verfahren, das bei Jugendlichen im Fall leichterer Straftaten wie Bedrohung, Diebstahl oder einfacher Körperverletzung zur Anwendung kommt. Das heißt: Wann immer die Polizei Kenntnis von einer Straftat erhält, prüft sie, ob sie sich für das »Gelbe-Karte-Verfahren« eignet. In den

Verfahren mit den jugendlichen und heranwachsenden Tätern ist das relativ einfach, da es dafür ein eigenes Kommissariat gibt. Ein bisschen schwieriger ist es zum Beispiel bei Sexualdelikten. Die Verfahren werden hier in Düsseldorf beim KK 12 bearbeitet. Da muss dann die Sachbearbeitung sehen, ob die Tat für das »Gelbe-Karte-Verfahren« geeignet ist, zum Beispiel wenn es sich um ein leichtes Delikt (etwa Beleidigung auf sexueller Grundlage) oder um Ersttäter handelt, wenn die Eltern dem Verfahren zustimmen etc.

Ausgewählte Mitarbeiterinnen und Mitarbeiter der beteiligten Stellen sorgen dann dafür, dass die Verhandlung unverzüglich stattfindet, nämlich innerhalb von ein bis zwei Wochen, damit die Strafe möglichst unmittelbar auf das Delikt folgt. Das ist äußerst sinnvoll, denn Jugendliche, die erst nach einem halben Jahr mit den Folgen ihrer Tat konfrontiert werden, begreifen den Zusammenhang zwischen Tat und Strafe nicht mehr und haben inzwischen wahrscheinlich etliche neue Straftaten begangen – von Prävention kann da keine Rede sein.

Das »Gelbe-Karte-Verfahren« hingegen wirkt in einem doppelten Sinne präventiv, denn erstens erfährt der Täter die prompte Bestrafung als logische, mithin einleuchtende Folge seiner Tat, und zweitens versteht er sie als unmissverständlichen Schuss vor den Bug. Beides wird ihn eher zur Besinnung bringen als die Erfahrung, dass der Rechtsstaat sich selbst Zeit und ihm vorläufig freie Hand lässt. Es ist außerdem noch ein weiterer Vorteil damit verbunden: Die »Gelbe Karte« darf nämlich auch von den Eltern als Warnschuss verstanden werden, sie kann Mütter und Väter, die ihre Kinder grundsätzlich für untadelig halten, aus ihren Illusionen reißen.

Dieses Verfahren wird hauptsächlich bei Ersttätern und -täterinnen angewandt. Die Sanktionen, mit denen sie zu rechnen haben, sind meist nicht schwerwiegend, taugen aber als Alarmsignal, das alle Beteiligten wachrütteln soll. Wir in Düsseldorf haben viel Erfolg damit. Natürlich wird es immer Jugendliche geben, bei denen Hopfen und Malz verloren ist, aber die meisten werden eben doch aus Schaden klug.

Nur – ohne enge Kooperation würde es nicht funktionieren. In diesem Fall haben sich Polizei, Staatsanwaltschaft und Jugendamt zusammengetan.

Die Wirkung der »Gelben Karte« ließe sich jedoch zweifellos noch steigern, wenn auch die Schulen mitmachen würden, denn um zum Beispiel an Daten, Namen und Informationen zu kommen, ist die Polizei in vielen Fällen auf Auskünfte der Schulleitungen angewiesen.

Ein Zusammenspiel zwischen Polizei und Schule vorausgesetzt, könnte die Vorbeugung noch ganz andere Formen annehmen. Bisher spielt sich schulische Kriminalität in einer Grauzone bei schummriger Beleuchtung ab. Leisetreterei, Vertuschung und Hilflosigkeit sind die Regel, niemandem scheint an klaren Verhältnissen gelegen zu sein, die Probleme werden bloß immer weiter mitgeschleppt. Wenn es jedoch zu eindeutigen Absprachen zwischen Schule und Polizei käme, könnte ein Grundschullehrer beispielsweise den Eltern eines kriminellen Jungen offen sagen: »Was Ihr Sohn da macht, zeugt von beträchtlicher krimineller Energie. Wenn Sie jetzt nicht eingreifen, ist er in drei Jahren dran. Dann ist er 14 und strafmündig, und dann wird er ein Fall für die Polizei und die Gerichte – Sie sollten besser schleunigst gegensteuern …«

Es müsste den Schulen eben auch an der Aufklärung von Eltern gelegen sein, denen möglicherweise gar nicht bewusst ist, dass ihr Kind sich nicht im Bereich von Dumme-Jungen-Streichen bewegt, sondern regelrecht kriminell ist. Den Mut zu derart deutlichen Worten wird eine Lehrperson aber erst dann aufbringen, wenn sie die Polizei hinter sich weiß. Das heißt, wenn es Absprachen gibt und die Schulleitung mit einem konkreten Konzept vor Schülerschaft und Eltern treten und verkünden kann: Im Fall eines Delikts gehen wir so und so vor, treffen wir die und die Maßnahmen, werden im Ernstfall konsequent handeln, Anzeige eingeschlossen – hier weiß nämlich jeder, was er zu tun hat, wenn etwas vorfällt …

Nicht zuletzt will ich noch einmal auf den bereits erwähnten Runderlass des nordrhein-westfälischen Innenministeriums zurückkommen. Dieser Erlass lässt erfreulicherweise keinen Zweifel daran, dass eine Kooperation zwischen Polizei und Schule für die Prävention von Straftaten unerlässlich ist. Sein zentraler Vorschlag ist so einfach wie wichtig: Er verlangt von Schule wie Polizei, Ansprechpersonen zu stellen, die sich wenigstens ein Mal im Jahr treffen, um informell Probleme zu besprechen und Maßnahmen zu vereinbaren. Wortwörtlich lauten die entscheidenden Passagen des Runderlasses so:

»Besteht gegen Schülerinnen oder Schüler der Verdacht der Begehung eines Verbrechens, so hat die Schulleitung die Strafverfolgungsbehörde zu benachrichtigen … Vertrauensbildend sind regelmäßige anlassunabhängige Besuche oder Sprechstunden der Polizei und des Jugendamts in den Schulen … Zur Sicherung des Kontakts mit der Polizei und dem Jugendamt bestellt jede Schulleitung eine feste Ansprechperson, möglichst aus der Schulleitung … oder aus dem Personenkreis der Beratungslehrkräfte. Die Ansprechpersonen bewerten zusammen mit den von der Polizei und dem Jugendamt benannten Personen mindestens ein Mal jährlich ihre Zusammenarbeit.«

Es wäre ein erster Schritt, oder besser: der entscheidende Schritt, um das Eis zwischen Schule und Polizei zum Schmelzen zu bringen. Es ist immer gut, zu einem Namen auch ein Gesicht zu haben, immer Erfolg versprechend, Wichtiges im Vertrauen und wie nebenbei besprechen zu können, und wer weiß, was über die regelmäßige Konsultation hinaus dann noch alles möglich ist.

Ist erst mal ein Anfang gemacht, könnte man zum Beispiel über eine juristische Grundausbildung ausgewählter Lehrkräfte nachdenken, denn an der Kenntnis der einschlägigen Gesetze hapert es bisher gewaltig. Eine solche Ausbildung wäre natürlich weitaus fundierter als die Informationen für Lehrkräfte aus dem Runderlass, geschweige denn die kleinen »Erste-Hilfe«-Handlungsempfehlungen am Ende dieses Buches. Vielleicht lassen sich Schulen irgendwann sogar für eine Mitwirkung an Ermittlungsverfahren gewinnen, denn die Bewertung der Schule könnte in einem Gerichtsverfahren durchaus von Bedeutung sein – schließlich kann niemand ein Kind und sein familiäres Umfeld so gut einschätzen, wie seine Lehrer und Lehrerinnen es können. Und am Ende würde man sich womöglich überall dort, wo es angeraten erscheint, auf ein Antiaggressionstraining – oder andere Programme zur Gewaltprävention – verständigen. Dies alles wäre im Sinne der Opfer.

Übrigens erscheint es mir klug und richtig, auch die Jugendämter und Beratungsstellen für Familien mit ins Boot zu holen. Schon deshalb, weil wir als Polizei in diesem Bereich – zumindest in Düsseldorf – bereits deutlich weiter sind als bei den Schulen. Auch das war ein mühsamer Weg, ich denke nicht ohne Bauchschmerzen daran zurück, aber es ist eine Erfolgsgeschichte und insofern ermutigend – warum sollen die Schulen nicht eines Tages denselben Weg der Vernunft einschlagen?

Früher nämlich herrschte tiefstes Misstrauen gegenüber der Polizei, und zwar bei allen Beratungsstellen. Wenn ich vom Jugendamt Informationen benötigte, lief ich gegen eine Mauer. Bei den anderen Beratungsstellen war es nicht anders, von allen Seiten hieß es: »Ihr kriegt von uns gar nichts!«, und das Personal all dieser Stellen riet grundsätzlich vom Gang zur Polizei ab, weil er den Opfern »nicht guttun« würde. Da wirkte '68 noch ganz stark nach, es war die hohe Zeit eines knochenharten Feminismus, und die Polizei wurde in Bausch und Bogen dem verachteten Bereich staatlicher Macht zugeschlagen.

Nun war es so, dass diese Institutionen gelegentlich Feste oder Treffen veranstalteten, auf denen die Polizei zwar eingeladen, aber ihre Anwesenheit nicht gerade erwünscht war. Und ich bin fleißig da hingestiefelt. Habe regelmäßig erstaunte bis verärgerte Blicke geerntet, aber das war mir egal, und mit der Zeit entwickelte sich tatsächlich ein Vertrauensverhältnis.

Man kommt bei solchen Gelegenheiten eben doch ins Gespräch, man redet, womöglich ganz gegen seinen Willen, plötzlich offen miteinander, und mit der Zeit wird das Personal dieser Einrichtungen gemerkt haben: Die Kriminalkommissarin Petra Reichling ist keine verbohrte Polizeiideologin. Die lässt nicht den Bullen raushängen. Die haust nicht wie die Axt im Walde. Die steht Rede und Antwort, wenn wir wissen wollen: Was passiert, wenn ein Opfer sich an euch wendet? Was erwartet es – womöglich eine Prozedur, der es nervlich nicht gewachsen ist? Und wie geht es danach weiter? Wenn sie dann noch den Eindruck gewannen, dass ich von Dirty-Harry-Methoden nichts halte, dass der Datenschutz bei uns Beachtung findet und dass uns an einer Kooperation aufrichtig gelegen ist, war es mit dem Misstrauen vorbei.

Heute hat die Polizei für diese Einrichtungen ihren Schrecken verloren. Mittlerweile verfügen wir in Düsseldorf über ein sehr gutes Opferhilfenetzwerk, und wenn ich im datenschutzrechtlichen Rahmen polizeiliche Informationen brauche, dann weiß ich, wen ich anrufen muss, und bekomme meistens, was ich brauche. Und mehr, als dass mir meine Arbeit im Ermittlungsverfahren und für den Opferschutz leichter gemacht wird, will ich ja gar nicht.

Wir brauchen Unterstützung! Ein Appell an die Politik

Es war auf einem Workshop mit Schulleitern und Schulleiterinnen. Ich referierte, ich sprach über den Runderlass, und als ich die Ansprechpersonen aufseiten der Polizei erwähnte, fiel mir ein Teilnehmer ins Wort und sagte: Seinen Ansprechpartner gebe es nicht mehr, der sei dem Personalabbau bei der Polizei zum Opfer gefallen …

In solchen Augenblicken fällt auch mir nichts mehr ein. Der Mann hatte die Polizeiarbeit an ihrem wundesten

Punkt getroffen, indem er auf einen Umstand hinwies, der den ganzen Erlass wertlos zu machen droht, nämlich den Unterschied zwischen Theorie und Praxis, zwischen hehren Absichten und fataler Wirklichkeit. Diese Wirklichkeit lässt sich in einem Satz zusammenfassen: Uns fehlen die Leute.

Die Tatsache, dass es den Schulen genauso geht, macht die Sache nicht besser, und da nützt nun auch kein guter Wille mehr – der Personalmangel auf beiden Seiten gefährdet das Projekt einer gemeinsamen Bekämpfung der Jugendkriminalität. Natürlich nicht nur das. Die Einsparungen bei der Polizei gefährden die innere Sicherheit überhaupt. Und jetzt kommt ein weiterer Akteur ins Spiel. Denn wenn wir uns wünschen, dass Schulen offen und ehrlich mit dem Problem der Kriminalität umgehen, dürfen wir nicht verschweigen, welchen Beitrag die Politik zu einer Misere geleistet hat, die sich nicht zuletzt auf die Zusammenarbeit zwischen Schule und Ermittlungsbehörde auswirkt. Das ist ein neuer, entscheidender Aspekt. Er erlaubt mir ganz nebenbei, unterschiedlichste Facetten der Polizeiarbeit zu beleuchten.

Wie lautet der erste Artikel des Grundgesetzes? Viele kennen nur den ersten Satz, der von der Unantastbarkeit der Würde des Menschen spricht. Was den wenigsten bewusst sein dürfte: Es folgt ein zweiter Satz. Er lautet: »Sie (nämlich die Menschenwürde) zu achten und zu schützen ist Verpflichtung aller staatlichen Gewalt.« Mit anderen Worten: Am prominentesten Ort unserer Verfassung garantiert der Staat seinen Bürgerinnen und Bürgern jenen Schutz, für den die Polizei gemeinsam mit der Justiz zuständig ist.

Nur dass die Polizei diesen Schutz kaum noch gewährleisten kann, weil sie regelrecht kaputtgespart wurde.

Mittlerweile sind alle Parteien zur Einsicht gekommen. Diese Einsicht wurde durch die Flüchtlingsproblematik und die Terrorgefahr erzwungen, und mit einem Mal sind die Versäumnisse für jedermann sichtbar. Aber jahrzehntelang hat man Personal gestrichen – nicht nur bei der Polizei –, weil Personal die unangenehme Eigenschaft hat, Kosten zu verursachen. So etwas stört in einem Landeshaushalt nur, also hat man Stellen abgebaut bis an die Grenze der Handlungsunfähigkeit. Welche Folgen das für die verschiedensten Gebiete der Polizeiarbeit hat, welchen Einschränkungen sie unterliegt, das werde ich anschließend an Beispielen zeigen. Vorher aber möchte ich eine begründete Vermutung loswerden: Ums Geldsparen allein ging es dabei nicht.

Denn die Steuereinnahmen sprudeln. Das Geld ist da. In Wirklichkeit, so scheint mir, haben wir es hier mit einem Problem der politischen Mentalität zu tun – übrigens nicht nur in Deutschland. Auch die britische Premierministerin Theresa May hat in ihrer Zeit als Innenministerin 20 000 Stellen bei der Polizei gestrichen. Man wird hier also ganz allgemein von den negativen Auswirkungen einer langen Friedenszeit ausgehen müssen.

Es ist wie im Leben des Einzelnen: Wer sich in Sicherheit wiegt, der wird mit der Zeit nachlässig, leichtsinnig, dem kommt das Gefahrenbewusstsein abhanden, der ist auf bedrohliche Entwicklungen nicht mehr vorbereitet. Ermüdungserscheinungen treten ein, Bedrohliches wird heruntergespielt, Warnsignale werden nicht mehr ernst genommen – so schlimm wird's wohl nicht kommen –, und auch bei uns hat sich der Staat nach und nach aus der inneren Sicherheit zurückgezogen. In Zeiten einer »gesellschaftlichen Modernisierung« gab es für die Politik schickere Themen als Kriminalität und ihre Bekämpfung. Übersehen wurde dabei, dass Sicherheit, innere Sicherheit, kein Geschenk des Himmels ist, sondern das Resultat von Polizeiarbeit. Und jetzt ist es beinahe zu spät. Denn nicht nur, dass kontinuierlich Stellen abgebaut wurden – im selben Maße sind unsere Aufgaben gewachsen. Die Verfahren sind zahlreicher, und sie sind komplexer geworden.

Um nur ein Beispiel zu nennen: Gerade bei den Sexualdelikten hat uns das Internet einen enormen Zuwachs an Straftaten beschert. Kontakte bahnen sich übers Internet an, Aussprachen finden im Internet statt, Bilder und Filme werden übers Internet verbreitet, Drohungen erreichen ihre Empfänger übers Internet, und meine Kolleginnen und Kollegen müssen verstärkt den IT-Bereich bearbeiten, mit immer komplexeren Systemen zurechtkommen, immer mehr Straftaten der unterschiedlichsten Art erfassen. Das heißt: Für einen wachsenden Berg von Arbeit steht uns immer weniger Zeit zur Verfügung.

Die Sorgfalt ist das Erste, was unter diesen Umständen auf der Strecke bleibt. Wie sind wir früher bei Sexualdelikten vorgegangen? Wir haben uns ins Auto gesetzt, sind an den Ort des Geschehens gefahren und haben uns die Mühe gemacht, Anwohner zu befragen. Es ist eben so: Um sich ein Bild von der Tat und den mutmaßlichen Tätern zu verschaffen, muss man vor Ort sein, alles in Augenschein nehmen und mit den Leuten reden; nur so erhält man ein realistisches Bild der Vorgänge, deutlich zuverlässiger als das, was bei den Beschreibungen des Opfers oder der Zeugen in einem Büro des Polizeipräsidiums herauskommt. Aber heute gehen wir kaum noch so gründlich vor, weil uns die Zeit dafür fehlt.

Eine weitere Folge des Personalmangels: Mittlerweile werden Verantwortlichkeit und Aufgaben bei der Polizei hin und hergeschoben, von einer überlasteten Dienststelle zur anderen. Selbstverständlich ist das ein Unding. Wir sind kein Handwerksbetrieb, der Aufträge ablehnen kann, wenn mehr Anfragen eingehen, als mit den vorhandenen Leuten zu bewältigen sind. Wir können uns das nicht leisten, Einsätze abzulehnen widerspräche dem Sinn und Zweck der Polizei. Doch dieser Punkt ist inzwischen erreicht. Das bedeutet: Wir kommen nicht einmal mehr dazu, Dinge zu tun, die wir nach dem Gesetz tun müssten, und geraten oft genug in die Verlegenheit, Prioritäten setzen zu müssen – was erscheint mir im Augenblick wichtig, was unwichtig? Was bearbeite ich, was lasse ich notgedrungen unter den Tisch fallen? Mit anderen Worten: Der Staat kann seine Schutzfunktion nicht mehr im vollen Umfang erfüllen – ein fürchterlicher Zustand.

Und alles muss schnell und immer schneller gehen. Wen wundert es, dass bei solchem Tempo Fehler vorkommen? Regelrecht gefährlich wird es bei der Spurensicherung. Am Tatort gilt es, unaufschiebbare Maßnahmen zu treffen, Maßnahmen, für die ich Zeit und Personal brauche – aber wenn keins von beidem zur Verfügung steht? Wenn ich mich aus Zeit- und Personalmangel gegen eine notwendige Maßnahme entscheiden muss? Später sind die Spuren verwischt. Später sind Zeugen unauffindbar. Später lassen sich Versäumnisse nicht mehr wiedergutmachen.

Mit anderen Worten: Ordentliche Polizeiarbeit ist unter diesen Umständen gar nicht mehr möglich. Die Gewissenhaftigkeit leidet. Und die meisten Kolleginnen und Kollegen, die ordentlich arbeiten wollen, denen ernsthaft daran liegt, dass Straftäter bestraft werden, leiden ebenfalls. Wenn diese Verhältnisse niemanden alarmieren, weder in der Politik noch in der Öffentlichkeit, liegt es unter anderem daran, dass viele bei der Polizei fehlende Kapazitäten durch Engagement wettmachen. Sie sind mit Herzblut bei der Sache, sie strengen sich doppelt an und sind auf diese Weise zunächst in der Lage, die Personalknappheit einigermaßen auszugleichen. Von außen betrachtet sieht es dann so aus, als würde der Laden weiterhin gut laufen.

Und, um auf die Politik zurückzukommen: Politiker und Politikerinnen betrachten uns von außen. Man darf bei ihnen keine genauere Kenntnis unserer Arbeit voraussetzen. Es fehlt einfach an Kommunikation, es hapert am Informationsaustausch. Nicht aus bösem Willen. Ich habe die Erfahrung gemacht, dass Abgeordnete für Nachrichten aus dem wirklichen Leben durchaus empfänglich sind. Die Polizei ist an dieser Kommunikationsstörung nicht ganz schuldlos – unsererseits ist es die Angst, durch deutliche Worte unangenehm aufzufallen, die einem offenherzigen Gedankenaustausch im Wege steht. Aber solange das Verhältnis der Politik zur Polizei durch Ahnungslosigkeit geprägt ist, sind Fehlentscheidungen unvermeidlich. Um ein Beispiel dafür aus jüngster Zeit zu liefern:

Die Polizei verlangt die Anschaffung des sogenannten Tasers, eines Elektroimpulsgeräts, das Angreifer kurzfristig außer Gefecht setzt, ohne gesundheitliche Schäden zu verursachen. Jeder Streifenwagen sollte damit ausgerüstet sein, denn diese Waffe überbrückt die Lücke zwischen Schlagstock und Schusswaffe, sinnvoll zum Beispiel bei Messerattacken auf Polizeibeamte, die ständig zunehmen, sinnvoll aber auch in einer Menschenmenge, wo Schusswaffen nichts nützen, weil die Gefahr, Unbeteiligte zu treffen, viel zu groß ist.

Wir sagen also: Her mit diesen Elektroimpulsgeräten! Und ein Verantwortlicher der Landesverwaltung erklärt uns sinngemäß: Nein, der Taser wird nicht angeschafft, weil Tests ergeben haben, dass er nur in 75 Prozent der Fälle funktioniert ... 75 Prozent? Wie hört sich das für uns bei der Polizei an? Großartig hört es sich an! In drei Viertel aller Fälle, wo Schlagstock und Schusswaffe nicht weiterhelfen, ist auf den Taser Verlass! Unsereins jubelt da – auch im Hinblick auf Filme im Internet, in denen der sogenannte Islamische Staat darüber aufklärt, wie man am besten Polizeibeamte absticht ... Unter diesen Bedingungen diskutieren wir doch nicht darüber, wie man auf 100 Prozent Wirksamkeit kommt! Für die Politik aber sind 75 Prozent ein Argument gegen die Anschaffung des Tasers.

Ein Beispiel von vielen ... Die Polizei hat jedenfalls Gründe genug, sich von der Politik im Stich gelassen zu fühlen. Es ist eben nicht nur der Personalabbau. Es ist nicht nur die Überlastung und der Zeitmangel. Die Gedankenlosigkeit macht sich auch dort bemerkbar, wo es um unsere Ausrüstung geht, also den Schutz, den wir brauchen, um andere zu schützen.

Polizeiarbeit ist ohnehin anstrengend. Sie ist aber immer anstrengender geworden, und die Grenze des Zumutbaren ist erreicht. Der Personalmangel wirft noch ein weiteres

Problem auf, ebenso gravierend wie alle anderen, und auch darauf möchte ich zum Schluss noch eingehen: Weil wir keinen Kollegen, keine Kollegin entbehren können, ist auch die Fortbildung gefährdet.

Im Grunde müssten wir ständig dazulernen, weil sich die Gesetzeslage ändert, weil sich der Aufgabenbereich ändert, weil neue Gerichtsurteile dazukommen. Fortbildung ist also kein Luxus, und eigentlich ist es unumgänglich, das wenige Personal, das uns verblieben ist, wenigstens regelmäßig zu schulen. Als Polizistin muss ich mir meiner Sache jederzeit sicher sein, auch in den turbulentesten Situationen, auch im Fall von häuslicher Gewalt zum Beispiel, wo mich ein regelrechter Hexenkessel erwartet: Die Emotionen kochen hoch, Kinder schreien, es gibt vielleicht Verletzte, und in dieser unübersichtlichen Lage muss ich vom einen Augenblick auf den anderen rechtsverbindliche Entscheidungen treffen. Ich muss also die Rechtslage kennen, ich muss die Lage blitzschnell einschätzen können, ich muss in meinem Urteil souverän und sicher sein. Fortbildung, juristische Fortbildung in diesem Fall, ist unbedingt nötig, weil sie ein Sicherheitsgefühl vermittelt, das mir erlaubt, auch in den explosivsten Situationen kühlen Kopf zu bewahren.

Grundsätzlich ist die Fortbildung bei uns gut organisiert. Die interne Schulung umfasst neben der juristischen Weiterbildung zum Beispiel Lehrgänge, bei denen spezielle Vernehmungstechniken gelehrt werden, etwa zum Thema Anhörung von Kindern oder zum Umgang mit traumatisierten Menschen, auch mit Kindern, die sexuellen Missbrauch erlebt haben. Wer in diesen Bereichen arbeitet, muss die entsprechenden Schulungen durchlaufen haben.

Sie werde ja auch angeboten, nur – wir können keinen aus unserem Team entbehren. In meiner Dienstgruppe sind wir derzeit zu acht – sollte sich einer für Wochen auf einen Lehrgang abmelden, kämen wir schon in die Bredouille. Sollte ein weiterer durch Krankheit ausfallen, wüssten wir nicht mehr, wo uns der Kopf steht, und müssten wir auf drei Personen verzichten, wären wir handlungsunfähig. Unter solchen Umständen ist an Fortbildung gar nicht zu denken.

Der Leichtsinn der Vergangenheit rächt sich also doppelt und dreifach. Mittlerweile sind alle politischen Parteien zur Einsicht gekommen, das ist ein Lichtblick, aber es wird noch Jahre dauern, bis der Staat seine Schutzfunktion wieder erfüllen kann. Ein derart gravierendes Versäumnis ist auf die Schnelle nicht wiedergutzumachen. Ulrich Silberbach, der Vorsitzende des Deutschen Beamtenbundes, hat Anfang dieses Jahres in der »Tagesschau« erklärt, dass in den nächsten 15 Jahren mit einer Personallücke von mehreren Hunderttausend Beschäftigten, die dem öffentlichen Dienst bei seiner Aufgabenerfüllung fehlen werden, zu rechnen ist. Klar, dass diese Entwicklung auch unsere Chancen, die Kriminalität im schulischen Bereich wirksam zu bekämpfen, noch für lange Zeit beeinträchtigen wird.

Wenn die Zusammenarbeit mit den Schulen zu kurz kommt, wenn die Umsetzung des Runderlasses trotzdem bisher nur in Ansätzen gelingt, liegt es auch an den beschriebenen Zuständen. Unser Einsatz lässt sich eben nicht beliebig steigern, wir können in die Bekämpfung der Jugendkriminalität nicht so viel Energie investieren, wie wir möchten. Alle Vorschläge und Angebote, die ich in diesem

Buch mache, stehen deshalb unter dem Vorbehalt, dass der Personalmangel – bei uns wie auch an den Schulen – endlich behoben wird.

Ich appelliere deshalb an alle Verantwortlichen in der Politik: Ich verstehe ja, dass man wiedergewählt werden möchte. Trotzdem wünsche ich mir etwas mehr Durst auf reinen Wein, etwas mehr Lust auf Wirklichkeit und etwas mehr Mut zu unbeliebten Entscheidungen.

Politiker und Politikerinnen sollten ein Interesse dafür aufbringen, was ihre Politik anrichtet, und im Kontakt mit den Menschen bleiben, die ihre Politik auszubaden haben. Auf Dauer ist es für den Staat nicht ungefährlich, den Eindruck zu erwecken, sich aus dem Bildungswesen und dem Rechtssystem immer weiter zurückzuziehen. Deshalb mein Appell: Sprecht mit den Betroffenen. Und hört ihnen zu. Es gilt, verlorenes Vertrauen in den Rechtsstaat zurückzugewinnen.

Nachtrag
Was tun? Handlungsempfehlungen für Schulleitungen, Lehrkräfte und Eltern

Straftaten an Schulen sind ein alltägliches Phänomen an allen Schulformen und fast allen Schulen. Um Straftaten vorzubeugen und vor allem die Opfer zu schützen, sind alle Beteiligten aufgerufen, sich auf derartige Vorfälle vorzubereiten und zusammenzuarbeiten.

Die Fragen, die mir auf Workshops und Konferenzen von Schulleitungen und Vertrauenslehrkräften gestellt werden, zeigen jedoch, dass die Verantwortlichen häufig nicht wissen, wie sie sich verhalten sollen. Deshalb erscheint es mir sinnvoll, am Ende dieses Buchs ein paar Handlungsempfehlungen auszusprechen und auf Informationsmöglichkeiten hinzuweisen. Es geht ja darum, im Fall eines Delikts den Schaden möglichst zu begrenzen; die Chancen dafür sind aber nur dann gut, wenn alle Verantwortlichen vorbereitet sind.

In diesem Zusammenhang ist es wichtig, die verschiedenen Deliktbereiche zu erläutern und zu konkretisieren. Ich will das versuchen – wohl wissend, dass es den Rahmen dieses Kapitels sprengen würde, sämtliche Delikte detailliert zu definieren und für jeden Deliktbereich genaue

Handlungsanweisungen zu geben. Auch für die Strafverfolgungsbehörden sind rechtliche Bewertungen nicht immer einfach, weil die Grenzen oft fließend sind und jeder Einzelfall für sich zu prüfen und zu bewerten ist; außerdem muss stets Spielraum bleiben für eigene Überlegungen und Entscheidungen jenseits aller Empfehlungen. Deshalb sollten meine Ausführungen nicht als Checkliste verstanden werden, die im Ernstfall lediglich abgehakt zu werden braucht, sondern eher als Gedankenanstoß, um sich eingehender mit diesem Thema zu beschäftigen und sich im konkreten Fall die richtigen Fragen stellen und Hilfe holen zu können. Zentral ist natürlich, wie ich in den vorangegangenen Kapiteln dargelegt habe, der gesamte Bereich der Prävention, angefangen bei konsequenter Erziehung im Elternhaus über den Mut zum Hinschauen bis zum Mitgefühl an Schulen. Hier soll es aber nun um das Praktische gehen: Was tun im Fall der Fälle?

Wie kann man sich auf angemessenes Verhalten bei Straftaten vorbereiten?

Mein erster Rat klingt banal und ist sehr pragmatisch. Ich rate Eltern wie Schulen, grundsätzlich alle wichtigen Telefonnummern an gut sichtbarer Stelle parat zu haben. Dazu gehören die Notrufnummern von Polizei und Rettungsdienst, aber auch die Nummern von Krankenhäusern und anderen Stellen wie Jugendamt, Schulamt u. Ä.

Darüber hinaus empfehle ich, die »sieben goldenen W-Fragen« zu notieren und an ebenso gut sichtbarer Stelle auszuhängen. Sie lauten: **Wer** ist beteiligt? **Was** ist konkret geschehen? **Wann** hat sich das Ereignis zugetragen? **Wo** hat es sich abgespielt? **Wie** ist es passiert/abgelaufen? **Warum** ist es dazu gekommen? **Woher** weiß der Betroffene davon?

Es mag überraschen, aber wie ich aus persönlicher Erfahrung weiß, kann es in Stresssituationen durchaus vorkommen, dass einem diese Fragen nicht einfallen bzw. man sie spontan nicht beantworten würde und daran erinnert werden muss.

Wie erfährt man Genaueres über die Straftat?

Grundsätzlich sollte man Kinder und Jugendliche, die sich an einen Erwachsenen wenden, ernst nehmen. Wenn ein betroffenes Kind von einer Straftat berichtet, sollte man zusehen, Antworten auf alle sieben Fragen zu erhalten. Allerdings ist darauf zu achten, die Betroffenen nicht mit Zwischenfragen zu überschütten, sondern sie erzählen zu lassen, ohne sie zu unterbrechen. Eine behutsame Vorgehensweise ist insbesondere bei Sexualdelikten und Mobbing angebracht, denn immer wenn eine Straftat auf Demütigung und Erniedrigung des Opfers abzielt, ist viel Scham im Spiel.

Um die Vertraulichkeit zu gewährleisten, ist es ratsam, das Gespräch in einem geschützten Raum zu führen. Dabei müssen Sie unbedingt vermeiden, dem Opfer etwas zu suggerieren. Legen Sie einem Betroffenen also möglich nichts in den Mund. Und vor allem für Eltern gilt: Reagieren Sie nicht zu emotional. Ebenfalls aus eigener Erfahrung weiß ich, wie schwer es ist, bei der Schilderung von Übergriffen auf das eigene Kind als Mutter ruhig zu bleiben, aber jugendliche Opfer haben meist ein feines Gespür für die Empfindungen ihrer Eltern und sind dementsprechend leicht zu beeinflussen.

Besonders anfällig für Suggestion sind die Opfer sexueller Übergriffe. Die Verteidigung weiß das und nutzt vor Gericht den Verdacht auf Suggestion, sobald es Anzeichen dafür gibt, um Zeugen zu verunsichern. Als Zeugin vor Gericht bin ich mehrfach von der Verteidigung des Angeklagten gefragt worden, wer den Begriff »Vergewaltigung« als Erster benutzt habe. Man sollte derartige rechtliche Bewertungen bei der Befragung des Opfers deshalb auf jeden Fall vermeiden und auf eindeutige Klassifizierungen wie »Vergewaltigung« verzichten.

Dies gilt sowohl für Lehrkräfte als auch für Eltern und Polizei. Im Anfangsstadium ist es ohnehin für niemanden leicht, eine rechtliche Bewertung geschilderter Straftaten vorzunehmen, es sei denn, es handelt sich um einfache, klar beschriebene Vorgänge, und der Bewertende ist entsprechend ausgebildet und erfahren.

Wer hilft Eltern weiter?

Wie schon erwähnt, rate ich Eltern, die durch ihre Kinder als Zeugen oder Opfer von Straftaten in Kenntnis gesetzt werden, Ruhe zu bewahren. Sie sollten ihre Kinder zunächst erzählen lassen, was sie mit eigenen Augen und Ohren wahrgenommen haben, ohne sie zu unterbrechen.

Ist das eigene Kind Opfer geworden, wäre der erste Schritt bei kleineren Vergehen, mit den Eltern des Täters oder der Täterin zu sprechen und zu versuchen, den Konflikt auf diesem Weg zu lösen. Erst danach – bei größeren Straftaten natürlich sofort – sollten sie auf Schule und Polizei zugehen.

Wollen die Kinder nicht reden, sollten Sie ihnen die Möglichkeit eröffnen, sich an eine Vertrauensperson, zum Beispiel die **Vertrauenslehrkraft**, zu wenden. Gegebenenfalls können Eltern und Opfer auch die **Schulleitung** direkt ansprechen.

Außerdem rate ich grundsätzlich, Unterstützung bei einer der vorhandenen **Beratungsstellen für Familien**, zum Beispiel der Diakonie, der Caritas oder der AWO, zu suchen. Wir in Düsseldorf arbeiten beispielsweise häufig mit »ProMädchen« und der Ambulanz für Gewaltopfer zusammen. Viele Städte bieten eine Übersicht über Familien- und Jugendberatungsstellen im Internet an. Ein bundesweites Suchformular findet sich zum Beispiel auf der Seite der Bundeskonferenz für Erziehungsberatung (www.bke.de).

Manchmal sind aber auch **Ärzte oder Ärztinnen** die richtigen Ansprechpersonen. Um ein Beispiel zu nennen: In Düsseldorf bietet sich die Kinderschutzambulanz an, die dem Evangelischen Krankenhaus angegliedert ist, sowie die Kinderklinik der Universitätskliniken. Gerade die Ärzteschaft der Düsseldorfer Kinderklinik ist mit dem Kriminalkommissariat 12 eng vernetzt und steht im regen Austausch mit uns.

Nun zur anderen Seite: Was tun, wenn das eigene Kind einer Straftat beschuldigt wird? Als erste Regel gilt auch hier: in Ruhe beide Seiten hören und nicht das eigene Kind vorschnell entschuldigen. Vor allem bei Kindern, die in der Vergangenheit schon massiv auffällig geworden sind, kommt in diesem Fall – neben den genannten Beratungsstellen – auch das **Jugendamt** als Ansprechpartner infrage.

Die **Polizei** sollten Eltern immer dann einschalten, wenn sie eine Anzeige erstatten wollen. Für eine Beratung ist sie der falsche Ansprechpartner, denn sie unterliegt dem Strafverfolgungszwang und muss, sobald sie von einer Straftat Kenntnis erhält, ermitteln.

Welche Straftaten müssen, welche sollten von der Schule angezeigt werden?

Lehrkräfte und Schulleitungen haben eine sogenannte Garantenstellung, die sie verpflichtet, für das Wohl der ihnen anvertrauten Kinder zu garantieren. Daher sind sie zur besonderen Aufmerksamkeit bei Straftaten verpflichtet. Der Runderlass des nordrhein-westfälischen Innenministeriums – an dem sich auch Schulen aus anderen Bundesländern orientieren können – schreibt beispielsweise vor, dass Verbrechenstatbestände grundsätzlich angezeigt werden müssen. Ein **Verbrechenstatbestand** liegt dann vor, wenn eine Straftat mit einer Strafandrohung von mindestens einem Jahr Freiheitsstrafe belegt ist. Um einen groben Überblick zu geben: Dies ist der Fall bei Mord, Totschlag, Raub, Vergewaltigung sowie Drogenhandel an

Schulen bzw. Verkauf von Drogen durch Erwachsene an Minderjährige.

Der Paragraf 138 Strafgesetzbuch (StGB) – Nichtanzeige geplanter Straftaten –, der bundesweit gilt, zählt jene Straftaten auf, die bereits angezeigt werden müssen, sobald jemand in der Planungsphase davon Kenntnis erlangt. Neben »exotischen« Straftaten wie Hochverrat, Landesverrat und Völkermord handelt es sich dabei um Mord, Totschlag (zum Beispiel angedrohter Amoklauf oder Anschlag), Freiheitsberaubung, Raub oder räuberische Erpressung (wie das sogenannte Abziehen) und gefährliche Eingriffe in den Straßenverkehr (etwa durch Steine, die von einer Brücke auf eine Autobahn geworfen werden oder Führen eines Fahrzeugs unter dem Einfluss berauschender Substanzen wie Drogen und Alkohol).

Wenn in solchen Fällen bereits die geplante Straftat angezeigt werden muss, versteht es sich von selbst, dass das vollendete Delikt ebenfalls angezeigt werden sollte.

Nicht zwangsläufig anzeigepflichtig sind laut Runderlass dagegen **Vergehenstatbestände** – also Taten, die mit einer Geldstrafe oder einer Mindeststrafandrohung von unter einem Jahr Freiheitsstrafe bedroht sind. Lassen Sie sich dabei nicht vom Gesetzestext irritieren, der manche dieser Taten mit einer Freiheitsstrafe »bis zu 10 Jahren« belegt. Die Maximalstrafe darf nicht darüber hinwegtäuschen, dass es sich hier dennoch um einen Vergehenstatbestand handelt.

Darunter fallen beispielsweise Beleidigung, Nötigung, also das Erzwingen von bestimmten Handlungen durch das Drohen mit einem »empfindlichen Übel«, Bedrohung, einfacher Diebstahl, einfache Sachbeschädigung, einfache

Körperverletzung etc. In diesen Fällen sollte die Schule interne konsequente und spürbare Disziplinarmaßnamen ergreifen.

Freilich kann es auch hier Gründe geben, die für eine Anzeige sprechen. Zum einen empfiehlt sich eine Anzeige zum Beispiel dann, wenn sich Taten häufen, wenn sie über einen längeren Zeitraum stattfinden oder wenn sie einen erheblichen körperlichen oder psychischen Schaden anrichten. Dies trifft etwa auf Mobbingfälle zu, die sich – trotz schulinterner Sanktionen – wiederholt und anhaltend ereignen. Wenn ein Schüler immer wieder morgens mit einer Ohrfeige oder einer Beleidigung »begrüßt« wird, kann das schwerwiegende Folgen für ihn haben.

Zur Beleidigung sei kurz angemerkt: Eine Beschimpfung oder eine abfällige Titulierung gilt nur dann als Beleidigung, wenn der oder die Betroffene dies auch als beleidigend empfindet. Dass Jugendliche sich untereinander in unflätiger Weise anreden, gehört oft zum guten Ton. Umgekehrt können Beleidigungen auch dann als ausgesprochen beleidigend empfunden werden, wenn sie in den Ohren Dritter zwar harmlos klingen, aber entweder permanent benutzt werden oder aber im Zusammenhang mit regelrechten Straftaten wie Bedrohung verwendet werden. Zum Zweiten sind die Grenzen zwischen Verbrechenstatbeständen und Vergehenstatbeständen in vielen Deliktbereichen fließend. Im Zweifelsfall rate ich deshalb dazu, sich lieber für als gegen die Erstattung einer Strafanzeige zu entscheiden. Eine Strafanzeige erstatten kann grundsätzlich »jedermann«. Handelt es sich bei der Straftat um ein »Antragsdelikt«, so muss ein Strafantrag gestellt werden, damit die Strafverfolgungsbehörden strafverfolgend tätig werden. Diesen Strafantrag können nur die Antragsberechtigten, d.h. das Opfer selbst oder die Sorgeberechtigten, stellen, nicht die Schule. Bei allen anderen Straftaten wird automatisch ein Ermittlungsverfahren eingeleitet. Das Alter der Kinder spielt bei einer Anzeige eine untergeordnete Rolle, ist aber für die strafrechtlichen Folgen relevant. Kinder unter 14 Jahren gelten als strafunmündig und können nicht bestraft werden. Bei schweren Straftaten wird dennoch ein Ermittlungsverfahren eingeleitet. Eine Anzeige erfüllt hier darüber hinaus den Zweck, die Polizei auf vorhandene kriminelle Tendenzen hinzuweisen und den Blick auf die familiären Hintergründe zu richten. Für Jugendliche zwischen 14 und 18 Jahren gilt das Jugendstrafrecht.

In allen Zweifelsfällen haben Schulleitungen und Lehrkräfte die Möglichkeit, sich zunächst an Beratungsstellen oder das Jugendamt zu wenden. Leider verfügen nicht alle Städte und Kommunen über ein derart dichtes Netz von Opferhilfswerken wie etwa Düsseldorf. Hingegen rate ich grundsätzlich davon ab, sich an die Polizei zu wenden, wenn es lediglich um eine Beratung geht – da wir dem Strafverfolgungszwang unterliegen, läuft jede Benachrichtigung unweigerlich auf eine Anzeige hinaus.

Außerdem ist es wichtig, das Vorgehen – wenn irgend möglich – mit dem Opfer abzustimmen. Eine Anzeige über den Kopf eines Kindes hinweg ist keine gute Voraussetzung, um gemeinsam die Umstände der Straftat zu erhellen und dem Opfer seine Handlungskompetenz wiederzugeben. Trotzdem sollte auch gegen den Willen des Opfers in vielen Fällen – und zwingend bei Verbrechenstatbeständen – eine Strafanzeige erstattet werden.

Wer hilft Lehrkräften und Schulleitungen weiter?

Es existiert bereits Informationsmaterial für Schulen, mit dem Lehrkräfte auf den Umgang mit Straftaten vorbereitet und fortgebildet werden können.

Zum einen handelt es sich dabei um den Erlass der nordrhein-westfälischen Regierung zur »**Zusammenarbeit bei der Verhütung und Bekämpfung der Jugendkriminalität**«. Auch Schulen aus anderen Bundesländern können sich daran orientieren. Er ist auf dem Rechtsportal des Innenministeriums zu finden und für jeden frei zugänglich: https://recht.nrw.de. Aus dem Runderlass geht unter anderem hervor, bei welchen Straftaten Schulleitungen verpflichtet sind, die Polizei einzuschalten. Zum Zweiten gibt es sogenannte **Notfallpläne**, die von Landesunfallkassen, Unfallversicherungsverbänden und den Landesbildungsministerien erstellt werden und die nur Schulleitungen zugänglich sind. Sie bieten konkrete Anweisungen, wie sich Schulleitungen bei unterschiedlichen Sachverhalten zu verhalten haben. Diese Pläne können meines Erachtens auch für die Fortbildung von Lehrkräften genutzt werden. Darüber hinaus empfiehlt es sich, **Arbeitsgruppen** oder **Fortbildungskurse** einzurichten, um rechtliche Fragen oder Fallbeispiele zu erläutern und Lösungsstrategien zu entwickeln. Das könnte eventuell durch die Berufsvertretungen wie die Lehrergewerkschaften geschehen, zum Beispiel den Verband Bildung und Erziehung (VBE), den Bundesverband der Lehrerinnen und Lehrer an den beruflichen Schulen (BLBS), den DPhV – Deutscher Philologenverband (DPhV), den Verband deutscher Realschullehrer (VDR) etc.

Aus meiner Sicht sollten außerdem **Supervisionen** angeboten werden, die für Lehrkräfte, insbesondere Vertrauenslehrkräfte, verpflichtend sein müssten. Wichtige Ansprechpartner, die nicht nur im akuten Notfall helfen können, sondern ebenfalls dauerhaft bei der Prävention, sind das **Jugendamt** und **Familienberatungsstellen**. Diese kennen sich nicht zuletzt sehr gut aus mit erfolgreichen pädagogischen **Präventionsprojekten** wie zum Beispiel »Mein Körper gehört mir« der theaterwerkstatt osnabrück (https://www.meinkoerpergehoertmir.de). Und nicht zuletzt, sondern an erster Stelle steht natürlich: die ausführlich beschriebene wünschenswerte kontinuierliche Kooperation mit der **Polizei** vor Ort!

Abschließend sei gesagt: Der Idealfall wäre eine Schule, an der das gesamte Personal mit Straftaten kompetent umgehen kann – und die sich an die Polizei wendet, wenn ein Fall die eigenen Möglichkeiten übersteigt.

Weitere nützliche Anlaufstellen

Hilfe und Beratung für Kinder, Jugendliche und Eltern

Ambulanzen für Gewaltopfer
Hilfe, Beratung und Unterstützung für Opfer von Gewalt, für Zeuginnen und Zeugen und Angehörige; kostenlos und auf Wunsch anonym
z. B. www.duesseldorf.de/gesundheitsamt/hilfen-und-beratung/beratung-schwangerschaft-lebenskrisen-gewaltopfer/gewaltopferberatung.html

Arbeiterwohlfahrt
Erziehungs-, Familien- und Jugendberatung, Hilfe bei häuslicher Gewalt; Online-Beratung möglich
https://www.awo.org

Bundeskonferenz für Erziehungsberatung e. V.
Hilfe und Beratung – auch online – für Kinder, Jugendliche und Eltern, Erziehungsberatung; Online-Beratung möglich; vertraulich und kostenlos
www.bke.de

Caritas Deutschland
Hilfe und Beratung für Kinder, Jugendliche, Eltern und Familien, Beratung für Angehörige von Straffälligen; Online-Beratung möglich
www.caritas.de

Diakonie Deutschland
Jugend-, Erziehungs- und Familienberatung, Hilfe für Betroffene häuslicher Gewalt
https://hilfe.diakonie.de

Kinderschutzambulanzen
Kinderschutzambulanzen sind häufig in Kliniken angesiedelt. Sie sind Anlaufstellen für Kinder und Jugendliche, die Erfahrung mit körperlicher und/oder seelischer Misshandlung, Vernachlässigung oder sexueller Gewalt gemacht haben bzw. bei denen ein solcher Verdacht besteht. Auch Eltern und Betreuer können sich an die Ambulanzen wenden. Ein Team von (Kinder-)Ärzten, (Kinder- und Jugend-)Psychologen und Sozialarbeitern berät und hilft.
z. B. www.kinderschutzambulanz.de

Nummer gegen Kummer
Hilfe und Beratung – telefonisch oder online – für Jugendliche und Eltern; anonym und kostenlos
www.nummergegenkummer.de

Hilfe und Beratung für Mädchen und Frauen

bff – Frauen gegen Gewalt e. V.
Bundesverband der Frauenberatungsstellen und Frauennotrufe
Hilfe und Beratung für Frauen und Mädchen; kostenlos, vertraulich und auf Wunsch anonym
www.frauen-gegen-gewalt.de

frauenberatungsstelle düsseldorf e. V.
Hilfe und Beratung für Frauen; kostenlos, vertraulich und auf Wunsch anonym
www.frauenberatungsstelle.de

ProMädchen Mädchenhaus Düsseldorf e. V.
Hilfe und Beratung für Mädchen und junge Frauen; kostenlos, vertraulich und auf Wunsch anonym
www.promaedchen.de

Terre des Femmes – Menschenrechte für die Frau e. V.
Beratung für Frauen und Mädchen, Erstberatung zu Gewalt gegen Frauen und Mädchen sowie Beratung zu Zwangsheirat, Gewalt im Namen der Ehre und weiblicher Genitalverstümmelung; kostenlos und auf Wunsch anonym
www.frauenrechte.de

Unterstützung und Informationen für Lehrkräfte und Schulleitungen

Bundesministerium für Bildung und Forschung:
Herausforderung Gewalt – Eine Handreichung für Lehrkräfte und andere pädagogische Fachkräfte
Download unter: https://www.polizei-beratung.de/medienangebot/detail/35-herausforderung-gewalt/

BvLB – Bundesverband der Lehrkräfte für Berufsbildung e. V.
Interessensvertretung von Lehrkräften für Berufsbildung aller Fachrichtungen, auch in den jeweiligen Landesverbänden
www.bvlb.de

DPhV – Deutscher Philologenverband
Interessensvertretung der Gymnasiallehrerinnen und -lehrer im Beamtenstatus und im Angestelltenverhältnis
www.dphv.de

Polizeiliche Kriminalprävention der Länder und des Bundes
Informationen zu Gewalt an Schulen
https://www.polizei-beratung.de/themen-und-tipps/gewalt/gewalt-an-schulen/

VBE – Verband Bildung und Erziehung
Parteipolitisch unabhängige Gewerkschaft; Interessensvertretung von Pädagoginnen und Pädagogen aus dem Kinderbereich, der Primarstufe, den Sekundarstufen I und II und dem Bereich der Lehrerbildung – in allen Bundesländern
www.vbe.de

VDR – Verband deutscher Realschullehrer
Dachorganisation der auf Länderebene bestehenden Realschullehrerverbände; Interessensvertretung der Lehrkräfte an Realschulen und Sekundarschulen
http://www.vdr-bund.de

Werner-Bonhoff-Stiftung
Unterstützung und Begleitung von Schulen bei der Entwicklung eigener wirksamer Handlungspläne gegen Mobbing und Gewalt
https://www.werner-bonhoff-stiftung.de
z.B. »Wachsame Schule – Handlungspläne gegen Mobbing & Gewalt«
https://nachdertat.de/was-tun-bei-mobbing/wachsame-schule/

Weitere Lehrerverbände und Gewerkschaften unter:
https://www.bildungsserver.de/Lehrerverbaende-und-Gewerkschaften-666-de.html

Unterstützung für Polizistinnen und Polizisten

dbb beamtenbund und tarifunion
Beratung für Polizistinnen und Polizisten in den jeweiligen Landesbünden
https://www.dbb.de

DPolG – Deutsche Polizeigewerkschaft im DBB
Beratung für Polizistinnen und Polizisten in den jeweiligen Landesverbänden
https://www.dpolg.de

Sammlungen von Gesetzen, Verordnungen und Erlassen

Informationen auf den Seiten der jeweiligen Bundesländer, z. B.
https://recht.nrw.de
http://www.gesetze-bayern.de/

Anlaufstellen in Österreich und der Schweiz

Die österreichischen Kinderschutzzentren
Beratung, Krisenintervention und Psychotherapie in Fällen von Gewalt oder Verdacht auf Gewalt gegen Kinder und Jugendliche; Erziehungs- und Familienberatung
http://www.oe-kinderschutzzentren.at

GEWALTINFO.at
Online-Hilfe bei der Suche nach Beratungsstellen für Kinder, Jugendliche, Frauen und Männer, die Gewalt erfahren haben
https://www.gewaltinfo.at/hilfe-finden/

Rat auf Draht
Beratung für Kinder, Jugendliche und deren Bezugspersonen – telefonisch oder online; kostenlos und auf Wunsch anonym
https://www.rataufdraht.at

Pro Juventute
Beratung und Hilfe für Kinder und Jugendliche in Not, Elternberatung
www.projuventute.ch

Online-Hilfe bei der Suche nach Beratungsstellen:
https://beratungsstellen.147.ch/Notlagen-Gewalt-Opferhilfe.407.0.html

Danksagung

Mein besonderer Dank gilt Dir, meinem wunderbaren Sohn.

Deine Liebe, Dein Vertrauen und Deine Herausforderungen bereichern mein Leben.

Danke dafür, dass Du meine Entscheidungen meist so geduldig mitgetragen hast, auch wenn es nicht immer leicht für Dich war.

Liebe Eltern, Euch danke ich insbesondere für die liebevolle Erziehung und Bildung und für die Möglichkeiten, die Ihr mir geboten habt. Erst seit ich selber Mutter bin, kann ich ermessen, was es damals für Euch bedeutet haben muss, mich nach Amerika gehen zu lassen.

Ihr seid gute Vorbilder und habt gezeigt, dass es möglich ist, Kindern sowohl Wurzeln als auch Flügel zu geben.

Danke, Erich Rettinghaus (DPolG NRW), dass Du Alfred Kruft (VBE) meinen Namen gegeben hast, als er Dich nach einer Referentin für einen Workshop beim Deutschen Schulleiterkongress gefragt hat.

Danke, Herr Kruft, dass Sie nachgefragt und mein Konzept angenommen haben.

Mein Dank gilt auch Stefan Linde. Obwohl wir uns bislang noch nie persönlich begegnet sind, haben Sie von Anfang an an mich geglaubt.

Vielen Dank an meine Kontaktpersonen im Heyne-Verlag (und außerhalb) für die konstruktive Zusammenarbeit und den freundlichen Umgang.

Dir, mein lieber »Enkel«, danke ich für Deine offene Schilderung. Du hast mir über einen Tiefpunkt hinweggeholfen und mir gezeigt, wie wichtig das Thema gerade für die Betroffenen ist.

Allen, die durch ihre Erfahrungen, ihre Beispiele, ihre Aufmunterungen, die Diskussionen und ihre Kritik zu diesem Buch beigetragen haben, bin ich besonders dankbar.

Danke auch an alle, die stolz auf mich sind.

Lieber Leo, Dir danke ich herzlich für die intensive gemeinsame Zeit, für die Diskussionen, für das tolle Manuskript und Deine Unterstützung. Du erweiterst meinen Horizont.